A Faint Cold Fear Thrills Through My Veins
William Shakespeare

Zu diesem Buch

Der Earl of Beaconsfield und britische Premier, Benjamin Disraeli, hatte vor Urzeiten einem jungen Constable der Metropolitan Police den folgenschweren Ratschlag erteilt, sich doch einen modischen Schnurrbart stehen zu lassen. Jener ermittelte damals in einem äußerst delikaten Fall: der Bischof von Durham, George Claverhouse, war tot in einem Bordell aufgefunden worden. Aus dem kriminalistischen Greenhorn wurde im Laufe der Jahre ein Superintendent von Scotland Yard, und der Schnurrbart ist noch immer Erkennungszeichen des einzigartigen Sholto Lestrade. Wenige Tage vor dem denkwürdigen 14. April 1912 steht Lestrade an Bord eines prächtigen Ozeandampfers, um seine wohlverdiente Ferienreise nach Amerika anzutreten. Doch die Schiffsplanken sind dem Untergang geweiht, die Jungfernreise wird in der Nähe Neufundlands jäh von einem gewaltigen Eisberg gestoppt werden, und 1 503 Menschen sterben in eisigen Fluten. Aber Lestrade verliert zur rechten Zeit das Gleichgewicht und stürzt beim Abschiedswinken über die Reling der *Titanic*. Zwar wird nun sein Bein eingegipst, aber das Leben des Kriminalisten ist gerettet. Der Rekonvaleszent sucht Muße und beschauliche Erholung auf dem Land, bei seiner Verlobten Fanny, deren Vater Tom übrigens Chief Commissioner von Surrey ist. Doch das Verbrechen macht keine Pause, und der Butler des Hauses wird erschossen. Das ist ärgerlich und ein Kapitalverbrechen. Der hinterhältige Mörder betätigt sich außerdem als kryptischer Briefschreiber. Er beherrscht nicht nur das Abc, sondern auch das Einmaleins des Todes. So nimmt eine unvergleichliche Mordserie ihren Lauf, und Sholto Lestrade durchlebt noch einmal bemerkenswerte Stationen seiner 40jährigen Karriere.
Nach Erscheinen des ersten Bandes um Inspector Lestrade urteilte die *Times* knapp und euphorisch: «Ein intelligentes, literarisches Lesevergnügen.»

M. J. Trow, geboren in Rhondda Valley, behauptet von sich, daß er der einzige Waliser sei, der weder singen noch Rugby spielen könne. Er lebt mit seiner Familie in Havenstreet auf der Isle of Wight. Die ersten Romane um Sholto Lestrade erschienen unter dem Titel «Lestrade und die *Struwwelpeter*-Morde» (Nr. 2952), «Lestrade und der Tasmanische Wolf» (Nr. 2965), «Lestrade und der Sarg von Sherlock Holmes» (Nr. 2976) und «Lestrade und die Reize der Mata Hari» (Nr. 2983). Weitere werden in der Reihe rororo thriller folgen.

M. J. Trow

Lestrade und das Einmaleins des Todes

Aus dem Englischen von
Hans J. Schütz

rororo

Rowohlt

rororo thriller
Herausgegeben von Bernd Jost

Diese Ausgabe wurde
editorisch betreut und mit einem Nachwort
versehen von Thomas Schreiber

Deutsche Erstausgabe
Veröffentlicht im Rowohlt Taschenbuch Verlag GmbH,
Reinbek bei Hamburg, Oktober 1992

Die Originalausgabe erschien 1988 unter dem Titel
«Lestrade and the Brother of Death» bei Macmillan, London

Redaktion Peter M. Hetzel
Umschlagtypographie Peter Wippermann/Susanne Müller
Umschlagfoto Fred Dott
Satz Sabon (Linotronic 500)
Gesamtherstellung Clausen & Bosse, Leck
Printed in Germany
1090-ISBN 3 499 42990 x

Inhalt

«Sorgenzerstreuender Schlaf, du Linderer allen Grams, Bruder des Todes.»

John Fletcher (1579–1625)

Tod eines Butlers

Der Superintendent stand alleine auf dem Promenadendeck. Die anderen Passagiere drängten sich an die Bordwand. Lestrade hatte seine Koje in Augenschein genommen, obwohl es bei Scotland Yard Leute gab, die bezweifelten, daß er eine gebucht hatte. Sie glaubten, er sei mit Donegal und Bowler als Verkörperung des Arbeitstieres erschaffen worden, allzeit bereit, den Kampf gegen das Verbrechen aufzunehmen. Er kämpfte sich durch die fröhlich lachenden Passagiere der ersten Klasse, kam sich entschieden deplaziert vor und erblickte die Sonne, die auf dem Wasser des Hafens von Southampton glitzerte.

«Ich gehe in meine Kabine, Lestrade», sagte Stead zu ihm, und der Journalist verschwand unter Deck.

Superintendent Sholto Lestrade erreichte die Reling und blickte hinunter. Unter flatternden Fahnen erspähte er in der Masse von Kreissägen und Damenhüten die Gesichter der Menschen, die ihm am meisten bedeuteten – und das von Sergeant Blevvins. Da war Emma, seine Tochter, wie immer bildhübsch in Samt und Satin, deren goldfarbenes Haar in der Brise wehte und deren Augen, das wußte er, ein wenig heiß und feucht waren. Da war Harry Bandicoot, sein treuer Freund, unerschütterlich, immer noch kraftvoll nach all diesen Jahren, noch immer der Etonianer; und Letitia, seine Gattin, die Emma aufgezogen hatte. Da war Chief Inspector Dew, getreu der Tradition mit Donegal und Bowler bekleidet. Er hatte seine Anweisungen von Lestrade, an seinem Buch über Crippen weiterzuarbeiten und alle wichtigeren Fälle an Inspector John Kane weiterzugeben. Dew verstand. Er führte Befehle peinlich genau aus. Es war ihm nicht gegeben, «Initiative» zu entwickeln, und auch auf der braven Remington im Yard war dieses Wort nicht zu finden. Und dann war da noch Fanny. Fanny Berkeley, die Lestrade schon gekannt hatte, als sie noch ein Mädchen war. Er lächelte breit, denn vor ein paar Minuten hatte ihm dieses Mädchen einen Antrag gemacht – es war nämlich ein Schaltjahr, dieses Jahr des Herrn 1912 –, und er hatte ihn angenommen, obwohl die Schiffssirene seine Antwort übertönt hatte und er nicht sicher war, ob sie sie gehört hatte. Erst einmal rief die Pflicht. Die großen Schiffsmaschinen, die einige Zeit geklopft hatten, begannen zu dröhnen, und die Kapelle stimmte «Rule, Britannia» an, als die *Titanic* der White-Star-Linie die Trossen loswarf und in See stach. Lestrade hatte allen erzählt, es handle sich um eine Urlaubsreise, eine dringend nötige Erholung. William Stead wußte es besser, er war unterwegs zu einer Friedenskonferenz in New York. Stead war einer der wenigen Männer in England, der die miteinander zerstrittenen Politiker Europas vielleicht aussöhnen konnte, bevor sie ihre Völker aufeinanderhetzten. Es hatte bereits ein Mordanschlag auf Stead stattgefunden, und Lestrade sollte dafür sorgen, daß sich kein weiterer ereignete. Es wäre ihm nicht recht gewesen, wenn Walter Dew gewußt hätte, daß er in seinem Leben nie weiter als bis zum Lizard nach Westen vorgedrungen und die vor ihm liegende Reise nicht gerade nach seinem Geschmack war.

Von der Pier erhoben sich Jubelrufe, und Lestrade beugte sich vor, um zu winken, als etwas – war es die Schwere seines Schnurrbartes, die Fasson seines Bowlers? – *irgend etwas* hatte jedenfalls dafür gesorgt, daß der Seitenwind ihn packte, so daß er, mitten im Winken, über die Reling stürzte. Während die Decks eines nach dem anderen an ihm vorüberrasten, dachte er: so weit, so gut. Dann prallte er auf die Wasseroberfläche wie gegen eine Steinmauer, und er spürte einen betäubenden Schmerz in seinem Bein.

Sein Leben zog rasend schnell an ihm vorbei – wie ein Buch, das sich öffnete und wieder schloß. Sekundenlang sah er, wie die Zuschauer auf der Pier in Panik gerieten und Gestalten in alle Richtungen liefen. Als er zum drittenmal wieder auftauchte, bemerkte er, daß Sergeant Blevvins vom Wasser *fortrannte*. Das würde er nicht vergessen. Dann packte ihn der Sog der *Titanic*, und während der Druck des Wassers seine Beine zusammenpreßte, wurde er in die Tiefe gezogen.

Er versuchte, die an ihm klebende Hülle seines Donegals loszuwerden, doch der Sturz hatte ihm den Atem geraubt, und er wußte, daß ihm nicht mehr viel Zeit blieb.

Dann spürte er, daß eine starke, sichere Kraft ihn nach oben zog, und vor seinen Augen erschien wieder das Graublau des Himmels. Aus dem Augenwinkel erkannte er Harry Bandicoot, der mit seinem lin-

ken Arm Lestrade umklammerte und mühelos dem Ufer zuschwamm.
«Ich hab mir gedacht, daß Sie's sind, Harry», keuchte Lestrade.
«Ein Ertrunkener reicht, Sholto», erwiderte Bandicoot. Er dachte an seinen Sohn, der vor einer anderen Küste von einem anderen Schiff gestürzt und ertrunken war.
«In Anbetracht Ihrer Talente im Boxen und Schießen habe ich keinen Zweifel, daß Sie eine Nebensache wie das Schwimmen nicht vernachlässigen würden.»
«Nun ja, wenn Sie für Eton gerudert hätten...» erklärte Bandicoot und schleppte Lestrade hinter sich her.
«Ist es eigentlich *mein* Körper, der sich zwischen Ihren Knien befindet?» erkundigte sich Lestrade.
«Oh, Entschuldigung, Sholto.» Bandicoot lockerte seinen Griff. Einen Augenblick lang hatte Lestrade den Eindruck, Bandicoot versuche tatsächlich, die *Titanic* einzuholen und den durchweichten Superintendent die etwa hundert Fuß hoch an Deck zu hieven. Doch dieser Eindruck verflüchtigte sich rasch, und Lestrade wurde ohnmächtig.

Er verbrachte so wenig Zeit wie möglich in der zugigen Aufnahme des Krankenhauses, in das sie ihn brachten. Weil sein Bein gebrochen war, und die Ärzte ihn darauf hinwiesen, daß man bei einem Mann seines Alters nicht vorsichtig genug sein könne, wurde er auf ein mittelalterliches Gestell geschnallt und in den trostlosen Säulengang von St. Bledsoe's gerollt. Noch weit mehr verwirrten ihn die schwarz und weiß gekleideten Erscheinungen, die ihn Tag und Nacht umsorgten. Es handelte sich offensichtlich um Ursulinen, doch Lestrade glaubte, daß es sich in Wirklichkeit um Frauen handelte, die tief gesunken waren. Die Zeit verging langsam. Er verbrachte seine Tage damit, das gelbe Gesicht des alten Mannes im gegenüberliegenden Bett anzustarren und darum zu beten, daß er nicht wieder mit dem Baden an die Reihe kam. Die Schwester war gewiß in Verkleidung eines starken Mannes in einem Zirkus tätig gewesen. Miss Nightingale drehte sich im Grab herum.
Lestrade hätte nie gedacht, daß ihm die Besuche von Sergeant Blevvins von der Abteilung H willkommen sein würden, doch sie und

die von Fanny Berkeley waren das einzige, was ihn vor dem Verrücktwerden bewahrte. Sie wieselte herum, dekorierte seine Blumen, schüttelte seine Kissen auf und sprach über die Vorbereitungen zu ihrer baldigen Vermählung. In Lestrade kamen leise Zweifel auf, ob er in den Flitterwochen wohl brauchbar sein würde, und Sergeant Blevvins konnte von Glück sagen, daß Lestrade die Bemerkung nicht hören konnte, die der Sergeant über Miss Berkeleys Absicht machte, in Weiß zu heiraten.

Als sie eines Abends Ende Mai zu ihm kam, fand sie den Superintendent ihrer Träume damit beschäftigt, einen Buckel zu machen und an den Seilen zu zerren, mit denen sein Bein hochgehievt war.

«Mein Liebster!» Sie stopfte die Blumen in die erste beste Vase und kniete bei ihm nieder. «Hast du schlimme Schmerzen?»

«Ich pfeife auf den Schmerz», fauchte Lestrade. «Es ist das Jucken, Fanny.»

Blevvins hätte sich seinen eigenen Vers darauf gemacht, Fanny jedoch blickte ihn verwundert an. Plötzlich feixte Lestrade und richtete seinen Blick auf einen Punkt oberhalb von Fannys Kopf.

«Welch ein entzückender Hut», zischte er.

«Oh, danke, Sholto. Du sagst die hübschesten Dinge.»

«Besonders gefällt mir die Hutnadel», fuhr Lestrade fort. «Und sie würde mir noch besser gefallen, wenn sie hier unten wäre.» Er deutete auf seine eingegipste Hüfte.

«Sholto.» Fanny errötete. «Ich gehöre nicht zu dieser Sorte Frauen.»

«Fanny», sagte Lestrade mit einer Grimasse, «es ist nicht der rechte Augenblick, zimperlich zu sein. Wenn du mich wirklich liebst, gib mir die Nadel.»

Sie setzte sich auf sein Bett. Sie blickte in sein ernstes flehendes Gesicht. Sie warf einen Blick nach links und nach rechts. Und dann zog sie mit einer geschmeidigen Bewegung die tödliche Nadel heraus, drehte sie um und versenkte den Perlmuttknopf unter Lestrades Nachthemd. Der gelbgesichtige Mann auf der anderen Seite des Krankenzimmers zwinkerte ungläubig, als er Fannys Arm unter der Bettdecke verschwinden sah und den verklärten Gesichtsausdruck Lestrades gewahrte. Er wurde nervös und drehte zur Sicherheit sein Gesicht zur Wand.

Lestrade ergriff Fannys Arm.

«Was ist?» fragte sie.
«Sie hat sich gelöst.»
«Was?»
«Zieh die Nadel raus», sagte Lestrade.
Sie gehorchte. Der Perlmuttknopf befand sich nicht mehr an der Nadel. Er ruhte wohlverwahrt irgendwo zwischen Lestrades Bein und Lestrades Gipsverband. Das Leben ist voll von kleinen Überraschungen.

Im Geist strich er auf einem Kalender die Tage ab, bis man ihn endlich entließ. Auf der einen Seite von Fanny, auf der anderen von ihrem Vater gestützt, humpelte Lestrade zur wartenden Kutsche.
«Unsinn, Sholto.» Tom Berkeley war unerbittlich. «Fanny hat alles vorbereitet. Du bleibst bei uns. Es ist eine wunderbare Gelegenheit, alte Zeiten wiederaufleben zu lassen.» – «Aber der Yard...»
«Ach was», ereiferte sich Berkeley, «der läuft dir schon nicht weg. Niemand von uns ist unersetzlich, weißt du.»
«Das hab ich nie geglaubt, Tom.» Lestrade tauchte unter der riesigen Daunendecke auf, unter der Fanny ihn zu begraben suchte. «Wir reden von Sir Edward Henry, vergiß das nicht.» – «Frank Froest ist für die Abteilung Schwerverbrechen verantwortlich. Er wird ein wachsames Auge auf den Assistent Commissioner haben, und du hast wahrscheinlich einen Haufen guter Inspectors.»
«Papa hat recht, Sholto. Du brauchst Ruhe. Eine Wärmflasche oder zwei?»
«Keine, ich danke dir. Ich mag ja ein gebrochenes Bein haben, Fanny Berkeley, aber am Grabesrand stehe ich noch nicht.»
Berkeley gab seinem Kutscher ein Zeichen, und die Staatskarosse des Chief Constable von Surrey holperte vorwärts, worauf Lestrade zu wimmern begann und weniger Haltung zeigte, als für einen Superintendent von Scotland Yard schicklich war. Den restlichen Teil der Reise brachte er damit zu, in die Krempe seines Bowlers zu beißen.
«Ich war der Meinung, auf diese Weise reise man angenehmer als mit der Southern Railway», schrie Berkeley durch den Wind und das Scheppern des Zaumzeugs.
Lestrade versuchte, ein Lächeln auf sein schmerzverzerrtes Gesicht zu zaubern. Fanny legte fürsorglich ihren Arm um ihn und strei-

chelte sein Gipsbein. Als sie in Petersfield ankamen, waren beide Berkeleys friedlich entschlummert. Nur Lestrade und der Kutscher blieben wach und gaben, wenn auch aus unterschiedlichen Gründen, auf die Straße acht.

Der Abend war heiterer. Fanny hatte einen Rollstuhl beschafft, und Lestrade fand, daß er einfach zu bedienen sei. Das Rückwärtsfahren war ein wenig schwieriger. Er hatte die Maschine derart in der Gewalt, daß er gegen Mitternacht lediglich drei Vasen zertrümmert, den Butler und das Hausmädchen halb verkrüppelt – sie befanden sich zufällig im selben Besenschrank – und der Hauskatze unaussprechliche Freiheitsberaubungen zugemutet hatte. Der Superintendent entschuldigte sich überschwenglich, doch diese heikel veranlagte Katze war ein nachtragendes Vieh, saß während seines ganzen Aufenthaltes da und fixierte ihn mit glühenden Augen.

Fanny saß auf dem Sofa und hatte sich, soweit es der Gipsverband zuließ, an Lestrade gekuschelt. Ihr Vater war früh zu Bett gegangen, entweder absichtlich oder weil er müde war, und Lestrade atmete den Duft von Fannys Haar ein.

«Du weißt», sagte er, «daß es Leute geben wird, die mit dem Finger auf uns zeigen.»

«So?» Sie richtete sich auf und blickte ihn an. «Warum?»

Weil ich alt genug bin, um dein Vater zu sein.»

Sie pikste ihn scherzhaft mit einer Häkelnadel. «Dummes Zeug, Sholto. Ich bin dreißig Jahre und nach der Meinung meines lieben Papas nicht nur ein sitzengebliebenes Mädchen, sondern eine ausgesprochen alte Jungfer.»

Lestrade grinste. «Hat er das gesagt? Immer noch der gemeine alte Schurke, der er immer war. Verzeihung, Liebling. Ich frage mich, wie er überhaupt Chief Constable werden konnte.»

«Warum?»

«Oh, er ist ein verflixt guter Polizist, dieser Tom Berkeley. Doch ich habe immer angenommen, daß Chief Constables eine gewisse Verbindlichkeit und Gewandtheit haben. Der Tom Berkeley, den ich kannte, nannte das Kind immer beim Namen, denke nur an die ‹alte Jungfer›.»

Sie blickte in die glimmende Asche. «Wie kommt er dir vor?»

«Wie er mir vorkommt?» Er streckte den Arm aus, um an sein Brandyglas zu gelangen.

«Er ist beunruhigt, Sholto. Ich kann es immer erraten. In der letzten Zeit hat er mich mehrmals Hannah genannt. Immer, wenn er Sorgen hat, benutzt er Mamas Namen.»

«Was, glaubst du, macht ihm Sorgen?»

Fanny schüttelte den Kopf. «Ich weiß es nicht. Der Job, da bin ich sicher. Aber was es genau ist... ich weiß es nicht.»

«Möchtest du, daß ich mit ihm rede?»

Sie schmiegte sich in seine Armbeuge. «Du meine Güte, Liebling», sagte sie. «Du weißt, daß ich eine glückliche Frau bin. Die beiden Männer, die ich auf der Welt am meisten liebe, sind hier, ganz in meiner Nähe. Ich fühle mich... sicher.» Sie richtete sich auf. «Fühlst *du* dich sicher, Sholto?»

Er lächelte, schielte zur Katze hinüber, und sein Lächeln gefror.

Die Nachricht, die am Morgen darauf mit einer riesigen Schlagzeile verkündet wurde, warf ihn um oder vielmehr hätte es getan, wäre er nicht an den Rollstuhl gefesselt gewesen.

«Fanny!» brüllte er.

Die Tür flog krachend auf, und Mrs. M'Travers erschien, mit einer Sprühdose aus Blech bewaffnet.

«Wo ist der kleine Plagegeist, Sir?» fragte sie.

Lestrade blickte sich um. «Wer, Mrs. M'Travers?»

«Die Fliege, Sir. Angesichts Ihres Notrufes habe ich natürlich angenommen, daß eine Fliege Sie belästigt.»

«Nein, nein. Danke für Ihre Mühe.» Lestrade hielt es für das beste, es mit Humor zu nehmen. «Ich meinte eigentlich Miss Berkeley.»

«Oh, sie versteht sich auf diese Dinge nicht so gut wie ich, Sir» – und sprühte Lestrade einen feinen Nebel ins Gesicht.

«Vielen Dank, Mrs. M'Travers.» Fanny trat gerade noch rechtzeitig ein, um Lestrade, der die Augen verdrehte und schwindelig wurde, zu retten. Sie bugsierte die Haushälterin hinaus. «Was ist los, Sholto? Hat diese Frau dich belästigt?»

«Ja» – Lestrade wischte sich die triefenden Wangen ab –, «aber deswegen habe ich nicht gerufen. Hast du heute morgen die *Times* gesehen?»

«Nein.» Sie küßte ihn sanft. «Stalker holt sie aus dem Dorf. Ist er noch nicht zurück?»

Lestrade war ärgerlich. «Nein, ich meine, ob du gelesen hast, was heute in der *Times* steht?»
Fanny blickte ihn an.
«Schau.» Er hob die Zeitung auf. «Es geht um die *Titanic*, Fanny. Sie ist gesunken.»
«Gesunken?» Fanny überflog die Schlagzeile. «Aber das ist unmöglich, Sholto. Sie war unsinkbar.»
«Das hat man behauptet, Fanny... William Stead?» Er hatte das Kleingedruckte noch nicht gelesen.
Sie ließ die Zeitung fallen. «Fünfzehnhundert Opfer, Sholto; er ist auch darunter.»
«Er hatte also recht», murmelte Lestrade. «Jetzt ist es nicht mehr aufzuhalten.»
«Was ist nicht mehr aufzuhalten, Sholto?»
«Sie schreiben, daß es ein Eisberg war, nicht wahr?»
«Ja. Das Schiff stieß mit einem Eisberg zusammen. Was ist nicht mehr aufzuhalten?»
«Ein Krieg, Fanny. Stead war einer der wenigen Männer, der die Fähigkeit hatte, den Frieden in Europa zu bewahren. Jetzt, wo er tot ist...»
«Oh, Sholto...» Sie barg ihr Gesicht in seinem Schoß. «Es hätte auch dich treffen können», schluchzte sie. «Wärst du nicht von Bord gefallen... könnte ich deinen Namen in der Totenliste lesen.»
Er strich ihr über das Haar und küßte ihr die Tränen weg. «Ich bin *wirklich* unsinkbar», sagte er.

M'Travers konnte sich an keinen Mai erinnern, der so heiß gewesen war. Er gab dem Kometen die Schuld, der vor zwei Jahren den Himmel erleuchtet hatte. Mrs. M'Travers machte die unüberlegte Expedition verantwortlich, die dieser tapfere Captain Scott leitete. Chrissie, das Hausmädchen, verfluchte Mrs. M'Travers wegen des scharfen Auges, mit dem diese sie und Mr. M'Travers verfolgte. Und die Katze der Berkeleys wünschte ohne Zweifel Lestrade zum Teufel.
Und am ersten Tag von Lestrades Aufenthalt bei den Berkeleys schob M'Travers den Rollstuhl auf die Terrasse; von dort übernahm Lestrade das Kommando, während der pflichtbewußte Butler mit einer

Flasche Limonade hinter ihm ging. Tom Berkeley hatte seine Westley-Richards mitgenommen, um für das Abendessen einen Fasan zur Strecke zu bringen. Der Tag war bleigrau und dachte nicht daran, den erhofften Regen zu bringen. Die Knospen, die sich in der Hitze wohl fühlten, waren plötzlich explodiert.
«Komm, Sholto. Wer als letzter am Gehölz ist, ist eine lahme Ente.»
«Das würdest du nicht sagen, wenn ich zwei gesunde Beine hätte», neckte ihn Lestrade.
«Na komm, alter Junge» – Berkeley klopfte dem Superintendent auf die Schulter –, «ich habe nie an das Gerücht geglaubt. M'Travers, laden, da drüben ist ein prächtiger Bursche.» Berkeley warf seinem Butler das Gewehr zu, der es geschickt auffing, während er die Flasche in seine Tasche gleiten ließ – eine Schnelligkeit der Reaktion, die er sich durch den jahrelangen Umgang mit Hausmädchen in Besenkammern und Obstkellern angeeignet hatte. «Hast du Lust, es mal zu probieren, Sholto?» fragte Berkeley.
Doch bevor Lestrade antworten konnte, ertönte hinter ihnen eine Explosion, die Berkeley fast von den Beinen riß. Als er sich umdrehte, schoß M'Travers' Blut in einem grellroten Bogen über seine Norfolk-Jacke, und Lestrades Rollstuhl flitzte vorwärts über die Grasbüschel. Der Superintendent kämpfte tapfer mit den Hebeln, aber der Stuhl holperte und glitschte weiter über den Rasen, hüpfte und krachte in eine Gruppe von Eiben am Seeufer, und sein linkes Rad drehte sich mit einem volltönenden Geräusch weiter, während die erschreckten Wildenten schnatterten.
Tom Berkeley kam im Laufschritt herbei. «Sholto, Sholto, ist dir was passiert?»
Unter dem zerbeulten Bowler hervor strafte Lestrade seinen alten Freund mit einem vernichtenden Blick; sein Schal hatte sich wie von selbst um seinen Kopf gewickelt. Berkeley richtete den Superintendent und den Rollstuhl wieder auf und schob beide den Hügel hinauf.
«Nichts passiert», sagte Lestrade, der die Räder überprüfte. «Das stimmt nicht ganz», sagte Berkeley und deutete nach vorn. Der Butler lag ausgestreckt im Morgentau, neben ihm rauchte die zertrümmerte Westley-Richards. Wo M'Travers' Brust gewesen war, befand sich jetzt ein großer, blutiger Hohlraum.

«Was ist passiert?» fragte Lestrade und kurvte mit seinem Rollstuhl an den Körper heran.

«Gottverdammt noch mal», sagte Berkeley sichtlich mitgenommen. «Das Gewehr muß losgegangen sein, als er es lud. Wo krieg ich um diese Jahreszeit einen neuen Butler her?»

Lestrade kannte Tom Berkeley zu gut, um zu wissen, daß er nicht so gefühllos war, aber er war nun mal Polizist. Er hatte das Hirn eines Polizisten. Für Lestrade war hier etwas faul. «M'Travers konnte doch mit Waffen umgehen, oder?» fragte er und berührte den Körper vorsichtig mit seinem Stock.

«Einigermaßen», murmelte Berkeley.

«Tom», knurrte Lestrade warnend, «konnte er mit Waffen umgehen oder nicht?» Berkeley setzte sich in Trab. «Ich hole Hilfe», rief er über die Schulter zurück. «Fanny wird sich um Mrs. M'Travers kümmern müssen. Ich kann's beim besten Willen nicht.»

Durch sein Bein behindert, krümmte sich Lestrade, beugte sich zu weit vor und fiel vornüber aus dem Rollstuhl direkt neben den Toten. Er war an diese Anblicke gewöhnt – die Rituale des Rippers in Whitechapel, der verweste Leichnam in Shanklin Chine –, doch in seiner ganzen langen und schauerlichen Laufbahn hatte er wirklich nie neben den Toten am Boden gelegen. Es zerrte ein wenig an seinen Nerven, doch er verlor sie nicht; anders Fanny Berkeley, die jetzt auf der Terrasse erschien. Sie erblickte die Körper und den umgekippten Rollstuhl.

«Papa», schrie sie, «du hast mich angelogen. Es ist Sholto!» Und sie rannte über den Rasen, wobei sie ihre Röcke hochzog, während der Chief Constable in die entgegengesetzte Richtung eilte, um die Amazone in Gestalt der Witwe M'Travers zu suchen. Als Fanny bei dem hingestreckten Polizisten und dem toten Butler anlangte, streckte Lestrade einen Arm nach ihr aus, damit sie ihm hochhelfe. Der Schock erwies sich als zu groß, und Fanny fiel, vielleicht ungewöhnlich für die Tochter eines Polizisten, in eine gnädige Ohnmacht. Als Berkeley ankam, dem die Haushälterin dicht auf den Fersen war, sah der Obstgarten unterhalb des Hauses wie ein Schlachtfeld aus.

Der Chief Constable war einigermaßen ratlos. Mrs. M'Travers heulte wie eine wahnsinnige Wölfin und sackte auf ihre Knie.

«Stalker!» brüllte er ins Haus. Der Constable dieses Namens tauchte

aus dem Frühstückszimmer auf und rückte seinen Helm zurecht. Als Berkeley sah, daß seine Tochter sich bewegte, wurde er ein bißchen ruhiger. «Lieber Stalker», sagte er zum Constable, «schaffen Sie Mrs. M'Travers von hier weg. Ich bat sie, nicht herauszukommen.»
Der Constable kämpfte eine Weile mit der schluchzenden Frau, und als sie ihren Widerstand aufgegeben hatte, geleitete er sie ins Haus. Unter Berkeleys Aufsicht trugen seine Gärtner zuerst Fanny, dann Lestrade und schließlich M'Travers ins Haus. Die Tochter wurde ins Bett gesteckt, Lestrade wieder in seinen Rollstuhl verfrachtet, und die Leiche des Ex-Butlers auf den Billardtisch gebettet.
«Was geht hier vor, Tom?» Lestrade wischte immer noch den Tau von seiner Jacke und fragte sich, wo sein Bowler war.
«Ein Unfall», sagte Berkeley und goß sich einen großen Brandy ein. «Ein tragischer Unfall.»
Lestrade hielt das explodierte Gewehr in die Höhe, das er zu erreichen gesucht hatte, wobei er aus dem Rollstuhl gekippt war. «Ich bin länger Polizist, als ich denken kann, Tom. Das gilt auch für dich. Du verstehst mehr von diesen Gewehren als ich. Ich wette, das galt auch für Mr. M'Travers. Ist es dafür nicht ein bißchen früh?» Er deutete auf Berkeleys Drink.
«Verdammt, Sholto. Mein Butler ist gerade in die Luft gegangen, und du mäkelst herum, daß ich trinke.»
Das Schweigen hing zwischen ihnen wie ein Schleier.
«Laß mich mal einen Augenblick gewähren.» Lestrade drehte am Schaltrad, und sein Rollstuhl bewegte sich quietschend auf Berkeley zu. Er hielt den Lauf der Westley-Richards hoch. «Ist die Sache nicht so gedacht, daß die Kugel an diesem Ende rauskommt?»
Berkeley nickte eilig und schlürfte seinen Brandy.
«Warum ist das Ende dann blockiert?» Lestrade erblickte Schwärze am Ende des angelaufenen Stahls.
«Das verdammte Ding hatte einen Stecher», polterte Berkeley.
«Und da M'Travers das wußte, dürfte er vorsichtig gewesen sein. Was er nicht wissen konnte, war, daß die Läufe blockiert waren.»
«Was willst du von mir, Sholto?» knirschte Berkeley mit zusammengebissenen Zähnen.
Lestrade ließ den Lauf so heftig auf die Anrichte krachen, daß die Karaffen hüpften. «Eine ehrliche Antwort, verdammt noch mal!

Das Eingeständnis, daß das, was gerade eben draußen passiert ist, kein Unfall war.»

Berkeley hielt zögernd sein Glas in der Hand. «Nicht?»

Lestrade seufzte und rollte mit seinem Stuhl davon, wobei die hübsche kleine Ming-Vase zu Bruch ging. Er kehrte zu Berkeley zurück. «He, ich bin's, Tom. Sholto Lestrade. Superintendent Lestrade.»

Nichts.

«Lestrade vom Yard.»

Immer noch nichts.

«Dein zukünftiger Schwiegersohn.»

«Also gut!» Berkeley warf sein Glas in den Kamin. «Irgend jemand wollte M'Travers' Tod.»

Lestrade blickte überrascht auf. «Wer?»

«Du lieber Gott. Erst vor ein paar Wochen haben sie dich aus dem Solent gefischt. Du kannst von Glück sagen, daß du lebst. M'Travers' Körper ist noch nicht mal kalt, und du brichst eine Untersuchung vom Zaun. Es ist nicht zu glauben!»

«Wir schlafen nie.» Lestrade zuckte die Achseln. «Du weißt ja, Tom, die Ärzte sind die schlechtesten Patienten, sagt man. Na ja, Polizisten sind die schlechtesten Zeugen. Wer könnte Interesse an seinem Tod haben?»

Berkeley fuhr sich nervös durch die letzten Überreste seiner Haare. «Ich weiß es nicht», sagte er.

«Mrs. M'Travers?» sagte Lestrade aufs Geratewohl.

«Mrs...? Hör mal.» Sie lauschten. Aus dem Inneren des Hauses war ein auf- und abschwellendes herzzerreißendes Schluchzen zu hören.

«Hört sich das für dich nach einer Mörderin an?»

«Wer dann? Das Hausmädchen?»

«Chrissie? Oh, ich weiß, M'Travers hatte einen gewissen Ruf, wenn es um Damen ging, aber warum sollte Chrissie ihn töten? Sie... sie standen sich nahe.»

«Eifersucht?» bohrte Lestrade weiter. «Was, wenn Chrissie eine von vielen war? Was, wenn es andere Frauen gab, die ihm näherstanden? Was, wenn sie schwanger wäre?»

«Schwanger? Wir schreiben das Jahr 1912. Frauen töten Männer nicht, weil sie schwanger sind. Wirklich, Superintendent!»

Für Berkeley war das der Gipfel der Albernheit.

«Was ist mit deinem Fahrer?»

«Stalker? Der tut keiner Fliege was zuleide. Er ist mit M'Travers immer gut ausgekommen. Mit jedermann.»

Lestrade versuchte es anders. «Wer kann an deine Gewehre ran?»

«Gewehr», verbesserte ihn Berkeley. «Ich habe nur dies eine.» Er hatte sich wieder in der Gewalt, ganz der sachliche Polizist. «Ich selbst natürlich. Und M'Travers. Er ölte und pflegte es. Niemand sonst.»

«Wo wurde es aufbewahrt?» Lestrade vollführte mit seinem Rollstuhl eine Pirouette, und das Meißner Blumenmädchen zerschellte auf der Kaminplatte.

«Hier in diesem Wandschrank.» Er öffnete ihn.

«Wurde er abgeschlossen?»

«Nie. Ich bin nicht mal sicher, ob ein Schlüssel existiert.»

«Wann hast du das Gewehr zuletzt benutzt?»

«Äh...» Berkeley versuchte, die Nachwirkungen des Drinks und des Schocks zu verscheuchen. «Letzte Woche? Nein, nein, in der Woche davor. Ich schoß eine Pfeifente. Penhaligon kam zum Dinner.»

«Panhaligon?»

«Der Vikar.» Berkeley war dankbar für diese Ablenkung. «Er wird dich in Kürze trauen. Du mußt ihn aufsuchen.»

«Ja, muß ich», nickte Lestrade. «Fanny wird schon dafür sorgen. Sie glaubt nämlich, daß ich *sie* heiraten werde.»

Beide Männer bemühten sich zu lachen. Dann fiel Lestrades Blick auf die Katze, und er gab den Versuch auf.

«Sholto, wir werden dieser schmutzigen Sache auf den Grund kommen. Aber im Augenblick geht es erstmal um formelle Dinge. Und angesichts des ausgeprägten Liebeslebens von M'Travers werden wir es mit Heerscharen hysterischer Frauen zu tun bekommen. Ich werde mich um Mrs. M'Travers, Chrissie, Helen Winterbottom, die Adcock-Mädchen, Prudence Heycock und die Thomas-Drillinge kümmern. Die anderen wird Stalker übernehmen müssen. Du gehst besser zu Fanny hinauf, ehe sie aufwacht. Sie denkt wahrscheinlich, du seist tot. Stalker wird dir auf der Treppe helfen.»

Es war Nachmittag, als Fanny zu sich kam. Lestrade hatte das Riechsalz nicht verwendet, das ihr Vater empfohlen hatte. Er hatte bloß im Lehnsessel dagesessen und sie angeschaut. Diese Frau war halb so alt wie er, und wenn sie schlief, sah sie noch jünger aus. Er strich über ihr goldenes Haar und fuhr mit den Fingern über ihre Wangen. Als sie erwachte, spielte er mit seinem Leben, indem er sich über ihr im Gleichgewicht hielt, zart ihre Lippen küßte und sich mit einer Behendigkeit, die man einem Mann mit einem Bein in Gips nicht zutraute, in den Sessel zurückfallen ließ. Ihre Augen blinzelten, als sie die vertraute Decke ihres Zimmers, die Wände, die Vorhänge wahrnahm. Verschwommen sah sie einen Mann mit einem Rattengesicht und bleicher Hautfarbe vor sich sitzen, auf dessen dichtem Schnurrbart das Licht der Frühlingssonne glänzte.

«Sholto ...» Er unterdrückte ihren Aufschrei mit einem Kuß. Sie saß kerzengerade, preßte ihn an sich, ihr Herz schlug heftig, und Tränen rannen über ihre Wangen. Sie faßte sich, rückte von ihm weg und starrte in seine ruhigen Augen.

«Was ist da draußen passiert?» flüsterte sie.

Er nahm ihre Hand in die seine. «Fanny», sagte er, «es gab einen Unfall. M'Travers lud Toms Gewehr, und es explodierte. Er hat es leider nicht überlebt.»

Fanny schauderte in der Erinnerung an den blutigen Körper. Dann sah sie auf und gewahrte das Glitzern in Lestrades Augen.

«Ein Unfall?» wiederholte sie.

Er sah sie an. Sie wußte es. «Nein», sagte er, «kein Unfall.» Er sah, wie ihre Augen sich weiteten. «M'Travers wurde ermordet?» flüsterte sie.

Lestrade nickte. «Aber das ist noch nicht alles, Fanny. Jemand versucht, deinen Vater umzubringen.»

Der verstorbene Durham

Selten hatte Lestrade so viele Frauen auf einmal an einem Ort gesehen, wie sie sich jetzt trauernd um das frisch ausgehobene Grab des Butlers M'Travers scharten. Die Witwe M'Travers hatte der vorzeitige Abgang ihres Gatten völlig aus dem seelischen Gleichgewicht gebracht, sie wurde zunehmend besessener und eine wütende Verfechterin jener «Tod den Fliegen»-Kampagne, die damals im Lande grassierte. Selbst noch, als Reverend Penhaligon M'Travers am Grabesrand mit drei Handvoll Erde ins Jenseits entließ, sah man die Witwe des Butlers über den Friedhof huschen und fröhlich Insekten vertilgen.

«Die Wege Gottes sind unerforschlich», hörte man den Vikar murmeln, und Fanny Berkeley meisterte die Situation, indem sie der Witwe die Fliegenklatsche wegnahm und sie behutsam zum Haus zurückführte.

«Halt sie von den Fliegenfängern fern», hatte Lestrade sie beschworen, bevor sie ihn verließ und er sich emsig damit beschäftigte, seinem Gipsbein Kühlung zuzufächeln, damit es in der Junihitze nicht schmolz.

«... denn der Mensch ist vom Weibe geboren», sagte Penhaligon mit leiernder Stimme. Wie oft hatte er diese Worte gehört? Er versuchte, in den verschleierten Gesichtern ihm gegenüber zu lesen. Nichts. Warum sollte eine dieser Landpomeranzen dem Chief Constable den Tod wünschen? Er winkte Constable Stalker zu sich, und nach ein paar geflüsterten Worten notierte Tom Berkeleys Fahrer in seinem allzeit bereiten Notizbuch die Namen der Damen, die sich um die gähnende Grube versammelt hatten. Selbst die elegant gebauschten Kleider nach neuester Mode konnten die Tatsache nicht verbergen, daß wenigstens drei der Damen schwanger waren, und nicht wenige der Kinder, die der feierliche Anlaß stumm machte, wiesen eine verblüffende Ähnlichkeit mit dem Dahingegangenen auf.

Als alles vorüber war und die Trauergesellschaft zum Leichenschmaus aufbrach, rollte Tom Berkeley Lestrades Rollstuhl unter die schattigen Ulmen.

«Ich denke, es ist Zeit, daß ihr zwei euch kennenlernt», sagte er. «Reverend Penhaligon, Superintendent Lestrade.»

«Norman», sagte der Vikar und streckte eine schlaffe geistliche Hand aus.

«Tatsächlich?» fragte Lestrade und bewunderte die Architektur im Rücken des Gottesmannes.

«O nein», grinste der Vikar. «Das ist nicht normannisch, sondern spätgotisch. *Ich* bin Norman.»

«Ha, ha», kicherte Lestrade ein wenig verlegen wegen dieses Mißverständnisses. «Sholto. Freue mich, Sie kennenzulernen.»

«Ganz meinerseits.» Penhaligons andere Hand ergriff Lestrades und schüttelte sie wie den Schwengel am Dorfbrunnen. «Endlich. Ich habe so viel von Ihnen gehört. Natürlich ist jetzt nicht der Augenblick, darüber zu sprechen.» Er nickte zu den Totengräbern hinüber, die emsig mit ihren Schaufeln beschäftigt waren. «Passen Sie auf, Blake», rief er einem von ihnen zu. «Aber wir haben, glaube ich, etwas zu besprechen, was Ihre bevorstehende Vermählung angeht. Wann möchten Sie das Aufgebot bestellen?»

«Fanny und ich haben noch nicht darüber gesprochen...»

«Schon recht, schon recht», sagte Penhaligon salbungsvoll. «Wir sprechen ein anderes Mal darüber.»

«Heute abend, Norman», mischte Berkeley sich ein. «Kommen Sie heute abend zum Dinner.»

«Ich möchte Ihnen nicht zur Last fallen. Der Zeitpunkt ist schlecht. Sie haben jetzt weder einen Butler noch eine Haushälterin.»

«Ach ja.» Berkeley blickte den Hügel hinauf zur georgianischen Pracht seines Hauses, das die Seen überblickte. «Eigentlich müßte ich Mrs. M'Travers entlassen. Aber was würde aus ihr werden?»

«Ein anderes Mal», beharrte Penhaligon.

«Na gut», sagte Berkeley. «Äh... am nächsten Donnerstag?» schlug Berkeley vor.

«Bis dann», lächelte der Vikar. «Gott befohlen» – und er tauchte in die Schatten, um sich um seine Schäfchen zu kümmern.

Sergeant «Buildings» Peabody rührte mit dem Bleistift seinen Tee

um, wie es bei den Männern im Empfang des Yard seit jeher Tradition war. Er nahm Haltung an, als die Glocke neben ihm bei Fanny Berkeleys Eintritt schepperte.
«Aha», sagte sie schelmisch, «ein schlafender Polizist.»
Peabody räusperte sich. «Kann ich Ihnen helfen, Miss?»
«Ich bin Fanny Berkeley.»
«Ach ja?» Der Sergeant war unerschüttert.
«Mein Vater ist Chief Constable von Surrey.»
«Weiter.» Peabody war ebenso unbeeindruckt wie der Granit des Gebäudes, dem er seinen Spitznamen verdankte.
Diese Arroganz des Yard brachte Fanny zur Weißglut.
«Ich werde bald Mrs. Lestrade sein.» Es war ihre letzte Spitze, und sie zeigte Wirkung.
Überrascht prustete der Sergeant in seinen Becher. «Selbstverständlich, Mum. Verzeihen Sie. Ich habe Sie nicht gleich erkannt. Wexford!» brüllte er einem vorübergehenden Polizisten zu.
«Sarge?» Der verwirrte Constable fuhr herum.
«Führen Sie diese Dame sofort in Chief Inspector Dews Büro. Kapiert? Äh ... es war doch der Chief Inspector, den Sie sprechen wollten, Mum?»
«Genau» – Fanny mußte innerlich über ihre neue Macht lächeln –, «und ich bin niemandes Mum.»
«Ganz recht, Miss Berkeley.» Peabody sah angemessen zerknirscht aus. «Äh ... darf ich fragen, wie es dem Super geht?»
«Wunderbar, Sergeant, danke der Nachfrage» – und sie schwebte in Seide und Taft zum Lift.
Walter Dew, Chief Inspector von Scotland Yard, war infolge der Anstrengung, den Unterhaltungen anderer Leute zu folgen, schneeweiß geworden. Doch sein Schnurrbart, liebevoll von Mrs. Dew gestutzt, blieb dunkel, und sein Auge und seine Hand waren noch so sicher wie je. Während der letzten beiden Jahre hatte er an seiner Schilderung des Crippen-Falles gearbeitet, bei dem diese beiden Teile seiner Anatomie, neben anderen, führende Rollen gespielt hatten. Am Morgen, als Fanny Berkeley ihn besuchte, saß er immer noch an der Remington und gab dem ersten Kapitel den letzten Schliff. Wie er es von Lestrade gewöhnt war, ließ er für seine Besucherin Tee bringen, doch niemand zitterte oder bewegte sich schneller als gewöhnlich.

«Leider haben wir keinen Zucker, Miss Berkeley», sagte er entschuldigend, «doch gewisse Constables, deren Namen wir nicht nennen wollen, Dew» – er sandte einen tödlichen Blick aus –, «haben es versäumt, heute morgen einkaufen zu gehen.»

«Tut mir leid, Papa», erklang hinter der Milchglasscheibe ein jungenhaftes Greinen.

Der Chief Constable beantwortete Miss Berkeleys fragenden Blick mit einem niedergeschlagenen Nicken. «Leider, Miss Berkeley», sagte er. «Perceval, mein Ältester. Natürlich der Augapfel seiner Mutter.»

«Und zweifellos auch der seines Vaters», lächelte Fanny.

Dew errötete ein wenig.

«Dickens! Jones!» bellte er. «Kommen Sie rein.»

Die Sergeants gehorchten.

«Wie geht's dem Chef?» fragten sie wie aus einem Munde.

«Er ist nicht so bettlägerig, daß er, für den Fall, ihm würde etwas Unziemliches über seine Sergeants zu Ohren kommen, nicht imstande wäre, in Windeseile hier aufzutauchen», schnauzte Dew, dem verschwommen dämmerte, daß er ein syntaktisches Wunder vollbracht hatte.

«Es geht ihm gut, vielen Dank», lächelte Fanny und zwinkerte ihnen zu. «Er schickt Ihnen liebe Grüße.»

Sie überreichte Dew eine Nachricht von Lestrade. Er las sie stumm und versuchte, dabei nicht die Lippen zu bewegen. Dann warf er Dickens und Jones einen finsteren Blick zu. «Miss Berkeley bedarf Ihrer Hilfe, Gentlemen.» Er durchmaß den Raum in der Pose eines Feldmarschalls, der Operationen plant. «Ein Mann ist tot», sagte er in einem Tonfall, den er Lestrade perfekt abgelauscht zu haben glaubte. «Dies hier» – er entfaltete ein Blatt Papier in Maschinenschrift, das dem Brief des Superintendent beigefügt war – «sind verschiedene Damen, mit denen der Tote bekannt war. Da ich weiß, daß Ihr einziger Beitrag zur Polizeiarbeit in Ihrer phäno... phämo... bewundernswerten Fähigkeit besteht, mit den irrwitzigsten Details aufzuwarten, fordere ich Sie auf, einen Blick auf diese Namen zu werfen. Beginnen Sie mit M'Travers – dem Toten.»

Dickens und Jones blickten einander an.

«Sagt mir nichts», sagte Jones. «Etwa dir, Charlie?»

«Nicht das Geringste, John.»

«Vielleicht eine dieser Frauen?» Dew war verwirrt. «Verzeihung, Madame – Damen.»
«Es gibt da einen Arthur Adcock, einen Journalisten hier in London…», sagte Dickens vorsichtig.
Fanny schüttelte den Kopf.
«Ich hatte einen Lehrer namens Adcock. Er war ein komischer Kauz.»
Abermals schüttelte Fanny den Kopf.
«Heycock?» drängte Dew.
«Ja, Chief Inspector?» Jones blickte ihn an.
Dew sah verärgert aus. «Die Miss Heycock von der Liste des Superintendent.»
Jetzt schüttelten die Sergeants die Köpfe.
«Wie ist es mit Thomas?» fragte Dew auf gut Glück.
«Nun» – Dickens rieb sich das Kinn –, «einer der zwölf Apostel natürlich…»
«Ein aramäisches Wort mit der Bedeutung ‹Zwilling›», fiel Jones ein.
«Könnte Thomas der Reimer sein…» sagte Dickens zweifelnd.
Dew warf das Blatt Papier auf seinen Tisch. «Es ist aussichtslos», seufzte er. «Tut mir leid, Miss Berkeley. Ich kann höchstens diese Namen an Hand unserer Karteien überprüfen lassen, doch es wäre, offen gestanden, ein reiner Zufall, wenn wir etwas finden würden. Allenfalls könnte ich Sergeant Blevvins runterschicken, damit er ein paar unauffällige Ermittlungen anstellt…» Er sah Fannys Gesichtsausdruck. «Nein, ich denke nicht. Constable Dew» – der Bursche erschien auf der Stelle –, «gib Miss Berkeley die Post des Superintendent, und zwar ein bißchen dalli.»
Sie dankte ihnen mit einem Lächeln und ging.

In Lestrades Post gab es einen Brief, der seine Aufmerksamkeit erregte. Inmitten einer Unzahl von Aufforderungen an Lestrade, auf der nächsten Jahreshauptversammlung der Kurzwarenhändler und Putzmacherinnen zu sprechen, und zahlreichen Angeboten von Mitteln gegen die Cholera – falls er in die Tropen reisen wolle – befand sich ein einfaches Blatt im Quartformat, sauber gefaltet und mit gewöhnlichem Wasserzeichen, auf das mit schöner gestochener

Handschrift eine einzige Zeile geschrieben war. Sie lautete: «Vier für die Evangelisten.» Er las die Anschrift: «Lestrade, im Yard.» Und der Poststempel: Lambeth.

«Sholto.» Fannys Stimme riß ihn aus seinen Gedanken. «Oh, tut mir leid, Liebling» – sie gab ihm einen Kuß aufs Haar –, «du bist offenbar beschäftigt.» Und sie machte Anstalten zu gehen.

«Fanny», sagte er und setzte den Rollstuhl in Bewegung, «wirf mal einen Blick auf dieses Blatt.»

Sie löste ihre Hand rasch von der Cloisonné-Vase, die sie für alle Fälle ergriffen hatte, und las die Zeile. «Was hat das zu bedeuten?» fragte sie.

«Ich hoffte, du würdest mir das sagen», erwiderte er. «Das wurde am 8. Mai an mich geschickt – das ist fast zwei Monate her.»

«Du warst noch in St. Bledsoe's.»

Die bloße Erwähnung dieses Namens ließ ihn erschauern. «Was sagt dir das?»

«Die Evangelisten», murmelte sie. «Matthäus, Markus, Lukas und Johannes. Merkwürdig. Ist es wichtig?»

Lestrade zuckte die Achseln. «Irgendein Spinner, denke ich. Wir haben im Yard von Zeit zu Zeit mit solchen Käuzen zu tun.» – «Norman würde es wissen», sagte sie.

«Norman?»

«Der Vikar», erinnerte sie ihn. «Er kommt heute abend zum Dinner. Er muß schließlich über die Evangelisten Bescheid wissen.»

«In Ordnung. Ich werde ihn fragen.»

Der Reverend Penhaligon war über die Botschaft ebenso verblüfft wie Fanny und Lestrade. Doch der Abend verlief recht heiter, und Fanny wurde wegen ihrer Kochkünste von allen Seiten Lob zuteil, denn Mrs. M'Travers war ja jetzt nicht mehr im Dienst. Die Witwe hatte den größten Teil des Tages in der Küche mit der Zubereitung großer Mengen von Kalk und Olivenöl zugebracht, die sie zur Behandlung der Mückenstiche brauchte, die das unvermeidliche Resultat ihrer mörderischen Angriffe auf das Insektenleben des Gartens waren.

«Fanny» – Penhaligon tätschelte Fannys Hand –, «Ihre Brüstchen sind großartig.»

Lestrade hörte das weniger gern. Schließlich konnte *er* das besser beurteilen, und Penhaligon war schließlich ein Mann, der dem geistlichen Stand angehörte. Sie saßen in Tom Berkeleys Arbeitszimmer, schlürften seinen Port und – Fanny ausgenommen – pafften seine Zigarren.

«Neulich habe ich mich an den alten Claverhouse erinnert gefühlt.» Penhaligon blies Rauchringe an die Decke.

«Sie meinen Bonny Dundee?» An Schottischer Geschichte hatte Fanny immer Freude gehabt.

«Aber nein», lächelte der Vikar. «Ich meine George Claverhouse, den Bischof von Durham. Damit greife ich natürlich weit zurück. Sie erinnern sich vielleicht an den Fall, Sholto, denn es war ja leider ein Fall.»

«Claverhouse?» Lestrade legte die Stirn in Falten und dachte angestrengt nach. «Gütiger Gott – Verzeihung, Norman – ja, ich erinnere mich. Das ist nun aber wirklich lange her.»

Penhaligon begann seine Erzählung. Lestrade hörte zu, nickte zuweilen erinnernd, und inmitten der Rauchschwaden und Portweindüfte fühlte er sich um Jahre zurückversetzt...

«Constable Lestrade!» bellte eine Stimme im Halbdunkel.

«Sir!» Der junge Mann nahm Haltung an. Hinter der grünen Lampe gewahrte er eine dunkle Gestalt.

«Wissen Sie, wie spät es ist?»

Der Constable suchte nach seiner Taschenuhr. «Es ist...»

«Es ist sechs Uhr dreißig, mein Junge. Ein *richtiger* Polizist hat ein Gefühl für die Zeit, sei es Tag oder Nacht. Deshalb hat man auch ein Lied darüber gemacht. Es heißt...?»

«Äh... ‹Weißt du nicht, was die Uhr geschlagen, mußt du 'nen Polizisten fragen›, Sir.»

«Singen Sie es.» Die Gestalt lauerte hinter der Lampe. Lestrade warf noch einmal einen Blick auf die Silhouette, um sich zu vergewissern, räusperte sich und ließ ein Geräusch ertönen, das an eine Katze erinnerte, die von einem Rollstuhl überfahren wird.

«Danke», sagte die Stimme grimmig. «Na, nicht gerade ein Naturtalent aus dem Cannon-Row-Gesangsverein.»

«Nein, Sir», mußte Lestrade zugeben.

«Ich bin Inspector William Palmer. Sagt Ihnen dieser Name etwas?»

Lestrade blickte ihn verständnislos an. Es war der Beginn einer langen Karriere.

«Mein Namensvetter war der Giftmörder von Rugeley, am 14. Juni 1856 vor dem Gefängnis von Stafford gehenkt.»

«Ich war drei Jahre alt, Sir», erklärte Lestrade entschuldigend.

«Ich selber war nicht älter, mein Sohn.» Palmer tauchte aus dem Schatten auf. Lestrade schätzte, daß er Ende Dreißig war. Sein Haar war makellos pomadisiert, er trug einen Mittelscheitel und einen riesigen Backenbart. «Aber ich kenne meine Kriminalgeschichte. Hoffen Sie, eines Tages ein Detective zu werden?»

«Ich habe wirklich noch nicht darüber nachgedacht, Sir.»

«Aber ich, Constable, und ich bin kurz davor, einer zu werden.» Er trat rasch vor einen Spiegel. «Ziemlich elegant, diese Uniformjacke, aber es wird mir nichts ausmachen, in meinem besten Sonntagsanzug rumzulaufen.» Er hatte sich wieder zu Lestrade umgedreht. «Das ist eine hübsche Taschenuhr. Gestohlen?»

«Sie gehörte meinem Vater, Sir.»

«Tot?»

Lestrade nickte.

«Wie sieht's mit Ihren Altvorderen aus, Lestrade?»

Der Constable überdachte alle Möglichkeiten. Offenbar prüfte ihn der Inspector. «Ist das eine andere Bezeichnung für Hoden, Sir?»

Palmer blickte ihn an. «Nein, Constable. Ich meine, welchen Beruf hatte Ihr Vater.»

«Er war Polizist, Sir, genau wie ich.»

Palmer verzog das Gesicht. «Ich hoffe, nicht so einer wie Sie, Constable.»

«Nein, Sir.» Lestrade gab sich zerknirscht.

«Also gut. Wie ich sagte, ich erwarte jeden Tag den Brief von Scotland Yard. Bis dahin ist es meine traurige Pflicht, Ihnen beizubringen, wo es lang geht, wie Mr. Calcraft sagen würde.»

«Mr. Calcraft, Sir?»

«Der Henker, Constable. Können Sie schreiben?»

«Ja, Sir.»

«Gut, nehmen Sie Ihr Notizbuch – und Ihre Laterne. An diesen Wintermorgen ist es in Whitechapel verflixt dunkel.»

Die Polizisten schritten durch die fröstelige Dunkelheit, die im Dezember der Morgendämmerung vorangeht; Palmer mit Feldmütze und Uniformjacke, sich mit seinem Rohrstöckchen an den Geländern entlangtastend, Lestrade mit blauem Umhang und Helm, im Schein seiner Laterne in die Düsternis spähend. Die dunklen vermodernden Gebäude beobachteten jede ihrer Bewegungen, und Betrunkene schlichen beim stetigen Geräusch der Polizistenstiefel von den Gäßchen in die Höfe. Fuhrwerke klapperten an ihnen vorüber. Sie alle waren Gestalten des Abgrunds.

«Wo sind wir?» fragte ihn Palmer.

Lestrade blickte sich um. «Flower and Dean Street, Sir.»

«Gut, der Mann.» Palmer war zum erstenmal beeindruckt. «Hier ist es.» Er sprang eine Steintreppe hinauf, die zu einer dunklen Tür führte.

«Dann lassen Sie mal Ihre zarten Knöchelchen sprechen, Lestrade. Dazu sind sie nämlich da.»

Der Constable gehorchte und klopfte an, doch kaum hatte er das Holz der Tür berührt, als diese aufgerissen wurde. Ein riesiger Bursche, der einen Geruch wie ein Themseprahm ausströmte, riß ihn ins Innere, und die Tür wurde Palmer vor der Nase zugeschlagen. Lestrade erhielt einen Schlag gegen den Kopf, daß ihm schwarz vor Augen wurde, während sein Helm einen Gang entlangrollte.

«Was willste denn hier, Bulle?» fragte ihn der Rabauke, während er den Constable mit wiederholten Schlägen in den Magen bearbeitete.

«Ich bin nicht ganz sicher», keuchte Lestrade, der verzweifelt versuchte, seine Laterne festzuhalten, denn er wußte, wie teuer diese Dinger waren.

«Florrie!» rief der Mann die Treppe hinauf. «Hier issn Bulle. Issich nich sicher, wasser will.»

«Na», quengelte eine Frauenstimme vom Ende des Ganges, «das werden wir bald wissen, oder?»

Lestrade, vor dessen Augen sich nach dem Schlag auf den Kopf alles drehte, sah auf. Im Lichtschein der Laterne erschien eine schmutzige, schlampige Frau mit ungekämmtem Haar, nur mit einem losen Hemd bekleidet.

«Oh, iss ja noch 'nen ganz junger, Bert. Das arme Schwein blutet ja. Was hasstu mit ihm gemacht?» Sie kniete neben dem liegenden

Neuling nieder und begann seine Stirn abzuwischen. «Hab ihn bloß ein bißchen aufgemischt», erklärte Bert. «Hat seinen Papa bei sich, draußen.»
«Den Papa kann Jennie haben. So früh am Morgen bin ich nich scharf auf alte Lustmolche.»
Der Schein von Lestrades Laterne fiel auf das Hemd der betreffenden Dame, die sich auf dem Gang zu Florrie gesellt hatte.
«Alle gleich, diese verdammten Bullen», knurrte Bert. «Also, nun mach mal, wohin willste ihn haben?»
Lestrade wurde wie ein Sack hochgehoben und den Flur entlanggeschleppt, wobei sein Kopf an die Wände und Türrahmen schlug, ehe er spürte, daß man ihn auf ein ungemachtes Bett warf, auf dessen Laken er bereits krabbelnde Gesellschaft vorfand. «Verdammter Mist.» Florrie ließ ihr Hemd fallen und fing an, splitternackt wie sie war, die Taschen des Constable auszuleeren. «Schmeiß ihn raus, Bert. Er hat bloß Fourpence geblecht und war die ganze Nacht hier.» Es war klar, daß sie nicht von Lestrade sprach.
«Hast 'n viel zu gutes Herz, Florrie, ehrlich», sagte Bert, und Lestrade gewahrte verschwommen eine zweite Gestalt neben sich auf dem Bett, die nun von dem folgsamen Kraftprotz hochgehoben wurde.
«Also hör mal, Süßer.» Im Kerzenlicht zählte Florrie Lestrades jämmerliches Kleingeld. «O je, für Twopence Halfpenny wirst du nicht viel kriegen, mein Schatz. Trotzdem...» Sie fummelte an den Knöpfen des Constable herum. «Oh, da spielt sich aber wenig ab, oder?» Sie tätschelte leicht sein Gesicht. «Bist du sicher, daß du der Sache gewachsen bist, wenn ich mal so sagen darf?»
Lestrade stöhnte, und alles begann sich aufs neue zu drehen. «Oh, sieh mal an, immerhin hat er 'ne hübsche Uhr.» Florrie hielt sie in den schmalen Lichtstrahl, den die Morgendämmerung durch das Fenster warf. Darauf folgte ein Krachen und Splittern von Glas und Holz. «Sie gehört seinem Vater.»
Das war der Auftritt von Inspector Palmer. Florrie schrie auf und fiel gegen die Wand.
«Sie behindern einen Polizeibeamten bei der Ausübung seiner Pflicht», sagte er und wischte sich den Staub und Mörtel von der Jacke. Er betrachtete das schmutzige Zimmer, das verwanzte Bett und die verdreckte Hure, die versuchte, ihre Blöße zu bedecken.

«Sehr hübsch, Schätzchen, aber unglücklicherweise habe ich meine Brieftasche zu Hause vergessen. Zieh das an.» Er warf ihr einen Vorhang zu. «Wo ist der Mann, der hier war?»
Bert, gehorsam wie immer, steckte seinen Kopf durch die Tür und erblickte den Inspector. Doch er war nicht schnell genug, denn Palmer schnellte vor, warf sich gegen die Tür und klemmte ihm den Kopf ein, daß es knirschte. Der Schläger würgte einen gängigen Whitechapel-Fluch hervor und lag stöhnend am Boden.
«Wer ist sonst noch im Haus?» fragte Palmer Florrie.
«Bloß ich und zwei andre Mädchen – Jennie und Kate.»
«Wo?»
Florrie deutete nach oben. Palmer blickte sich suchend um, fand einen Krug und schüttete seinen Inhalt über den angeschlagenen Constable. Erst dann roch er daran, um festzustellen, was er enthalten hatte, und wünschte, er hätte es nicht getan. Lestrade richtete sich benommen auf.
«In Ordnung, Constable. Jetzt wollen wir mal aufhören, hier die Clowns zu spielen und zur Sache kommen, klar?»
Lestrade knöpfte sich verschämt den Hosenschlitz zu und nahm der ebenso verschämten Florrie seine Uhr und sein Geld ab.
Er folgte Palmer die Treppe hinauf und sammelte unterwegs seinen Helm und seine Laterne auf. Palmer näherte sich der ersten Tür.
«Lestrade», zischte er, «nach der Sache mit dem Fenster scheint mir Heimlichkeit jetzt fehl am Platz. Übrigens, tut mir leid, daß ich ein bißchen spät gekommen bin. Ich mußte meine Männlichkeit beim Raufklettern riskieren.»
«Was suchen wir, Sir?» Lestrades Verstand war wieder so scharf wie zuvor.
«Einen Körper», erwiderte Palmer. «Vermutlich einen toten. Sie nehmen diese Tür, ich nehme die auf der anderen Seite. Und, Lestrade…»
«Sir?»
«Sie haben einen Amtsstab bei sich. Benutzen Sie ihn.»
Lestrade hakte den Schlagstock vom Gürtel.
«Bei drei geht's los», flüsterte Palmer und faßte die gegenüberliegende Wand ins Auge. «Eins… zwei… drei!» – und er warf sich nach vorn und verschwand in der Schwärze.
Lestrade war langsamer, vor allem deswegen, weil seine linke Schul-

ter beim Aufprall auf die Tür zurückgeworfen wurde, denn das Holz gab nicht nach. Schließlich trat er die Türbretter ein, worauf von drinnen Schreie des Entsetzens ertönten. «Polizei!» rief Lestrade, endlich im Zimmer. Er sah das Mädchen, das auf dem Stuhl saß. Er sah den auf dem Bett liegenden Mann.
«Wer sind Sie?» fragte Lestrade.
«Ich heiße Kate», murmelte sie.
Lestrade zog sie hoch. «Wie alt bist du?»
«Fünfzehn, Sir..., glaube ich.»
«Wer ist das?» Lestrade deutete auf das Bett.
«Ein Gentleman, Sir», antwortete Kate.
Lestrade berührte den Gentleman mit seinem Knüppel. Er rührte sich nicht. Der Constable hob eines der Lider. Die Pupillen waren geweitet. Er legte ein Ohr auf die Brust. Kein Atemzug.
Er richtete sich auf. «Dieser Mann ist...»
«Mausetot.» Palmer war eingetreten.
Kate begann leise zu weinen. An Palmers Arm hing Jennie, das andere Mädchen.
«Wo sind seine Kleider?» fragte Palmer sie.
Kate holte die schwarzen Hosen, den steifen Kragen und den Zylinder.
«Und seine Jacke?» fragte Palmer. «Ach ja, ich glaube euer Zuhälter war auffallend gut angezogen. Lestrade, kümmern Sie sich nachher drum. Wo ist sein Geld?»
Kate machte sich, noch immer leise schluchzend, an einer Kommode zu schaffen und gab Palmer die Scheine.
«Er starb eines natürlichen Todes.» Florrie war auf dem Treppenabsatz aufgetaucht. «Muß sein Herz gewesen sein. So 'n alter Knopp, hatte hier überhaupt nichts zu suchen.»
«Wer war mit ihm zusammen?» fragte Palmer.
Kate schluchzte, sie sei es gewesen.
«Er mochte junges Gemüse», erklärte Florrie.
«Er war aktiv, wie?» erkundigte sich Palmer.
«Ich glaube nicht, daß er Soldat war.» Florrie sah ihn verwirrt an.
«Das glaube ich auch nicht», erwiderte Palmer. «Constable, dies ist... war... Mr. George Claverhouse, der Bischof von Durham.»
«Nicht zu fassen!» riefen Lestrade und die Mädchen.

«Holen Sie ein paar Männer und eine Bahre. Es hat wenig Sinn, wenn er länger hierbleibt.»
Lestrade eilte in die kühle Morgenluft, um den Befehl auszuführen. Als er, mit Papier und Bleistift bewaffnet, zurückkehrte, um die Aussagen zu Protokoll zu nehmen, sah er gerade noch, wie Inspector Palmer sich beim Verlassen von Kates Zimmer die Hose zuknöpfte.
«Halten Sie Ihre Notizen kurz», sagte Palmer. «Der Fall ist sonnenklar.» Er nahm Lestrade beim Arm. «Wir werden einen Ausflug in fremdes Territorium machen, Constable. In die sonnigen Gefilde von West End.»
«Aber ist nicht dort...?»
«Die Metropolitan Police zuständig? Ist sie, mein Junge. Aber wir wollen es nicht so genau nehmen. Ich habe Ihnen ja erzählt, daß ich jeden Tag zum Yard versetzt werden kann. Außerdem können Sie Ihre neuen Kollegen kennenlernen. Irgendwelche Fragen?»
«Ja, Sir. Woher wußten Sie das mit dem Bischof?»
«Ich bekam einen Tip, Constable. Oh, nicht aus meinen gewöhnlichen Quellen. Ich habe in der ganzen Stadt meine Spitzel sitzen, doch dieser Tip kam von einem Gentleman; nach seiner Handschrift ein besserer Sekretär. Er teilte mir mit, Seine Gnaden habe die Gewohnheit, ein übel beleumdetes Haus in Flower and Dean Street aufzusuchen. Er hatte ihn am Donnerstag nachmittag reingehen sehen, und seitdem hatte ihn niemand mehr zu Gesicht bekommen. Also war Flower and Dean Street der Ort, wo ich mit meinen Nachforschungen beginnen mußte. Ich muß zugeben, ich hatte auf ein bißchen mehr gehofft. Egal, es reicht. Es ist genug, eine Menge Leute zu schocken, wenn sie morgen beim Frühstück sitzen, wette ich. Mein Bruder wird entsetzt sein.»
«Ihr Bruder, Sir?»
«Ja», grinste Palmer. «Er ist seit kurzem auf der Universität. Ausgerechnet zum Priester fühlt er sich berufen. Das hatte man auch von mir erwartet, nur ich war ein bißchen schwerhörig, wissen Sie.»
«Ich verstehe, Sir», lächelte Lestrade.
«Was?»
In The Minories winkten sie einer Droschke. Lestrade bezahlte.

«Sie sind der Privatsekretär des Bischofs von Durham?» Palmer kam sogleich zur Sache.

«Das bin ich, Sir.» Der kummervoll aussehende Gentleman war dunkelhaarig, hatte die Augen eines Habichts und eine Hakennase.

«Ich bin Inspector Palmer. Dies ist Constable Lestrade, City Police. Ich nehme an, Sie haben mir geschrieben.»

«Ich … äh …» Der Privatsekretär wischte sich über die Stirn.

«Kommen Sie, Sir.» Palmer warf das zerknüllte Stück Papier auf den Tisch. «Ist das Ihre Handschrift oder nicht?»

«Sie ist es», bekannte der Sekretär und hielt sich die Hand vor den Mund, als müsse er sich übergeben.

«Hatten Sie die Angewohnheit, dem Bischof auf seinen nächtlichen Streifzügen zu folgen?»

«Wie bitte?»

Lestrade kam ihm zur Hilfe. «Sind Sie dem Bischof in jener Nacht gefolgt, Sir?»

Der Inspector und der Sekretär warfen dem Constable einen vernichtenden Blick zu. «Ich gestehe …» sagte der Sekretär.

Aha, dachte Lestrade. Da steckt mehr dahinter.

«Ich gestehe, daß ich anfing, ihm zu folgen. Seine Gnaden war … sonderbar geworden. Sein Benehmen hatte etwas Heimlichtuerisches. Selbst im allerdichtesten Nebel pflegte er sich in die Nacht zu wagen, rief eine Droschke und verschwand.»

«In Richtung Whitechapel?»

«Ganz recht, Sir. Ich vertraue darauf, daß man Seiner Gnaden nicht sagt, daß ich …»

«Ich zweifle, ob Seine Gnaden im Augenblick irgend etwas hören würde», sagte Palmer. Er blickte Lestrade an, und dabei fiel sein Blick auf eine Reihe von Priesterhüten, die in der Halle an der Garderobe hingen.

«Seine Gnaden hat Gäste?» fragte er den Sekretär.

«O ja. Der Apostel-Club trifft sich regelmäßig am dritten Freitag jedes Monats.»

«Der Apostel-Club?» fragte Palmer.

«Eine Gruppe von Bischöfen …»

«Ich glaube, Sie werden feststellen, daß es sich um einen Schwarm von Bischöfen handelt», verbesserte Palmer.

«Äh… wie Sie meinen», gab der Sekretär zurück. «Sie versammeln sich im Stadthaus eines Bischofs und erörtern theologische Dinge. Oft haben sie einen Gastredner, wie auch heute nachmittag. Bloß, daß Seine Gnaden noch nicht heimgekehrt ist. Vermutlich haben sie ohne ihn angefangen. Gibt Sie irgendwelche Erkenntnisse, Inspector?»

Palmer lächelte. «Wie steht's mit Ihren Krallen, Lestrade?»

«Sir?» Der Constable prüfte seine Fingernägel.

«Hinter dieser Tür befindet sich ein Schwarm von Tauben. Wir werden die Katzen sein» – und er schlich auf die Tür zu.

«Gentlemen, Sie können nicht…» Lestrade stieß den Privatsekretär beiseite und war neben Palmer, als die Flügeltüren krachend aufflogen.

«Constable», sagte Palmer, «den Hut.»

Lestrade zog unter seinem Umhang einen seidengefütterten Zylinder hervor, wie ihn Bischöfe trugen. Auf ein Nicken von Palmer schleuderte er ihn in die Mitte des spiegelnden Mahagonitisches. Plötzlich sprangen elf Männer auf, schrien durcheinander und wollten wissen, was das zu bedeuten habe. Nur Palmer und Lestrade blieben stumm. Und der Gastredner, der beim Eintreten der Polizisten bereits gestanden hatte, schwieg ebenfalls.

«Mylords», schrie Palmer durch das Getöse, «und Mr. Disraeli.»

«Schon wieder ein Schauspieler unter Gentlemen», murmelte der alte Jude und verbeugte sich vor den Polizisten.

«Mein Name ist Palmer, Inspector der City Police. Constable Lestrade und ich sind in einer dienstlichen Angelegenheit hier, bedauerlicherweise. Ich würde es als eine Ehre betrachten, wenn Sie alle Platz nehmen würden.»

Angeführt von Disraeli, gehorchte einer nach dem anderen, wobei die bischöflichen Knie knackten. Ein Stuhl blieb leer. Palmer deutete auf ihn. «Gehe ich recht in der Annahme, daß dies der Platz ist, der für den verstorbenen George Claverhouse, den Lord Bischof von Durham, reserviert ist?»

«Verstorben?» ertönten erstaunte Stimmen.

«Er hat sich doch bloß verspätet», säuselte der Privatsekretär. Diesmal brauchte Lestrade keine Aufforderung. Mit einem kräftigen Tritt seines rechten Fußes stieß er dem Sekretär krachend den einen Türflügel vor die Nase. Der andere schloß sich von selbst.

«Constable.» Palmer lehnte sich an den Türrahmen und wartete, während Lestrade seinen Helm auf den Tisch legte und sein Notizbuch zückte.
Er las: «Am Morgen des heutigen Freitag, dem 13. Dezember, gegen zehn vor sieben begleitete ich Inspector Palmer vom Revier in Leman Street zu einem übel beleumdeten Haus in Flower and Dean Street, Nummer acht…»
«Übel beleumdet?» Ein Bischof stand auf.
«Ja, Euer Gnaden», erwiderte Palmer an Lestrades Stelle. «Fahren Sie fort, Constable.»
«…wo wir nach einer Auseinandersetzung mit einem Gossengentleman…»
«Wunderschöne Formulierung», strahlte Disraeli. Der Romanschreiber machte sich in ihm bereits bemerkbar.
«…in einem Bett den Leichnam eines Gentleman entdeckten. Eine Durchsuchung seiner Kleider ergab, daß es sich um den Bischof von Durham handelte.»
Es war still im Raum. Hinter der Tür gab es einen gedämpften Aufprall, als der Privatsekretär in eine gnädige Ohnmacht fiel.
«Ich glaube es nicht!» Ein anderer Bischof fand zuerst Worte. «Da muß ein Irrtum vorliegen, Constable.»
«Ein Irrtum ist ausgeschlossen, Euer Gnaden», versicherte Palmer. Über den glänzenden Tisch hinweg blickten die Bischöfe einander an.

Einer von ihnen, als könne er die Gedanken der anderen erraten, stand auf und sagte: «Mr. Disraeli, Constable, würde es Ihnen wohl etwas ausmachen, einen Augenblick in der Vorhalle zu warten? Inspector, ich möchte Ihnen etwas Vertrauliches sagen…»
Lestrade warf seinem Vorgesetzten einen fragenden Blick zu. Palmer nickte, und der Constable folgte dem Führer der Opposition Ihrer Majestät in die Halle, wo letzterer leichtfüßig dem hingestreckten Privatsekretär auswich, während Lestrade kopfüber stolperte und als ein unwürdiges Häufchen Unglück auf Disraelis Füßen landete.
«Lassen Sie mich Ihnen helfen, Constable.» Der Atem des Politikers reichte völlig aus, um einen schwächeren Mann zu vergiften.

«Danke, Sir.» Lestrade richtete den Sekretär auf und ließ ihn in einen Lehnsessel in der Ecke plumpsen.

«Da wären wir also», sagte Disraeli, «verbannt.»

«Ich selbst gehöre der Kirche von England an, Sir», glaubte Lestrade ihn verbessern zu müssen.

«Wie alt sind Sie, Constable?» Disraeli sah ihn forschend an.

«Zwanzig, Sir. Bald einundzwanzig.»

«Ach ja.» Disraeli ließ sich mit einigen Schwierigkeiten auf ein Sofa sinken. «Als ich zwanzig war, was hatte ich für einen Ehrgeiz... welchen Ehrgeiz. Vor mir lag ein schlüpfriger Steg...»

«Ja, Sir», nickte Lestrade grimmig, «davon gibt's 'ne Menge in Whitechapel.»

«Da wir gerade von Whitechapel sprechen – ist das alles wahr? Ich meine, über Claverhouse.»

«Ja, Sir», versicherte Lestrade.

«Setzen Sie sich, Constable.» Disraeli klopfte auf das Sofa. Lestrade hatte Bauchschmerzen, sich neben diesem Mann niederzulassen, doch er mußte zugeben, daß seine glitzernden Ringe, seine funkelnden Augen und das Rouge auf den Wangen ihn faszinierten. «Ihr Inspector da drin. Ist er in Ordnung?»

«Sir?»

«Ist er ehrlich, Mann?»

«Absolut, Sir.»

Disraeli grinste, von einem plötzlichen Einfall durchzuckt. «Den Premierminister haben Sie auf Ihrem Weg nicht getroffen?»

«Nein, Sir.» Lestrade war ein wenig schockiert. Einen Bischof in einer solchen Umgebung anzutreffen, war eine Sache, aber einen Liberalen!

«Oi vay geschrien», murmelte Disraeli und preßte seine Gardenie an die Lippen. «Sie sollten sich einen Schnurrbart wachsen lassen, Constable.»

«Sir?»

«Damit Sie älter aussehen. Wie lange gehen Sie schon Streife?» Lestrade blickte auf seine Uhr. «Inzwischen sind es fast acht Stunden, Sir.»

«Nein, ich meine, wie lange sind Sie schon Polizist?»

«Dies ist mein zweiter Tag, Sir.»

«Tatsächlich. Dann hören Sie auf meinen Rat, junger Mann. Sie lassen sich einen Schnurrbart wachsen. Und wenn ich Premierminister bin, werde ich Sie zum Innenminister machen.»

Lestrade blickte ihn an. «Nehmen Sie mich auf den Arm, Sir?»

Disraeli kicherte. «Constable, das würde ich nicht wagen.»

Die Tür ging leise auf, und man erblickte eine strahlende Meute von Bischöfen und einen zufriedenen Palmer.

«Mr. Disraeli...» – einer der Bischöfe führte den Politiker in den Salon –, «ich glaube, Sie werden sagen ‹Wo ist euer Christentum, wenn ihr mein Judentum zurückweist?›»

Disraeli lächelte Palmer und Lestrade zu, zuckte die Achseln, machte eine resignierte Handbewegung und ließ sich willig von den Bischöfen ins Zimmer geleiten. An der Marmorsäule blieb er unterwegs stehen. «Sehen Sie dort einen Engel, Euer Gnaden?» – und die Tür schloß sich hinter ihm.

«Was jetzt, Sir?» Lestrade klemmte seinen Helm unter den Arm.

«Lassen Sie mich Ihr Notizbuch sehen, Constable.» Er streckte die Hand aus, nahm es und überflog die Notizen. Dann riß er die Seiten heraus und warf sie ins Feuer.

«Sir?» Lestrade sprang vor, um sie zu retten, doch die Flammen hatten sie verzehrt und fauchten ihn an. Verständnislos blickte er Palmer an. «Was geschieht mit der Leiche?»

«Mit welcher Leiche?» Palmer verstaute ein großes Bündel Pfundnoten in der Tasche seiner Uniformjacke.

«Die Leiche in Flower and Dean Street», beharrte Lestrade. Palmer setzte seine Mütze auf und ging zur Tür. «Die Leiche des Bischofs von Durham», rief Lestrade.

Palmer drehte sich gelassen zu ihm um. «Seine Gnaden, der Bischof von Durham, starb friedlich im Schlaf», sagte er. «In seinem Bett, dort oben, in Portland Place. Und dort genau wird er bei Einbruch der Dunkelheit sein.»

«Aber die Bischöfe...?»

«Wünschen keinen Skandal, Constable.»

«Mr. Disraeli...?»

«Der alte Fuchs? Er hat mehr Leichen im Keller, als Sie sich vorstellen können.»

«Und ich?» rief Lestrade.

«Sie?» lachte Palmer. «Ein Anfänger, den zweiten Tag im Dienst. Palmer spürte, wie Lestrades Mut sank. «Hören Sie, Lestrade. Lassen Sie sich nichts zuschulden kommen, und halten Sie den Mund. Hier» – er steckte eine Fünfpfundnote hinter den Kinnriemen des Constable –, «kaufen Sie sich einen falschen Schnurrbart, bis Ihnen von allein einer gewachsen ist...»

«Sholto, Sholto!» Fannys Stimme drang durch die wohlriechende Nachtluft. Ruckartig wachte er auf, so daß sein Bein schmerzte.
«Fanny», sagte er, «ich muß eingedöst sein. Wo ist der Vikar?»
«Norman ist vor knapp einer Stunde gegangen. Er wollte dich nicht wecken. Papa schläft schon.»
«Er muß mich für ungehobelt halten. Einfach so einzunicken.»
«Papa kennt dich schon lange, Sholto. Er ist daran gewöhnt.» Er warf die *Times* nach ihr. «Den alten Schurken habe ich nicht gemeint, und das weißt du sehr gut.»
Sie kicherte. «Norman hat es auch nicht gestört. Es muß anstrengend für dich sein, das Ding mit dir rumzutragen.»
Lestrade errötete. «Oh, wir Jungens gewöhnen uns dran.»
«Ich meinte den *Gips*», schalt sie ihn milde. «Und worüber hast du die Stirn gerunzelt?»
«Wann?» fragte er.
«Während du schliefst. Ich habe dich beobachtet. Du hast die Stirn gerunzelt.» Sie saß neben ihm und schüttelte seine Kissen auf.
Er lachte. «Ich erinnerte mich an den Claverhouse-Fall – Norman erwähnte ihn. Was hat er übrigens darüber gesagt? Ich fürchte, daß ich nicht viel davon mitbekommen habe.»
«Er erzählte nicht viel. Als er ein junger Mann war, begegnete er George Claverhouse. Offenbar gab es da eine Menge Gerüchte. Es gab einen Skandal wegen seines Todes. Es habe etwas mit einem übel beleumdeten Haus zu tun gehabt, sagte er. Erzähl mir bloß nicht, daß du deswegen die Stirn gerunzelt hast!»
«Nein», sagte er, «ich habe mich nur daran erinnert, wie schrecklich grün ich war.»
«Ich hoffe, nicht wegen meiner Brüstchen», lächelte sie.
Er küßte ihre Hand. «Wie gefällt dir mein falscher Schnurrbart?» fragte er.

Mehr als eine Bridgepartie

An jenem Tag im August war Lestrade allein im Haus. Zumindest war er so allein, wie es ein Mann im Haus eines Chief Constable sein kann, der gewisse Ansprüche stellt. Tom Berkeley hatte durch Anzeigen einen Butler gesucht, doch niemand hatte Interesse an dieser Stellung. Sie hatte keine Klasse, keinen Stil. Also rollte der Superintendent sich selber über die Terrasse und genoß den drückenden Augustnachmittag. Es war still, bis auf das Summen der Bienen und das ferne Gerassel des Mähdreschers, der wie ein schwarzer Käfer über den goldenen Hügelrücken kroch. Durch den Rauch seiner letzten Zigarre betrachtete er das Sonnenlicht, das auf dem Wasser des Sees spielte, und den einsamen Angler, der in seinem Boot döste.

«Ich habe mich selbst hereingelassen, Sir», hörte er eine Stimme und schrie auf, wobei er die Limonade umwarf, die das Hausmädchen Chrissie für ihn gemacht hatte.

«Tut mir leid, Sir, ich wollte Sie nicht erschrecken.»

«Mich erschrecken, Dew?» polterte Lestrade, auf der Zigarre kauend. «Wie zum Teufel kommen Sie auf die Idee, ich sei erschrokken?» Er wendete seinen Rollstuhl, um seinen Besucher ins Auge zu fassen.

«Da war eine Frau an der Tür», sagte der Chief Inspector, «aber sie fragte mich, ob ich den Fliegenwedel brächte. Kam mir ein bißchen geistesabwesend vor.»

«Mrs. M'Travers», nickte Lestrade. «Sie wird uns verlassen müssen. Ich würde Ihnen ja etwas Limonade anbieten...» Lestrade deutete auf den zerschellten Krug. Er betätigte die Handglocke auf dem Tisch. «Setzen Sie sich, Walter, aber geben Sie acht auf die...»

Dew schoß kerzengerade in die Höhe, das Bild eines Mannes, der ein Problem hat.

«...Scherben», beendete Lestrade seinen Satz.

«Wir haben kein Glück gehabt, Sir.» Dew entfernte vorsichtig die

Glassplitter aus seiner Hose und begann, das Blut zu stillen. «Alle Namen, die Miss Berkeley uns gab – nichts.»
«Nun, ich hatte nicht viel Hoffnung», sagte Lestrade. «Ah, Chrissie.» Das Mädchen knickste vor dem Polizisten. «Tee, Walter?»
«Sehr gern, Sir.»
Chrissie knickste und eilte fort.
«Da hat Mr. Berkeley aber einen hübschen kleinen Käfer, würde ich meinen.»
«Das glauben Sie doch selber nicht, Walter. Sie sind hier auf dem Land. Wenn man länger als zwei Stunden vom Straßenpflaster fort ist, fangen einem die Füße an zu jucken. Wissen Sie, daß ich heute dreiundvierzigmal geniest habe?»
«Ich hätte gedacht, Sie seien viel zu beschäftigt, um das zu zählen, Sir», grinste Dew. «Wenn ich an Miss Berkeley und all das denke…»
«Grinsen Sie nicht, Walter; das paßt nicht zu Ihnen.»
«Blevvins hat eine Theorie über M'Travers, Chef», sagte Dew. «Möchten Sie sie hören?»
«Nein», sagte Lestrade, «aber ich schätze, Sie werden sie mir trotzdem erzählen.»
«Er sagt, eines wisse er mit Sicherheit.» Dew konzentrierte sich ganz darauf, Blevvins' These wortwörtlich wiederzugeben. «Der Butler hat's nicht getan.»
«Das ist es, was ich an Blevvins mag», sagte Lestrade nach einer Pause, «daß er so originell ist.»
Chrissie brachte den Tee, und Dew spielte die Hausfrau. Die Männer vom Yard wollten gerade die Tassen zum Munde führen, als sich hinter ihnen jemand räusperte.
«Ja, Constable?» Lestrade, von der Sonne geblendet, kniff die Augen zusammen und erkannte die heranwatschelnde Gestalt von Stalker.
«Die Nachmittagspost, Sir.»
Lestrade nahm den Brief und öffnete ihn. Er enthielt eine einzige Zeile: «Drei, Drei, die Rivalen.»
«Wieder einer», murmelte er.
«Sir?» Dew sah auf.
«Oh, es ist nichts», erwiderte Lestrade. «Irgendein Verrückter, der Spielchen spielt, das ist alles. Bloß… Ich weiß es zu schätzen, Wal-

ter, daß Sie den langen Weg hierher nicht gescheut haben. Wie sieht es im Büro aus?»

«Oh, alle Jungens senden Ihnen liebe Grüße. Hoffen, daß Sie bald wieder auf den Beinen sein werden.»

«Fälle?»

«Na, ja, es gibt da ein paar, Sir. Sie wissen schon. Oh, ich verstehe, was Sie meinen... Nun ja, es gibt *einen*, da hätte ich nichts gegen einen kleinen Ratschlag, da Sie nun schon davon angefangen haben.»

Lestrade lächelte. Er und Walter Dew hatten einen langen gemeinsamen Weg hinter sich, seit der Zeit des Ripper-Falles, als der eine Inspector und der andere Constable gewesen war – und das war wirklich lange her. Er wußte, daß Dews kleiner, verwirrter Verstand sich mit etwas abplagte.

«Lassen Sie hören», sagte Lestrade.

«Ich habe da einen toten Doktor – einen Edmund Lucas, MD. War mal – verzeihen Sie, daß ich das sage – am St. Bartholomew's Hospital.»

«Diesen Namen habe ich schon gehört», sagte Lestrade und klapperte mit der Tasse, damit Dew ein weiteres Mal die Hausfrau spielte.

«Ja, es ist in Smithfield, Sir... Oh, ich verstehe. Doktor Lucas war Leibarzt des Prinzen Arthur of Connaught, doch als der Feldmarschall nach Kanada ging, blieb Lucas hier. Offenbar machte er sich nichts aus dem Klima.»

«Ist nicht Connaught Großmeister der Freimaurer?» fragte Lestrade.

«Ich weiß es nicht, Sir. Warum fragen Sie?»

Lestrade winkte ab. «Nur so. Wie starb ihr Doktor?»

«Das ist eine komische Sache. Jeder nahm an, es handele sich um Russisches Roulette. Haben Sie denn in den Zeitungen nichts darüber gelesen, Sir?»

«Ich habe es mir zum Grundsatz gemacht, keine Zeitung aufzuschlagen, Walter. Zur Zeit ist die Lektüre zu deprimierend.»

«Nun, es gab den üblichen Wirbel. Wo man hintrat, waren Zeitungsreporter.»

«Wo wohnte er?»

«Hatte ein hübsches kleines Appartement in Harley Street.»

«Verheiratet?»

«Nein. Alleinstehender Mann. Lebte sehr zurückgezogen. Stinkreich, natürlich.»

«Natürlich.» Lestrade schob den Panama über seine Augen. «Aber nicht in den Ritterstand erhoben, wie?»

«Sir?»

«Ich meine bloß. Die meisten Ärzte der Königlichen Familie haben einen Titel. Warum hatte er keinen? Was wissen wir über ihn?»

«Äh… Ich wünschte, ich hätte Jones oder Dickens mitgebracht, Sir», murmelte Dew, «aber ich will mein Bestes tun. Er wurde in Uppingham erzogen und war dann, wie ich sagte, in St. Bartholomew's.»

«Weiter.»

«Erhielt den Doktorgrad im Jahr – warten Sie – 1880, glaube ich, und praktizierte dann zehn Jahre lang am Hospital. Danach wurde er Professor der Anatomie…»

«Pathologe?» unterbrach Lestrade.

«Nichts Ungehöriges, Sir. Ich schätze, er hatte seine Launen wie wir alle.»

Lestrade machte keinen Einwand.

«…Professor der Anatomie, Guy's Hospital. Ich vermute, das war die Zeit, in der er sich um den Posten bei Prinz Arthur bewarb. Er bekam ihn 1901.»

«Und wann ließ er sich in Harley Street nieder?»

«Hm, das muß kurz danach gewesen sein – ungefähr 1903.»

«1903», grübelte Lestrade.

«Oh, das hätten Sie wirklich nicht zu sagen brauchen», schnaubte Dew.

Lestrade ging nicht darauf ein. «Todesursache also eine Kugel?» fragte er.

Dew nickte. «Aus kürzester Entfernung. Sehr unappetitlich.»

Er griff nach seiner Teetasse, überlegte es sich jedoch anders.

«Was also ist Ihr Problem?» fragte Lestrade. «Und warum hat der Yard Interesse an dem Fall?»

«Berühmter Mann, Sir.» Walter Dew war zuallererst ein Snob. «Wir konnten die Sache doch nicht… irgendeinem anderen überlassen, Sir, oder?»

Lestrade lächelte und nickte. «Ist da etwas faul, Walter?»

«Ja, Sir», sagte Dew entschieden. «Und zwar mit größter Wahrscheinlichkeit.»
«Warum?»
«Nun, Sir, spielen wir's einfach mal durch. Angenommen, Sie wollen sich das Hirn rausblasen.» Er warf einen Löffel auf den Tisch. «Da haben wir sie, eine Webley, Type 4. Wie würden Sie es anfangen?»
Lestrade nahm den Löffel, überzeugte sich, daß er geladen war, spannte die Waffe und setzte sie sich an die Schläfe.
«Genau», sagte Dew triumphierend. «Lassen Sie mich hier unterbrechen» – und er nahm den Löffel fort, damit kein Unfall passieren konnte. «Die Pistole zeigte auf Ihren Kopf, nicht wahr?»
«Dorthin, wo sich, wie manche Leute sagen, mein Hirn befindet, Walter.»
«Genau. Dann sagen Sie, wenn's recht ist, warum auch eine Wunde im Klavichord ist?»
«Wo?» Lestrade nahm an, der Doktor sei musikalisch gewesen.
«Hier.» Dew deutete auf sein Schlüsselbein.
«Der Doktor war kein besonders guter Schütze, wie?»
Dew schnaubte verächtlich und schüttelte den Kopf, als habe er es mit einem geistig minderbemittelten Kriminellen zu tun. Schließlich verfügte er über jahrelange Erfahrung.
«Was folgern Sie also daraus, Chief Inspector?» fragte ihn Lestrade.
«Mord, Sir. Begangen von einer unbekannten Person oder mehreren unbekannten Personen.»
Lestrade blickte ihn an.
«In Ordnung. Ihre Waffe haben Sie. Fingerabdrücke?»
«Absolut sauber», sagte Dew. «Ich habe sie Inspector Collins gegeben, und er hat seinen üblichen schwarzen Zauber gemacht. Nichts.»
«Motiv?»
Dew schüttelte den Kopf.
«Gelegenheit?»
Dieselbe Reaktion.
«Gab es am Nacken eine Austrittswunde?» fragte Lestrade.
«Ja, Sir, so groß wie meine Hand.»
«Haben Sie die Kugel gefunden?»

Dew blickte ihn verdutzt an.
«Du meine Güte, Walter.» Lestrade läutete abermals nach Chrissie. «Ich werde eine Nachricht für Fanny und Tom hinterlassen. Es wird Zeit, daß ich mich wieder an die Arbeit mache. Haben Sie ein Fahrzeug?»
«Einen Einspänner und einen Constable», gab Dew zur Antwort.
«Gut. Schaffen Sie mich nach Harley Street, bevor es Zeit zum Dinner ist, sonst geht das Essen auf Ihre Rechnung.»

Lestrade kam mit den Krücken besser zurecht, als man hätte erwarten können. Dennoch mußten Dew und der Constable ihm helfen, damit er die Treppe schaffte, die in die Praxis von Edmund Lucas, MD, führte.
«Der Doktor kann heute niemanden empfangen», teilte ihnen die abweisende Schwester am Empfang mit.
«An einem anderen Tag ebensowenig.» Lestrade schwankte, bis seine Krücken die Balance herstellten.
«Ich weiß wirklich nicht, was Sie meinen. Guten Morgen» – und sie fuhr mit ihren Eintragungen fort.
«Sie ist prächtig, Walter», lächelte Lestrade. «Erinnern Sie mich daran, daß ich sie dazu bringe, Peabody ein paar Tips zu geben.»
«Schwester» – Dew nahm seinen Bowler ab –, «erinnern Sie sich nicht an mich? Wir haben erst kürzlich miteinander gesprochen. Ich bin Chief Inspector Dew von Scotland Yard.»
Widerstrebend gab sie zu erkennen, daß sie sich an das schlohweiße Haar und die freundlichen Augen erinnerte. Sie zog die Nase hoch.
«Dies ist Superintendent Lestrade.»
Entsetzt betrachtete sie die Erscheinung des älteren Mannes – die Hemdsärmel, den zerknautschten Panama. Und blitzte da nicht auch ein loser Kragenknopf vor ihren Augen?
«Dürfen wir die Räume des Doktors sehen?» fragte Lestrade. Sie schloß ihr Hauptbuch mit einem solchen Knall, daß die drei Polizisten zusammenzuckten. Mit einem kurzen Zurechtrücken ihrer steifen Haube geleitete sie die Männer durch den Flur und schloß eine Mahagonitür auf. Sie trat ein und blieb wie ein Felsen im Raum stehen.

«Ja?» Lestrade verrenkte sich den Hals, um ihr einen durchdringenden Blick zuzuwerfen. Sie rümpfte abermals die Nase und ließ sie allein.
«Wo wurde die Leiche gefunden?» Lestrade humpelte zum Sofa und ließ sich seitlich hineinplumpsen.
«Hier, Sir, am Tisch.»
«Setzen Sie sich dorthin», befahl Lestrade.
«Vorwärts, Per... Constable. Tun Sie, was der Superintendent sagt.»
«Ja, Sir.»
«Also, Walter. Sie haben die Leiche gesehen. Ich nicht. Wie verlief der Schußkanal?»
«Äh...» Dew war in der Klemme.
«Ja, haben Sie denn Ihren Bleistift nicht in die Wunde gesteckt?» Der Constable wurde unübersehbar bleich.
«Schon gut. Nehmen wir an, der Schuß sei von vorn gekommen. Wie groß war der Tote?»
«Ein bißchen kleiner als Per... als dieser Polizist», gab Dew zur Antwort.
Lestrade zielte mit seiner Krücke. «So geht's», sagte er und verfolgte mit den Augen die Schußbahn. «Constable, bleiben Sie, wo Sie sind. Chief Inspector, sehen Sie mal unter dem Ding mit den Fransen nach – nein, mehr nach links. Ein bißchen nach rechts, nach rechts, ein bißchen tiefer. Da!»
«Mein Gott!» Dew holte unter dem Ding mit Fransen an der Wand eine verformte Kugel hervor. «Ich wäre nie...»
«Ich fürchte, Sie haben recht, Walter», seufzte Lestrade. «Was beweist das, Constable?»
Der bleiche Polizist öffnete den Mund. «Ich weiß es nicht, Sir.»
«Ganz der Vater, wie, Walter?» bemerkte Lestrade.
«Woher wissen Sie?» polterte Dew.
«Oh, es sind die Kleinigkeiten, die es mir verrieten. Zum Beispiel, als der Constable Sie ‹Papa› nannte. Ich wäre nicht da, wo ich heute bin, wenn ich Kleinigkeiten übersehen hätte. Es beweist, kleiner Dew, daß, angenommen der Schußkanal verläuft rechtwinklig – was der Bericht des Coroners erweisen sollte –, der Mörder von Dr. Lucas zur Tatzeit hier gesessen hat, wo ich sitze. Haben Sie den Raum nach Fingerabdrücken absuchen lassen, Walter?»

«Keine, Sir.»
«Na dann...»
«Zum Yard, Chef?» fragte Dew.
«O nein, Walter... Miss Berkeley würde mir das andere Bein brechen, wenn ich auch nur einen Fuß auf die Eingangstreppe setzen würde. Wen haben Sie vernommen?»
«Nun, der Tote war ein vorzüglicher Bridgespieler. Sehen wir von seinen drei Freunden ab, war er, wie ich schon sagte, ein Einzelgänger.»
«In Ordnung, Walter. Stellen Sie fest, wo und wann das nächste Spiel stattfindet. Ich habe das dringende Bedürfnis, den einen oder anderen Rubber zu spielen. Und jetzt bringen Sie mich nach Virginia Water zurück, und halten Sie mich auf dem laufenden. Ich verlaß mich auf Sie.»

«Drei, Drei, die Rivalen», wiederholte Fanny. «Wie sonderbar. Noch ein Brief mit Zahlen.»
«Noch einer?» Lestrade war in Toms Buch *Wie Gentlemen sich an Winterabenden die Zeit vertreiben können* vertieft, wenngleich er sich die falsche Jahreszeit ausgesucht hatte.
«Aber ja. Hast du nicht kürzlich einen für die Evangelisten bekommen?»
«Wie?» Lestrade war mit den Gedanken woanders. «Ja, meine Liebe.»
Sie blickte ihn an. «Ich bin heute auf dem Mond gewesen, Sholto.»
«Ach ja», sagte er, ohne von seinem Buch aufzusehen. «Hast du einen Bekannten getroffen?»
«Ach, das Übliche. Jede Menge grünen Käse.»
«So, da hast du's», erwiderte Lestrade.
Sie versuchte es noch eimmal. «Weißt du, daß deine Hose offensteht?»
«Schon gut, vielen Dank», murmelte er.
Wütend bespritzte sie ihn mit Wasser aus dem Goldfischglas.
«Es regnet, Sholto», rief sie.
Er schrie auf. «Himmel noch mal, Weib! Was ist eigentlich mit dir los?»

«Mit mir, Sholto?» lächelte sie durchtrieben. «Überhaupt nichts.»

Harry Bandicoot war ohne Zweifel von großem Nutzen. Nicht nur, daß er Sholto Lestrade wenigstens zweimal, als Polizist und als Privatmann, das Leben gerettet hatte; er hatte auch die Tochter des Superintendent aufgezogen und ihn nun in den Portland Club eingeführt, der zu den exklusivsten in London gehörte. Lestrade benutzte den Namen Latymer. Sein übliches Pseudonym Lister konnte zu viele lästige Fragen aufwerfen, wenn sich herausstellte, daß die Bridgepartner des verstorbenen Dr. Lucas ebenfalls Mediziner waren. Während Harry in den Speisesaal ging, humpelte Lestrade, tapfer auf nur einen Stock gestützt, in das Spielzimmer.
«Ich glaube, Ihnen fehlt ein vierter Mann», sagte er zu den drei unter dem mit Fransen besetzten Lüster versammelten Herren.
«Zufälligerweise trifft das zu, Mr...?» sagte einer von ihnen.
«Latymer», erwiderte Lestrade. «Ein Jammer, den Abend zu vergeuden.»
«Stimmt», sagte ein anderer. «Gestatten Sie» – und er half Lestrade beim Platznehmen. «Ich bin Patrick Matthews.»
«Ihr Diener», sagte Lestrade, verbeugte sich knapp und lehnte seinen Stock gegen den Tisch.
«Darf ich Ihnen Abelard Johns vorstellen?»
«Angenehm», nickte Lestrade.
«Und William Marks.»
«Sir.»
Matthews griff nach einem frischen Kartenspiel und rief nach Brandy. Nachdem die Gläser gefüllt waren, hielt er das seine in die Höhe und verkündete mit mächtiger Stimme: «Lord Brougham.»
«Lord Brougham», fielen die anderen ein und leerten ihre Gläser. Der Diener schenkte nach, und das Spiel begann.
«Zigarre, Mr. Latymer?» fragte Marks.
Lestrade bediente sich und begann die Spieler genauer ins Auge zu fassen. Sein Partner war Matthews, etwa vierzig Jahre alt, groß, elegant und mit weniger Haaren als ihm vermutlich lieb war. Zu Lestrades Linken saß der füllige Abelard Johns im Glanz seiner Ringe und Ketten, die Lestrade an den Aufputz des verblichenen

Mr. Disraeli erinnerten, dem er vor vielen Jahren begegnet war. Und zu seiner Rechten saß der ausgezehrte William Marks, dessen riesiger Schädel von einem silbernen Haarschopf gekrönt wurde und dessen Augen das tausendfache Funkeln des Lüsters widerspiegelten.
«Ich sage John Doe, Gentlemen», sagte Matthews.
«John Doe», wiederholten sie.
«Ich gebe», sagte Marks und begann die glänzenden Karten durch seine Finger laufen zu lassen. In diesem Augenblick hätte Lestrade sein rechtes Bein für das fotografische Gedächtnis von Dickens oder Jones gegeben. Er begann an sich zu zweifeln.
«Woher wußten Sie, daß uns ein vierter Mann fehlte, Mr. Latymer?» fragte Matthews.
«Der Tod des armen alten Lucas», tastete Lestrade sich vor.
Marks unterbrach das Geben. Johns setzte sein Glas ab.
«Kannten Sie Edmund Lucas?» fragte Matthews.
«In gewisser Weise», sagte Lestrade vorsichtig. «Wir speisten von Zeit zu Zeit zusammen. Und spielten natürlich.»
«Was?»
«Bridge», antwortete Lestrade.
«Ich dachte, Edmund habe immer nur hier gespielt», sagte Johns an seiner Zigarre saugend. «Ich habe Sie nie im Portland gesehen, oder?»
«Wir spielten in seiner Wohnung», sagte Lestrade. «Bloß wir beide, wissen Sie.»
Johns öffnete den Mund, um etwas zu sagen, doch Matthews war schneller. «Wo haben Sie Edmund kennengelernt, Mr. Latymer?»
«Im Guy's Hospital.» Lestrade blieb ruhig. Fragen dieser Art hatte er erwartet.
«Sind Sie Mediziner?» fragte Marks, als er mit dem Geben fertig war.
«Nein, nein», wehrte Lestrade lächelnd ab, doch mehr sagte er nicht.
«Sonderbar, daß Edmund nie von Ihnen gesprochen hat», murmelte Matthews.
«Die Art seines Todes war noch seltsamer», sagte Lestrade verbindlich, doch sein scharfer Blick traf alle.
«Tragisch», sagte Johns. «Tragisch.»

«Pik», sagte Marks. «Was melden Sie, Mr. Latymer?»
Lestrade fluchte innerlich. «Äh ... Klein-Schlemm.»
Er beobachtete ihre Gesichter. Nichts Auffälliges.
Johns legte seine Karte auf den Tisch, Matthews die seine.
Marks war wieder an der Reihe.
«Alles klar, Partner?» lächelte Matthews ihn an.
«Äh, ja ... Passe», sagte Lestrade. «Ich wußte gar nicht, daß Edmund eine Waffe hatte.»
«Sonderbar, daß Sie das nicht wußten», sagte Matthews. «Immerhin waren Sie so eng mit ihm befreundet, daß Sie in seiner Wohnung spielten.»
«Ja», sagte Johns und kippte seinen dritten oder vierten Brandy. «Ein alter Kollege gab sie ihm. Ein Doktor Watson.»
Lestrade sah auf. «Früher Baker Street wohnhaft?»
Matthews sagte streng: «Sie sind dran, Abelard.»
Der korpulente Mann zögerte ein wenig und warf die Karte hin. Für Lestrade unverständlich warfen auch die anderen ihr Blatt hin und Marks grinste.
«Sie sind der Dumme, Mr. Latymer», sagte Matthews.
Lestrade war im Begriff zu protestieren, als Matthews verkündete, die Brandyflasche sei leer, und sich erhob, um den Diener zu suchen. Lestrade hörte in seinem Rücken das Klicken eines Schlüssels und spürte, daß etwas nicht stimmte. In Erwartung eines Angriffs von hinten, umklammerte er mit der rechten Hand den Schlagring in seiner Hosentasche. Nichts passierte. Statt dessen drehte Matthews seinen Stuhl herum, setzte sich rittlings darauf und blies Lestrade Rauch ins Gesicht.
«Also dann», sagte er. «Vielleicht sagen Sie uns, wer Sie wirklich sind.»
«Wie meinen?» Lestrade beschloß, sich dumm zu stellen.
«Wir kennen Edmund Lucas seit geraumer Zeit», sagte Matthews. «Einen Freund namens Latymer hat er nie erwähnt.»
«Und Bridge, Mr. Latymer» – Marks schob sich mit seinem Stuhl näher –, «wird nie von zwei Personen gespielt, sondern nur von vier.»
«Und bei einem Klein-Schlemm macht man zwölf von dreizehn Stichen», sagte Johns und rückte Lestrade mit seinem Wanst auf den Leib. «Da gibt es nichts zu melden.»

«Sie haben gespielt wie ein Orang-Utan, Mr. Latymer.» Matthews beugte sich über den Tisch. «Noch einmal, bevor ich Sie auf die Straße setzen lasse – wer sind Sie?»
Lestrade lehnte sich zurück und zündete sich eine neue Zigarre an. «Na schön, Gentlemen. Ich bin Superintendent Lestrade von Scotland Yard.»
Die Bridgespieler rückten von ihm ab, als habe er eine ansteckende Krankheit. Matthews fand als erster die Sprache wieder.
«Warum dann dieser Vorwand. Warum ‹Latymer›?»
«Ihr früherer Mitspieler ist tot, Mr. Matthews. Es ist meine Aufgabe, herauszufinden, warum.»
«Das ist einfach», sagte Marks hinzutretend. «Edmund hat sich erschossen.»
«In einem Anfall geistiger Verwirrung?» frage Lestrade.
«Vermutlich», antwortete Matthews. «Schießt sich jemand eine Kugel in den Kopf, wenn er bei klarem Verstand ist?»
Lestrade nahm den Schwächsten der drei zuerst aufs Korn. «Mr. Johns», fing er an, «darf ich Sie fragen, wie Sie Dr. Lucas kennenlernten?»
«Durch den Club.» Johns schluckte einen weiteren Brandy. «Ich schätze, ich kenne ihn seit etwa fünf Jahren. Meistens spielten wir Donnerstagabend. Gelegentlich dienstags.»
Lestrade versuchte, seinen Mann nervös zu machen. «Finden Sie es nicht auch warm hier?»
«Ein bißchen.» Johns fingerte an seiner Fliege herum. «Für diese Jahreszeit.»
«Darf ich fragen, was Sie beruflich machen?» fuhr Lestrade fort.
«Ich? Versicherungen», sagte Johns, und als die anderen kicherten, richtete er sich zu seiner vollen Größe auf und unterstrich diese Tatsache. «Wie schon mein Vater.»
«Aha», lächelte Lestrade, «die Herren von der Prudential. Haben Sie eine Idee, Mr. Johns, warum Dr. Lucas sich hätte das Leben nehmen sollen?»
Johns warf einen raschen Blick auf seine Mitspieler. «Keine», erwiderte er für Lestrades Geschmack ein wenig zu schnell.
«Hören Sie, Superintendent», kam Matthews ihm eilig zur Hilfe, «wir trafen Edmund Lucas lediglich, um mit ihm Bridge zu spie-

len. Wir kannten nicht die letzten Winkel seines Denkens – oder seiner Seele.»
Lestrades Blick traf den des jüngeren Mannes, doch er sprach nach wie vor Johns an. «Woher wußten Sie, daß Dr. Lucas' Waffe von Dr. Watson stammte?»
«Ich… äh…» Johns fuhr sich mit seinem seidenen Taschentuch über die Stirn, auf der jetzt Angstschweiß zu sehen war.
«Wenn Männer Bridge spielen, Mr. Lestrade», mischte Matthews sich abermals ein, «sprechen sie über viele Dinge. Oh, über triviale, überflüssige Dinge. Doch wie die Karten wechseln auch die Gesprächsthemen andauernd. Ich erinnere mich, daß wir uns an einem Abend über Revolver unterhielten.»
«Das stimmt», sagte Marks. «Es war der Tag, an dem der arme Dr. Watson tot aufgefunden wurde. Die Zeitungen waren voll davon.»
«Da fällt mir ein, Superintendent, haben Sie nicht diesen Fall bearbeitet?» Ebenso geschickt wie im Spiel hatte Matthews einen Trumpf aus dem Ärmel gezogen.
«Stimmt», erwiderte Lestrade.
«Nun, also», fuhr Marks fort, «Edmund sagte, er und Watson hätten sich während des Studiums kennengelernt und sich auch weiterhin zuweilen getroffen – Sie wissen schon, bei Mediziner-Dinners und so fort. Soweit ich weiß, war Watsons Dienstpistole die Waffe, die er bei all seinen Abenteuern mit dem verstorbenen Sherlock Holmes bei sich hatte.»
«Mit wem?» fragte Johns.
Sieh an, dachte Lestrade. Auch wenn dieser Mann eventuell etwas zu verbergen hatte, verfügte er doch über Geschmack. «Und wie kommen Sie zu der Annahme, Dr. Watson könnte seine Lieblingspistole Dr. Lucas gegeben haben?» fragte er Marks.
«Ich weiß es wirklich nicht, Superintendent – und es ist ein bißchen zu spät, ihn zu fragen, meinen Sie nicht auch?»
«Ich nehme an, Sie haben sich mit Dr. Lucas nur getroffen, um einen vierten Mann zu haben, oder?» Lestrade beachtete das kaum verhüllte Grinsen der drei nicht.
«Nun», sagte Marks. «Mr. Matthews und ich sind Anwälte, Superintendent. Sie haben gewiß von Fortinbras, Fortinbras & Minney gehört?»

«Nein.»

Marks war beleidigt. «Oh, jetzt hören Sie aber auf, Superintendent. Eine führende Firma wie die unsere, die im letzten Winkel des Landes respektiert wird...»

«Jetzt sei kein Snob, William», lächelte Matthews. «Du darfst nicht vergessen, daß Mr. Lestrade Polizist ist.»

«Wie lange kannten Sie den Toten?» Lestrade ließ Marks keine Pause.

«Etwas weniger als zwei Jahre», erwiderte Marks. «Ich bin ein relativ neues Mitglied dieses Clubs. Übrigens: wie kamen Sie rein?»

«Durch die Tür», gab Lestrade zurück, dessen Meinung über Anwälte sich, wie bei den meisten seines Berufsstandes, in ein paar sorgsam ausgewählten Kraftausdrücken zusammenfassen ließ. «Waren Sie – das heißt die Firma Fortinbras, Fortinbras & Minney – Dr. Lucas' Anwälte?»

«Aber, aber, Superintendent», feixte Marks, «Sie wissen, daß ich unmöglich Auskünfte...»

«Es ist spät, Gentlemen», unterbrach ihn Lestrade. «Ich glaube nicht, daß die Herren Fortinbras, ganz zu schweigen von den Minneys, es gern sähen, wenn sie in den frühen Morgenstunden von meinen Constables, ausgestattet mit Durchsuchungsbefehlen für ihre Akten, aus dem Bett geholt würden.»

«Wir kennen das Gesetz, Lestrade», fauchte Marks. «Das können Sie nicht machen. Das Vertrauensverhältnis, das zwischen einem Klienten und seinem Anwalt besteht, ist...»

«William!» zischte Matthews.

Lestrade lächelte. «Vielen Dank, Mr. Marks. Ich nehme an, daß Sie ebensowenig geneigt sind, mir zu sagen, ob Ihr verstorbener Klient finanzielle Schwierigkeiten hatte?»

Marks starrte Lestrade an.

«Nein, ich dachte es mir. Und damit kommen wir zu Ihnen, Mr. Matthews. Würden Sie sagen, daß Dr. Lucas Sorgen hatte?»

«Sorgen?»

«Ja. Erschien er Ihnen nervös, geistesabwesend, besonders an den Tagen vor seinem Tod?»

«Ich glaube, ich sah ihn zum letztenmal – wir alle sahen ihn – am Tage, bevor er starb. Er schien in allerbester Stimmung zu sein.»

«Am Tag, *bevor* er starb. Das müßte am Freitag gewesen sein.»

Matthews lächelte. «Ich frage mich, wer von uns beiden mehr Kreuzverhöre auf dem Buckel hat, Superintendent. Da müssen Sie sich wirklich etwas anderes einfallen lassen. Wir wissen beide, daß Edmund am Freitag starb. Ich sagte, am Tag, *bevor* er starb. Wir spielten hier im Club.»
Lestrade schob seinen Stuhl vom Tisch zurück. Er spielte mit dem Gedanken, aufzustehen, war aber nicht sicher, ob er das Gleichgewicht würde halten können. «Ich habe einen Chief Inspector», sagte er, «der unter mir arbeitet. Oh, er ist kein großes Licht. Ich zweifle, ob er geistig so beweglich ist, um mit den Finessen von Little vs. Hampton fertig zu werden – oder gar mit den Unwägbarkeiten einer verdoppelten Versicherungssumme –, aber er ist gründlich. Er versteht sein Geschäft. Und wenn er etwas Faules wittert, dann gräbt er, und zwar tief.»
«Ein sicherer Weg, Typhus zu kriegen», sagte Marks kalt.
«Oder einen Mörder oder drei», konterte Lestrade.
Die drei starrten ihn an.
«Ein Beispiel», fuhr Lestrade fort, «für die Gründlichkeit meines Chief Inspector: er fand einen Augenzeugen.»
«Für Lucas' Tod?» Johns umklammerte mit den Fingern den Tischrand.
«Nein», sagte Lestrade. «Für drei tadellos gekleidete Gentlemen, welche Dr. Lucas in seiner Praxis in Harley Street ungefähr um acht Uhr dreißig am Freitag abend aufsuchten – dem Abend, an dem er starb.»
Sie saßen reglos da.
«Einer von ihnen» – er beugte sich vor, als wolle er Matthews schärfer ins Auge fassen – «war ein Mann um die vierzig, selbst bei der schlechten Beleuchtung recht stattlich, mit gelichtetem Haar. Der zweite» – er wandte sich an Marks – «größer, schlanker, mit einem Schopf welligen weißen Haars, vorzeitig ergraut also, denn er war nicht älter als fünfundvierzig. Der dritte» – er drehte sich herum und sah Johns an – «war ein älterer Mann, groß und korpulent. Er schien erregt und besorgt.»
«Wer ist dieser Zeuge?» wollte Matthews wissen.
Lestrade beachtete ihn nicht. «Abelard Johns. Ich verhafte Sie wegen Mordes an Dr. Edmund Lucas, begangen am vergangenen Freitag abend. Sie sind nicht verpflichtet, irgend etwas zu sagen...»

Johns schrie auf und sprang von seinem Stuhl in die Höhe. Marks erhob sich und rief: «Lestrade, das ist eine ungeheuerliche...»

«Nein, Mr. Marks.» Lestrades Stock sauste durch die Luft und bohrte sich in seinen Hosenbund.

«Und das ist ein tätlicher Angriff!» kreischte Marks.

«Genaugenommen ist es eine Krücke.» Lestrade bohrte ihm das Ende seines Stockes in die Hemdbrust. «Und Sie laufen Gefahr, bald auch eine zu brauchen. Wollen wir uns nicht setzen?» Er zwang den Anwalt, wieder Platz zu nehmen.

«Verdammt noch mal, Matthews», rief Johns aus der dunklen Ecke des Zimmers. «Wo ist der Schlüssel? Du hast die verdammte Tür abgeschlossen!»

«Beruhigen Sie sich, Mr. Johns», sagte Lestrade. «Das war Absicht, nicht, wie ich vermute, um sie einzusperren, sondern um jede Hilfe von mir fernzuhalten, die ich vielleicht nötig gehabt hätte. Ist es nicht so, Mr. Matthews?»

«Sie haben mit einem falschen Namen gearbeitet, Lestrade. Es war vollkommen klar, daß etwas nicht stimmte. Ich wollte kein Risiko eingehen.»

«Ebenso wie Mr. Johns, als er Dr. Lucas erschoß?» Lestrade starrte ihn an.

«Nein!» brüllte Johns. «Nein, so war es nicht...»

«Halt den Mund, Abelard, du Idiot», fauchte Marks. «Siehst du denn nicht, daß der Mann blufft?»

«Ich bin kein Bridgespieler, Mr. Marks», antwortete Lestrade. «Ich bluffe nie.»

«Sagt es ihm!» schrie Johns. «William, Patrick, um Gottes willen. Sie werden mich hängen.» Er sackte in seinen Stuhl und schluchzte haltlos.

Matthews war aufgestanden und tätschelte dem fetten Mann die Schulter. «William», sagte er, «gieß Abelard noch einen Drink ein. Ich glaube, er kann ihn vertragen.»

Marks tat wie geheißen und reichte dem gebrochenen Mann das Glas.

«Also gut, Lestrade», sagte Matthews, nahm auf seinem Stuhl Platz und lehnte sich zurück. «Durch saubere oder weniger saubere Methoden scheinen Sie auf etwas gestoßen zu sein. Oh, nicht auf die Wahrheit. Noch lange nicht. Doch um uns allen weitere Ungelegenheiten zu ersparen – ganz zu schweigen von den Holzhammermethoden, die ihr Burschen vom Yard euch für uns vielleicht noch ausdenkt –, lassen Sie mich Ihnen etwas über den guten Doktor Edmund Lucas erzählen...»

Alle Augen waren auf ihn gerichtet, sogar Johns starrte ihn durch einen Schleier aus Brandy und Tränen an.

«Er war ein Schwindler, Superintendent. Er war auch ein Lügner, ein Aufschneider, ein Weiberheld; aber andererseits war er ein Arzt mit einer Praxis in Harley Street. Über gewisse Kavaliersdelikte könnte man hinwegsehen, nicht aber über Unehrlichkeit. Marks und ich waren in Winchester, Lestrade. Sogar Johns ging zum – wo war das, Abelard?»

«Manchester, Gymnasium», schniefte der Versicherungsmann.

«Ja, nun, da haben Sie's. Aber in Winchester haben wir uns so etwas wenigstens nicht gefallen lassen.» Er beugte sich vor. «Wir tun es noch immer nicht. Ich denke, jeder von uns wußte seit geraumer Zeit, worauf Lucas aus war. Wir spielten alle Arten von Kartenspielen, und er schaffte es, bei praktisch allen zu gewinnen. Er kassierte... eine beträchtliche Summe... in jener letzten Nacht erwischten wir ihn – oder wenigstens William tat es. ‹Hundertprozentig überführen› nennt man das wohl, glaube ich. Er reagierte arrogant, beschuldigte uns alle der Reihe nach. Es war erbärmlich.»

«Also?» fragte Lestrade.

«Also suchten wir ihn gemeinsam in seiner Praxis auf. Wir legten unsere Karten auf den Tisch, sagten ihm, er wisse ja wohl, was er zu tun habe. Er wußte es nicht.»

«Also nahm ich den Revolver von der Wand», sagte Marks. «Die Waffe, die er von Dr. Watson bekommen hatte. Er bewahre sie geladen auf, sagte er, für den Fall, daß Bösewichte auftauchen sollten. Offenbar hatte ihn mal ein Mormone besucht...»

Lestrade schnalzte mit der Zunge und schüttelte den Kopf.

«Wir ließen den Revolver vor ihm auf dem Tisch liegen», fuhr Matthews fort. «Wir machten ihm klar, daß der Portland Club und mit Sicherheit auch jeder andere Club ihn ausstoßen werde. Dann gingen wir.»

«Um welche Zeit war das?»

«Gegen neun», erwiderte Matthews.

«Ich hörte die Uhr in der Halle schlagen», fügte Marks hinzu.
«Sie sehen also», sagte Matthews, «daß wir bis zu diesem Punkt alle schuldig sind. Doch ich zweifle, ob Sie damit vor Gericht weit kommen werden, Lestrade.»
«Also rauchte er seine Zigarre zu Ende und erschoß sich?» wollte der Superintendent wissen.
«Seine Zigarre?» fragte Matthews. «Du lieber Gott, nein. Nicht Edmund Lucas. Konnte so was nicht ausstehen. Haßte Rauch jeder Art. Beklagte sich immer über den Qualm hier im Club.»
«Wer dann...?» sagte Lestrade grübelnd. «Hat einer von Ihnen in seiner Praxis eine Zigarre zurückgelassen?»
«Nein», versicherten sie nach einigem Nachdenken.
«Wir waren darauf aus, einen Schlußstrich zu ziehen», sagte Matthews. «Schließlich forderten wir einen Mann auf, sein Leben für seine Freunde hinzugeben. Das tut man nicht mit einer Zigarre im Mund.»
«Werden Sie mich... mich einsperren, Superintendent?» flüsterte Johns.
«Mr. Matthews, die Tür, wenn's recht ist.»
Matthews holte den Schlüssel hervor, während Lestrade auf die Tür zu humpelte. Er drehte sich um und stützte sich am Rahmen ab. «Nein, Mr. Johns, ich sperre Sie nicht ein. Wissen Sie, Mr. Matthews hat recht. Vor Gericht würde ich nicht weit kommen. Verschwörung zum Zweck eines Mordes mag ja ein Verbrechen sein, doch jemandem einen Mord vorschlagen? Alle Welt würde mich auslachen. Im übrigen ist Dr. Lucas mit Ihrem Vorschlag nicht einverstanden gewesen, Gentlemen.»
«Was?» riefen sie.
«Sie werden es wahrscheinlich in Kürze im *Lancet* lesen. Den Tageszeitungen ist es offensichtlich entgangen. Lucas wurde von zwei Kugeln getroffen. Die eine, die ihn tötete, sitzt in seinem Kopf, aber eine zweite – Sekunden oder Minuten vorher abgeschossen – durchschlug seinen Nacken. Nicht mal ein nichtrauchender Selbstmörder schießt so weit daneben.»
Die Erleichterung im Raum war spürbar.
«Und die Zigarre...?» fragte Matthews.
«Bis heute abend nahm ich an, sie könne nur Dr. Lucas gehört haben», sagte Lestrade. «Jetzt gehe ich davon aus, daß Lucas nicht

allein war, als Sie ankamen. Vermutlich machte er keine Bemerkung.»

«Nein», sagte Marks, «aber wir haben dort keine brennende Zigarre bemerkt, nicht mal den Geruch von Tabakqualm. Das war in seinen Räumen undenkbar.»

«Dann tauchte später jemand auf oder war bereits in einem Nebenzimmer, als Sie ankamen; er erschoß Lucas, wobei er ihn beim ersten Mal mit seiner eigenen Pistole bloß verwundete, zündete sich eine Zigarre an und verschwand.»

«Wie konnte er ein solches Beweisstück zurücklassen?» wollte Matthews wissen.

«Vielleicht wußte er nicht, daß es ein Beweisstück war. Vielleicht nahm er an – so wie ich bis heute abend –, die Polizei werde glauben, es sei Lucas' Zigarre.»

«Wer also ist Ihr ‹jemand›?» fragte ihn Matthews.

«Nun, Gentlemen» – Lestrade drehte sich in der Tür um, wo er nach Harry Bandicoot Ausschau hielt –, «drei meiner Verdächtigen habe ich ausgeschieden. Jetzt sind nur noch dreißig Millionen übrig.»

«Natürlich habe ich es ihm gesagt, aber er hört ja nicht zu.»

«Aber, aber.»

«Es ist sein Alter, wissen Sie, Vikar. Und natürlich seine Sturheit.»

«Möchten Sie, daß ich mit ihm rede, Mrs. Runcie?»

«Oh, das wäre ein Trost, Mr. Penhaligon, wirklich. Wir … wir waren mal so glücklich» – und die Lady begann derart machtvoll in ihr Taschentuch zu schluchzen, daß die Schloßmauern einzustürzen drohten. Der Reverend Penhaligon tätschelte sie rein geistlich und geleitete sie zum Bahnhof.

«Norman.» Erleichtert sah er auf, als er die strahlenden lächelnden Augen von Fanny Berkeley erblickte.

«Guten Morgen, Fanny. Kennen Sie Mrs. Runcie aus unserem Sprengel?»

Mrs. Runcie schluchzte einen Gruß und verstreute großzügig Tränen über Fannys Bluse.

«Beeilen Sie sich», sagte Penhaligon, «sonst verpassen Sie noch Ih-

ren Zug. Ich werde morgen bei Ihnen und Ihrem lieben Gatten hereinschauen. Und machen Sie sich keine Sorgen; Gottes Wege sind unerforschlich.»
«Das ist es ja gerade», stöhnte Mrs. Runcie, deren Wunde aufs neue aufbrach. «Aber sie können ihm deswegen nichts anhaben» – und sie verschwand in Rauch und Dampf.
«Gott befohlen», rief Penhaligon ihr nach. «Mein Kind» – der Vikar hängte sich bei der Tochter des Chief Constable ein –, «Sie haben mich vor einem schlimmeren Schicksal als dem Tod bewahrt. Was führt Sie nach Windsor?»
«Bloß ein paar Einkäufe. Und Sie, Norman?»
«Oh, ich habe ein wenig in den Buchläden gestöbert. Wußten Sie, daß George III. das ebenfalls zu tun pflegte? Mir ist das immer sonderbar vorgekommen. Stellen Sie sich den König von England vor, der sich aus dem Schloß schleicht, ohne Zweifel an den eingenickten Wachen vorbei, und bei MacConchie's in den Büchern wühlt.»
«War er nicht verrückt?» fragte Fanny.
«MacConchie? Ich fand ihn immer ganz vernünftig.»
Sie schlug ihn mit dem Fächer. «Da ich Sie nun mal getroffen habe, Norman, wäre es da zu unverschämt, wenn ich ebenso auf Sie baute wie die arme Mrs. Runcie? Ich hasse es, mich aufzudrängen...»
«Unsinn. Für die Tochter eines alten Freundes ist mir nichts zuviel. Verfügen Sie über mich.»
«Wie lange sind Sie jetzt schon in Virginia Waters?»
«Oh, warten Sie... es müssen fast sechs Monate sein.»
«Ein *alter* Freund?»
Penhaligon lachte. «Nun ja, alles ist relativ. Kommen Sie, ich verspüre ein starkes Verlangen nach einer Chelsea-Semmel. Eine meiner kleinen Schwächen, fürchte ich.»
«Ist Ihre Frau damit einverstanden?»
«Jane?» Er wirkte ein wenig zurückhaltend. «Mit den meisten Dingen, meine Liebe, mit den meisten» – und sie betraten den Tea Room.
«Wie geht es Sholto? Ich habe ihn seit Wochen nicht gesehen. Das Bein.»
«Sagen wir's mal so: ich habe meine Hutnadel wieder», kicherte sie.
«Aha, der Gips ist ab. Das ist sehr gut.»

«Ich fürchte, mein Zukünftiger ist nicht gerade ein standfester Mann. Ich frage mich, was er sich als nächstes brechen wird.»

«Vor ein paar Sonntagen versuchte er sich energisch an der Orgel in der Kirche.»

«Ja, das tut mir leid. Sein Stock verfing sich in den Pedalen.»

«Das Schicksal seines Lebens, nehme ich an.» Penhaligon schenkte Tee ein.

«Er arbeitet wieder an einem Fall», sagte sie, während sie mit geschickten Fingern die Zange handhabte.

«Ach ja? Worum geht es?»

Sie blickte ihn spöttisch an.

«Oh, verzeihen Sie mir, Fanny. Intellektuelle Neugier. Ich gestehe, daß ich ein leidenschaftlicher Verehrer von Pater Brown bin.»

«Ist das nicht ein wenig ketzerisch, Norman?» Fanny zog eine Augenbraue hoch.

«Ach», lächelte der Vikar. «Erkenne deine Feinde. Nein, meine Liebe, Father Brown ist kein wirklicher Geistlicher. Er ist eine Schöpfung von Mr. Chesterton, dem Romanschreiber. Ein göttlicher Detektiv, könnte man sagen. Ein Papistischer Polizist. Ein theologischer Verbrecherjäger...»

«Verstehe», unterbrach Fanny, die bestrebt war, dem Vikar weitere rhetorische Verrenkungen zu ersparen. «Sholto spricht nicht über seine Arbeit. Polizisten tun das nie. Und das ist das Problem.»

«Bei Sholto?»

«Nein, bei Papa. Er ist noch immer besorgt. Ich scheine nicht in der Lage zu sein, ihn aus seiner inneren Unruhe zu reißen. Er will sich weder mir noch Sholto anvertrauen. Was kann es bloß sein?»

«Nun, Sie dürfen den armen M'Travers nicht vergessen, Fanny. Die meisten Damen des Ortes denken an ihn.»

«Ich weiß, Norman.» Fanny wurde ernst. «Doch es geht tiefer als das. Er hat Angst. Sholto glaubt...»

«Was glaubt Sholto?» Er griff über den Tisch nach ihren Händen.

«Sholto glaubt, daß jemand versucht, ihn umzubringen.»

Wie Superintendent Lestrade befürchtet hatte, war der Zigarrenstummel, der in der Praxis von Dr. Lucas gefunden worden war und der, wie er nun wußte, nicht von dem verstorbenen Lucas stammte, spurlos verschwunden. Gerüchte wollten wissen, daß Dew Junior, der Neuling beim Yard, ihn aufgeraucht hatte, um seine Nerven zu beruhigen, als er sich einer Leiche gegenübersah.

Es war nicht das erste und nicht das letzte Mal, daß beim Yard entscheidendes Beweismaterial verlorenging.

Doch all das wurde durch die Nachricht überschattet, die Anfang September riesige Schlagzeilen machte: «Brutale Ermordung eines ranghohen Polizisten.» Diese Nachricht alarmierte die Polizeikräfte im ganzen Land. Sie zwang den Yard, seine laufenden Fälle auf Eis zu legen. Sie gab Sergeant Blevvins die Möglichkeit, bei zahlreichen Gelegenheiten seine Muskeln einzusetzen. Und sie elektrisierte Superintendent Lestrade, der, voll Freude über sein geheiltes Bein, in den Zug nach Norden sprang.

Das Dorf Burton Coggles lag inmitten der flachen weiten Hochebene von Lincolnshire Wold. Die wandelnden Enzyklopädien in Gestalt von Sergeant Jones und Sergeant Dickens waren überhaupt keine Hilfe für Lestrade gewesen, zumal am Telefon, da die Ärzte ihm den aktiven Dienst im Yard noch nicht erlaubten. Dickens schien zu glauben, das Dorf sei einmal das Hauptquartier von Hereward the Wake gewesen. Jones war der Ansicht, es sei einer der wenigen Flecken im Land, wo man noch Kresse anbaue. Keine dieser umwerfenden Bagatellen war für den Fall von Bedeutung.

Der «Fall» lag, als Lestrade anlangte, in seinem Sarg in dem als Bücherei und Musiksaal benutzten Raum. Die Vorhänge waren zugezogen, die Fensterläden geschlossen. Der Raum war in das unruhige Licht zahlreicher Kerzen getaucht, ein bejahrter Phonograph krächzte unaufhörlich «Sicher in Jesu Armen» und wurde jedesmal, wenn die Maschine zum Stillstand kam, von einem ernsten Jüngling erneut aufgezogen, bei dem es sich um den Dorftrottel zu handeln schien.

Lestrade wurde von einem Inspector der örtlichen Polizei in diesen Reliquienschrein geführt, und er legte seinen Panama auf das Klavier. Er blickte auf den Toten, der sauber gewaschen und wächsern in dem mit Seide ausgeschlagenen Mahagonisarg lag. Der Geruch des Todes, vermischt mit Blumenduft, stand schwer im Raum. Die Polizeitruppen des ganzen Landes hatten Kränze geschickt.

«Nun ist es passiert.» Eine Stimme hinter ihm ließ Lestrade herumfahren.

«Tom!» Der Superintendent war überrascht, den Chief Constable hier anzutreffen. «Auf die Gefahr hin, etwas Dummes zu fragen, was machst du hier?»

«Ich bin gekommen, ihm die letzte Ehre zu erweisen, Sholto.» Selbst im Licht der Kerzen sah Tom Berkeley so bleich aus wie der Tote.

Lestrade tippte ihn mit der Stockspitze an. «Ja, ich auch. Bloß, daß ich ihn nicht kannte. Und mein Interesse ist rein beruflich.»

«Ich wußte nicht, daß man den Yard hinzugezogen hat.»

«Offenbar heute morgen. Es ist John Kanes Fall.»

«Guter Mann?»

«Einer der besten.»

Berkeley umkreiste ein paarmal den Sarg. Dann schnippte er mit den Fingern und bedeutete dem Hüter des Phonographen, er möge verschwinden. «Sholto», sagte er, «kannst du den Fall übernehmen?»

Lestrade ließ sich in einen Sessel sinken, schüttelte betrübt den Kopf und schlug das Buch auf, das vor ihm lag. «Ich sehe, der Dahingeschiedene hatte überhaupt keinen Geschmack» – und er warf das Buch von Conan Doyle in den Papierkorb. «Warum ich, Tom?»

«Mir zu Gefallen?»

Lestrade blickte auf Berkeleys Silhouette, die das Kerzenlicht mit einem Strahlenkranz umgab. «Was hast du gemeint, als du sagtest ‹Nun ist es passiert›?»

Berkeley ließ sich schwerfällig nieder und vergrub seinen Kopf kurz in seinen Händen. «In Ordnung», sagte er. «Ich denke, das schulde ich dir nach den vergangenen Wochen. Ich weiß, es war schwierig, mit mir auszukommen. Übernimmst du den Fall?»

«Ich denke, ich kann John Kane herumkriegen. Erzähl mir, was du weißt.»

Berkeley wandte sich zum Sarg. «Gordon Ushant», sagte er.

«Na, so was», bemerkte Lestrade.

Berkeley blieb unbeeindruckt, denn er war die kleinen Grillen Lestrades gewöhnt. «Ehemaliger Chief Constable des County Rutland. Ein guter Mann. Ehrlich. Tüchtig. Beliebt. Siehst du die Männer da draußen? Dort sind pro Quadratzoll mehr Polizisten versammelt, als man für die Bank von England übrig hat. Daran kann man nicht seinen Rang ermessen, sondern seine menschlichen Qualitäten.»

«Und du weißt etwas, was sie nicht wissen.»

Berkeley nickte. «Ich bin überrascht, daß Edward Henry nicht da ist.»

«Der Assistant Commissioner? Warum?»

«Was ich an dir immer geliebt habe, Sholto, ist, daß du der unpolitischste Polizist bist, dem ich je begegnet bin. Wenn Seine Majestät dir morgen die Krone anbieten würde, würdest du wahrscheinlich darüber stolpern.»

«Das soll heißen?»

«Wer starb im Juni?»

«Hm… der Papst?» Lestrade konnte sich nicht erinnern.

«John Gabriel, der Commissioner der Metropolitan Police.»

«Guter Gott, ja. Ich hatte ‹Erzengel› fast vergessen. Ist das nicht komisch, daß manche Leute einem einfach nicht im Gedächtnis haften bleiben?»

«Das bedeutet, daß ein Posten frei ist.» Berkeley war geduldig.

«Ja.» Soweit stimmte Lestrade mit ihm überein.

«Nun, praktisch jeder Polizist im Land, dich ausgenommen, bewarb sich um den Posten.»

«Ja.» Lestrade folgte hartnäckig den verschlungenen Windungen des Gesprächs.

«Drei kamen in Frage. Gordon Ushant, Edward Henry und ich.»

«Ich verstehe.»

«Henry, sozusagen als Lokalmatador, hatte die besten Chancen. Meine eigenen kann ich nicht einschätzen. Ushant schien gut im Rennen zu liegen.»

«Was willst du damit sagen, Tom? Daß du oder Edward Henry ihn umgebracht hat?»

Berkeley durchmaß den Raum. «Es sieht so aus, Sholto. Wir hatten beide ein Motiv. Ich meine, beide hatten wir die Gelegenheit.»

«Drei, Drei, die Rivalen», sagte Lestrade.

«Was?» Berkeley war mit den Gedanken woanders.

«Du sagtest, drei Männer waren in der engeren Wahl. Und ich bekam eine Nachricht, die lautete ‹Drei, Drei, die Rivalen›. Wer wußte sonst noch von dem Posten?»

«Wie ich schon sagte, jeder. Dachte ich zumindest.»

«Mir ist nichts zu Ohren gekommen, Tom. Nicht mal Fanny hat es erwähnt.»

«Man soll das eigene Nest nicht beschmutzen.»

Lestrade hatte man beigebracht, er solle überhaupt kein Nest beschmutzen, aber vielleicht änderten sich die Zeiten.

«Ich versuche, meine Arbeit und meine Sorgen nicht mit nach Hause zu bringen.»

«Na ja, zumindest bist du aus der Sache raus, Tom», sagte Lestrade.

«Das ist nett von dir, Sholto, aber Freundschaft sollte nicht dein Urteil trüben.»

«Freundschaft hat nichts damit zu tun», erwiderte Lestrade. «Wir wissen beide, daß M'Travers versehentlich starb, während du das eigentliche Ziel warst.»

Berkeley starrte ihn an.

«Du bist nicht gerissen genug, als daß du das so eingefädelt hättest, um den Mord an Chief Constable Ushant zu verbergen. Ich kenne dich zu gut. Außerdem ist da noch etwas anderes...»

«Was?»

«Ich weiß nicht, ob's mein Bein ist oder diese infernalische Hitze, aber ich lasse nach.»

«Du solltest öfter deinen Stock benutzen.»

Auch Lestrade umkreiste den Sarg. «Nein, nein, ich meine den Brief, den ich bekam – ‹Drei, Drei, die Rivalen› –, er gehört zu einer Reihe.»

«Ich kann dir nicht folgen.»

«Vier Männer», sagte Lestrade. «Matthew, Mark, Lucas und John.»

«Was ist mit ihnen?»

«Kommen dir die Namen bekannt vor?»

Berkeley dachte nach. «Nein.»

«Verändere sie ein wenig. Matthäus, Markus, Lukas und Johannes.»

«Aha.» Er begriff. «Die vier Apostel.»

«Oder die Evangelisten», sagte Lestrade. «Und so lautete ein anderer Brief, den ich bekam.»

«Was bedeutet das?» fragte Berkeley.

«Ich weiß es nicht – noch nicht. Doch es reicht zurück, Tom. Weit, weit zurück. In die Zeit, bevor wir unsere jetzigen Jobs bekamen. Vor Gordon Ushant. Ich werde den Fall übernehmen. Und hoffen wir, daß die Erinnerung des Guten nicht zuviel tut.»

Schwarze Mützen, schwarze Damen

«Also, John, was haben Sie rausgekriegt?» Lestrade räkelte sich unter den Apfelbäumen des verblichenen Chief Constable. Deren Schatten sprenkelten sein Gesicht, das durch den wochenlangen Aufenthalt in der Sonne eine dunklere Färbung bekommen hatte.
«Daß ich noch zwanzig Jahre aufholen muß, um mit Ihnen gleichzuziehen, Chef», seufzte Inspector Kane und drehte sein Notizbuch zwischen den Fingern.
Lestrade lachte, was den auf der Veranda wachenden Polizisten veranlaßte, mißbilligend aufzublicken. «Und gedämpft, bitte, Inspector. Chief Constable Ushant war in dieser Gegend sehr angesehen. Wir wollen hier jede klugscheißerische Londoner Gefühllosigkeit vermeiden. Fahren Sie fort.»
Kane saß mit offenem Mund da.
«Oh, wenn das so ist und Sie mich so nett bitten», seufzte Lestrade, steckte sich eine Zigarre in den Mund und warf dem Inspector eine zweite zu. «Haben Sie Feuer?»
Kane fummelte nach seinen Streichhölzern und gab beiden Feuer.
«Todesursache?» drängte Lestrade.
«Kehle von rechts nach links durchschnitten. Luftröhre durchtrennt. Zahlreiche Muskeln verletzt. Saubere Arbeit.»
«Ihre Meinung?»
«Mit Sicherheit ein kräftiger Arm. Profi?»
«Ein bezahlter Killer, meinen Sie?»
«Kam mir in den Sinn, Sir.»
«Warum? Wir sind hier im verschlafenen Rutland, Inspector. Das Aufregendste, was dieser Ort in den letzten zwanzig Jahren erlebt hat, war der verstorbene König, der aus Schloß Blevoir losdonnerte und Weiber jagte.»
«Dann wissen Sie wohl nichts von dem Commissioner-Posten, Sir?» suchte Kane ihn auszuholen.
«Aha, jetzt kommen Sie der Sache schon näher, John. Fangen Sie an.»

«Tatsache ist, daß Mr. Ushant als nächster Commissioner galt und zwei Rivalen im Weg stand.»
«Und die hießen?»
Kane zögerte. Er wußte, daß der eine Lestrades unmittelbarer Vorgesetzter und der andere Lestrades ältester Freund war.
«Ich werde Ihnen helfen, Inspector. Edward Henry und Thomas Berkeley.»
Kane nickte.
«Sie denken also, einer der beiden hat's getan?»
«Oder jemanden dafür bezahlt, Sir.»
«Warum eine Frau verwenden?»
Kane plumpste in seinen Rattan-Sessel zurück und zerriß seine Notizen, während Lestrade grinste. «Lassen Sie sich's nicht verdrießen, John», sagte er. «Ich bin Ihnen nicht zwanzig Jahre voraus, bloß ein paar Stunden.» Er beugte sich vor und spähte ins Unterholz, ob sie Gesellschaft hatten. Nur ein weißer Pfau drehte seinen Kopf, um ihrer Unterhaltung zu lauschen. «Und diese paar Stunden brachten Ergebnisse. Todeszeit?»
«Der Bericht des Coroners liegt noch nicht vor, Sir.»
«Es ist bisher auch noch niemand auf dem Mond gewesen, Inspector, aber ich weiß, daß er nicht aus grünem Käse besteht. Daß es keinen Bericht gibt, ist ein Vorteil. Sie haben die Leiche gesehen?»
«Nun... äh... nach ihrem Zustand zu urteilen...»
«Ja?»
«Vor sechsunddreißig Stunden.»
«Eher achtunddreißig, aber Sie machen sich. Also trat der Tod ein...»
«Am Dienstag gegen Tagesanbruch.»
«Richtig. Wer war im Haus?»
Kane begann zu bedauern, daß er es eilig gehabt hatte, seine Notizen zu zerreißen. «Von Ushant abgesehen, ein Butler, sechs Hausmädchen der verschiedensten Art, eine Köchin und ein Hausgast.»
«Ach ja, der Hausgast. Was halten Sie von Mr. Casement?»
«Interessanter Bursche. Ire natürlich, trotzdem nicht der Schlechteste. Ein Diplomat, auf Urlaub aus Brasilien.»
«Kommt da nicht der Guano her?»
«Nein, das ist Chile. Sie meinen die Nüsse.»

«Aha. Warum ist Casement hier?»

«Er ist... äh... war ein Freund von Ushant.»

«Sonst noch was über ihn?»

«Hat einen leichten Schlaf. Neigt dazu, zu unorthodoxen Zeiten spazieren zu gehen.»

«Und in der fraglichen Nacht?»

«Behauptet, er habe eine Gestalt durch den Obstgarten laufen sehen.» Kane orientierte sich. «Da drüben, glaube ich.»

«Wann war das?»

«Etwa vier Uhr dreißig. Es wurde hell.»

«Und wie gut hat er die Gestalt gesehen?»

Kane winkte ab. «Sie sei ‹menschlich› gewesen, sagt er.»

Lestrade zog an seiner Zigarre. «Ich möchte Ihre Aufmerksamkeit auf den sonderbaren Umstand lenken, daß sich nachts ein Pfau im Garten aufhielt.»

Kane blickte verständnislos drein. «Der Pfau hat nichts angestellt in der Nacht», bluffte er.

«Der verstorbene Sherlock Holmes hätte gefunden, daß allein schon seine Anwesenheit sonderbar sei», lächelte Lestrade. «Vor Ihrer Zeit, John.»

«Natürlich habe ich von dem berühmten Mann gehört. Schreibt nicht Sir Arthur Conan Doyle noch immer über seine Fälle?»

«Recht und schlecht, ja.»

«Dieser Pfau...»

«Ach ja. Sie sind die prächtigsten Wachhunde, John. Sie sind immer hellwach; wenn sie Alarm schlagen, sind sie zweimal so laut wie ein Hund, und sie zu halten kostet nicht so viel, wie ein Mastiff.»

«Verstehe.»

«Wirklich?»

Kane war eine der besten Perlen des Yard. «Der Pfau schlug also keinen Krach, weil er den Eindringling kannte?»

«Oder war fest eingeschlafen oder stocktaub? Ich habe Holmes' Logik immer ein wenig fehlerhaft gefunden. Wollen wir bei der ersten Annahme bleiben?»

«Daß der Pfau den Mörder kannte?» Kane erspähte ein Aufblitzen in Lestrades Augen. «Sie wissen noch etwas, Sir.» Er lehnte sich zurück und wartete.

«Die Frau in Schwarz», sagte Lestrade leise.

Kane rührte sich nicht.

«Wie viele Leute haben Sie verhört?»

«Die Köchin, vier der Hausmädchen und Roger Casement. Übrigens, glauben Sie, daß er sauber ist?»

«Casement? Grundehrlich. Soviel ich weiß, John, könnte er ein deutscher Spion sein, doch im Augenblick ist er ein Zeuge und ein nicht sehr hilfreicher noch dazu. Kommen Sie mit.»

Die Männer vom Yard, einer noch immer humpelnd, beide nach den fetten Fliegen des Sommers schlagend, schlenderten los, auf der Suche nach einer Lösung. «Den Butler haben Sie sich also noch nicht vorgeknöpft, nicht wahr?» fragte Lestrade.

Kane schob seinen Strohhut ins Genick. «Er hat's nicht getan, oder?»

«Haben wir nicht schon alles erlebt, John? Übrigens, wie geht es Sergeant Blevvins?»

«Er ist mordlustig», antwortete Kane. «Wie eh und je.»

Lestrade nickte. «Nützlicher Mann, der Butler. Natürlich der Inbegriff von Diskretion. Übertrieben loyal...»

«Aber?» Kane stieg etwas in die Nase. Er schnippte den Kot des Pfaus von seinem Schuh.

«Aber er mißbilligte die kleine Schwäche seines Herrn.»

«So etwas habe ich von Ushant nicht gehört», sagte Kane stirnrunzelnd. «Erschien mir als ein ziemlich normaler Bursche.»

«Er hatte eine Freundin», vertraute ihm Lestrade mit einer Miene an, als schriebe er an Madge von der *Truth*.

«Pah, ihr Junggesellen.» Kane versetzte Lestrade einen leichten Klaps mit seinem Strohhut, und als ihm die übermäßige Vertraulichkeit der Geste bewußt wurde, trat er prompt in den Lilienteich, um seine Zerknirschung zu bezeugen.

«Nein, hier entlang, John», sagte Lestrade und verschwand in einem Dickicht.

«Sir? Superintendent?» Inspector Kane hetzte nach links und nach rechts, vergeblich nach seinem Chef suchend. Er benutzte auch die Gelegenheit, sein Hosenbein hochzukrempeln und ein wenig Wasser auszuwringen.

Lestrade steckte den Kopf aus einer Ligusterhecke. «Wir haben jetzt keine Zeit für Späßchen, John. Wir müssen arbeiten» – und er zog den feuchten, verwirrten Inspector in ein Labyrinth.

«Das ist ein Labyrinth», sagte Kane.

Lestrade spendete Beifall. «Die Mitte ist da drüben. An sonnigen Abenden pflegte Ushant die Frau in Schwarz dort zu treffen. Sie kam vermutlich durch eine Nebenpforte, die auf Anordnung Ushants unverschlossen blieb, dürfte durch die Lücke geschlüpft sein, die Sie soeben passiert haben... Sie haben Sie doch passiert, John?»

Der Inspector spie die Blätter aus, um den Superintendent zu beruhigen.

«Der Butler – Yeats – hatte dort Sherry und Mandelgebäck für sie auf einem Tablett bereitgestellt. Alle Diener hatten Anweisung, das Labyrinth zwischen sieben Uhr und Mitternacht nicht zu betreten. Dann gingen Ushant und seine Lady nach drinnen. Folgen Sie mir.»

Kane gehorchte.

«John, wir wandeln in den Fußstapfen eines Mörders.» Er hob ein Bein; Kane hob das andere.

«Hatte Säbelbeine, wie?»

Lestrade überhörte es.

«Guter Gott!» Kane stand wie erstarrt da. Vor ihm, durch die Zweige eines alten, knorrigen Baums fast ganz verborgen, lag eine kleine beschlagene Tür.

«Es wird immer besser», sagte Lestrade. «Passen Sie hier auf. Ein paar der Stufen...»

«Verdammt!» brüllte Kane.

«...sind ein wenig uneben. Es sind vierzehn. Oh, Herrgott noch mal! Fünfzehn.» Die Polizisten tappten, stolperten und fluchten in der Dunkelheit.

«Und hier» – Lestrade schlug kräftig auf die schwarze Fläche vor ihm – «ist eine Ziegelmauer. Aber hier!» Der Stock verursachte jetzt ein anderes Geräusch. Eine Verkleidung glitt zur Seite, und sie blickten in das Dämmerlicht von Ushants Bibliothek.

«Unglaublich!» sagte Kane und blinzelte in die schmalen Strahlen des Tageslichtes.

«Kaum», sagte Lestrade und ließ seine Finger über die Beschläge von Ushants Sarg gleiten. «Es ist ein Versteck und ein Fluchtweg, den Katholiken benutzten, um vor den Puritanern zu fliehen. Oder war es umgekehrt? Dickens oder Jones würden es wissen.»

«Wie haben Sie den Weg gefunden?»
Lestrade lächelte. «Ich würde es gern meinem sechsten Sinn zuschreiben», sagte er. «In Wirklichkeit hat Yeats ihn mir gezeigt.»
Kane war fasziniert. «Also hat diese Frau... Dürfte nicht schwer sein, in Rutland eine Negerin zu finden, wie?»
«Was?» sagte Lestrade verblüfft.
«Die schwarze Frau.»
«Ich sagte, sie *trug* Schwarz, John; ich sagte nicht, daß sie schwarz *war*. Passen Sie doch auf!»
«Verzeihung, Sir. Beschreibung?»
«Nicht viel besser als die von Casement. Wenigstens konnte Yeats bestätigen, daß es sich um eine Frau handelte, und das ist schon ein Fortschritt. Ushant fing an, sie ins Haus zu bringen – in diesen Raum und vermutlich nach oben.»
«Oben?»
«Ja, John, dort stehen die Betten.»
«Aha, ich verstehe, eine Liaison!»
«Brillant! Vor ungefähr vier Monaten fing er damit an. Er erteilte Yeats genaue Instruktionen, daß man die Frau nicht ansprechen und auf keinen Fall stören dürfe, wenn sie... zu Besuch war.»
«Also» – Kane dachte blitzschnell weiter – «Ushant, der einzigartige Polizist findet ein Flittchen. Sie geraten in Streit. Sie tötet ihn.» Selbst er sah die schwachen Punkte dieser Theorie. «Er wäre nicht der erste große Mann, der für ein hohes Amt vorgesehen war und von einer Frau zu Fall gebracht wurde.»
«Nein, ich glaube nicht, daß sie sich stritten. Schauen Sie sich diesen Raum an. Alles ist an seinem Platz. Nichts ist in Unordnung. So sah es auch aus, als Yeats die Leiche fand. Haben Sie den Blutfleck gefunden?»
«Auf dem Vorleger? Ja.»
«Gut. Setzen Sie sich dort hin – in der Stellung, die Ushant Ihrer Meinung nach eingenommen hat.»
Kane nahm einen Stuhl und zwängte sich neben den Sarg. Lestrade stand vor ihm. «In Ordnung. Wir wollen annehmen, daß der Sarg an jenem Abend nicht da war. Ich glaube nicht, daß unsere Mörderin sich die Mühe gemacht hat, ihn mitzubringen, denken Sie nicht auch? Hätte Ushant argwöhnisch gemacht.»
«Weiter.»

«Schauen Sie hinüber zum Tisch.»
Kane betrachtete das schimmernde Mahagoni, die Utensilien aus Messing.
«Was fehlt?» fragte Lestrade.
«Keine Federhalter!» sagte Kane triumphierend, bis seine Augen auf sie fiel, säuberlich neben dem Tintenfaß angeordnet. «Kein Löschpapier?» Seine Begeisterung schwand.
«Kein Brieföffner, Mann», stieß Lestrade hervor. «Erinnern Sie sich an Ushants Kehle, an den Schnitt.»
«Ausgefranst», gab er zurück.
«Wie von einem stumpfen Messer oder...»
«...einem Brieföffner», sagten beide gleichzeitig.
«Aber sie muß mit Blut besudelt gewesen sein», sagte Kane.
«Möglich», erwiderte Lestrade. «Wer sah sie fortgehen? Casement, halb im Schlaf in einem trügerischen Licht? Sie hätte zwölf Fuß groß und hellgrün sein können, und er hätte es nicht bemerkt.»
«Aber Ushant war ein großgewachsener Mann. Und ein Polizist. Er hätte es kommen sehen.»
«Nicht, wenn er *so* angegriffen worden wäre», sagte Lestrade. Und er trat rasch hinter den Inspector, setzte seinen Stock waagerecht an Kanes Hals und drückte das Holz gelinde gegen Kanes Kehlkopf.
«Da hätten wir's also», sagte der Inspector selbstgefällig.
«Vielleicht.» Lestrade schlenderte ans Fenster. «Oder der Pfau hat es getan.»
«Sir?»
«Da ist noch etwas anderes, John. Kommen Sie wieder in den Garten. Es gibt da eine kleine Geschichte, die ich Ihnen erzählen möchte. Sie ist ein paar Jahre alt, fürchte ich, doch ich glaube nicht, daß Sie sie kennen.»

An jenem Tag im Jahr 1874 hatte Constable Lestrade Dienst zu Pferde gehabt. Wie Mr. Disraeli ihm vorgeschlagen hatte, trug er jetzt einen Schnurrbart, doch der stolze Gang, den er sich zugelegt hatte, war durch sein Reittier mit Leichtigkeit in Unordnung gebracht worden. In die Flanke seines kastanienbraunen Pferdes waren die Initialen und Nummern der City Force eingebrannt – CL 81 –, doch war das Tier allgemein unter dem Kosenamen «Vernichter» bekannt. Vom ersten Tage an, als Lestrade gewahrte, wie der Gaul in seiner Box behaglich den Ärmel der Uniformjacke seines Reiters zerkaute, war ihre Beziehung von gegenseitigem Haß geprägt gewesen. Nach drei Tagen waren die Innenseiten der Knie des Constable vom Auf- und Absitzen zerschunden und seine Uniformhosen zerfetzt. Und der «Vernichter» hatte in Leadenhall Street Abneigung gegen ein Paar Zugpferde empfunden, war ihnen nachgejagt, so daß der Constable wie ein Kartoffelsack auf- und abhüpfte, sehr zum Vergnügen der zuschauenden Menge. Am nächsten Tag war es noch schlimmer gekommen, als der «Vernichter» Gefallen an einer hübschen Stute, einem Apfelschimmel, gefunden hatte, auf dem eine Lady bei Ebbe am Fluß entlangritt. Vergeblich riß Lestrade an der Trense, da er davon überzeugt war, das Tier sei für so etwas zu alt. Dennoch hätte der Trieb beinahe gesiegt, wäre es Lestrade nicht gelungen, das erotisierte Vieh zur Seite zu reißen, so daß Pferd und Reiter mit einem Klatschen im Schlamm landeten. Während er noch versuchte, das störrische Tier daran zu hindern, das faulige Wasser zu saufen, wälzte sich das Pferd, dessen Leidenschaft vorübergehend abgekühlt war, in die Höhe, und Lestrade, schwarz wie ein Neger, blieb keine andere Wahl, als sich ebenfalls zu erheben.

Da war er also an jenem Apriltag einer der berittenen Polizisten, welche die Route säumten, die der Premierminister auf seinem Weg in die City nehmen würde; doch was zu seinem letzten triumphalen Besuch werden sollte, wurde alles andere als ein Triumph. Mr. Gladstone hatte es geschafft, durch einen sechsjährigen Wirbelwind von Reformen nahezu jedermann gegen sich aufzubringen. Vor allem wollten sich die Leute an einem Mann rächen, der ihre Kneipen an Sonntagen geschlossen hatte. Nur eine kleine Gruppe auffällig protzig gekleideter Damen, mit deren Tugendhaftigkeit es Lestrade nicht weit her zu sein schien, winkten und spendeten Beifall. Der spätere Große Alte Mann lächelte und winkte zurück. Er schien sie zu kennen.

Lestrade saß an seinem Platz auf Ludgate Hill über dem stinkenden Abwasserkanal der Fleet. Hinter sich die eindrucksvolle Granitmasse von St. Paul's; unter sich den klappernden, pfeifenden Zug, der in Blackfriars Station einlief. Der Konvoi des Premierministers näherte sich ihm und «People's William» beugte sich heraus und nickte mit kahl werdendem grauen Kopf den wenigen Getreuen zu. Als der offene Landauer ihn erreichte, sah Lestrade eine Figur vorwärts gegen die Barrikade von Constables in blauen Umhängen springen. Im selben Augenblick gewahrte er die erhobene Pistole und versuchte, hart an den Zügeln reißend, den «Vernichter» in Bewegung zu setzen. Das störrische Tier, offenbar den Tories zugeneigt, stand wie angewurzelt. Da blieb Lestrade nur eines übrig: er sprang in die wogende Menge und schwang seinen langen Schlagstock. Der «Vernichter» blockierte mit Erfolg Gladstones Pferden den Weg, und Schreie und entsetzte Rufe erfüllten die Luft. Lestrade kam mühsam auf die Beine und fand sich im eisernen Griff einer Temperenzler-Dame wieder, die ihm mit ihrem Rekabitenbanner einen heftigen Schlag gegen die Schläfe versetzte. Er war sich keineswegs sicher, ob das in Ordnung war, schließlich war er ja parteilos. Als er wieder klar sehen konnte, blieb ihm nur noch, sich auf den Herrn zu stürzen, der gerade seinen eiligen Abgang vorbereitete, und gemeinsam rollten sie auf das Kopfsteinpflaster vor Christopher Wrens Treppe. Die Menge machte Platz, als Lestrade mit dem verhinderten Mörder kämpfte und ihn hin- und herzerrte. Endlich saß er auf dem Kopf des Attentäters und preßte ihn gegen das Pflaster.

«Füttern Sie die Vögel, Chef», krächzte neben ihm die alte Vogelfreundin. «Zwei Pence der Beutel.»

«Nicht gerade jetzt.» Lestrade war mit anderem beschäftigt, und er hatte den Mann an der Kehle gepackt.

«Laß mich los, Feigling!» zischte sein Opfer, doch Lestrade blieb unerschütterlich auf ihm sitzen, bis Hilfe in Gestalt zweier weiterer Constables und eines Sergeant erschien.

«Verdammte Bullen!» gröhlte die Menge.

«Brutalität der Polizei ist das!» wurde das Gebrüll aufgenommen.

«Keine Sorge.» Der Sergeant reichte Lestrade seinen Helm. «Sie sind bloß sauer, weil der Bursche den alten Gladeye nicht getroffen hat, das ist alles.»

Lestrade pfiff nach «Vernichter», und drei Hunde kamen auf ihn losgesprungen.

«Nächstes Mal laß ich ihn erschießen», murmelte er und wischte sich die Kartoffelschalen von der Jacke.

«Constable!» Eine Stimme mit schottischem Akzent und einer Spur Liverpooler Affektiertheit durchschnitt die Luft.

«Ja, Sir.» Die nächstbesten zwanzig Polizisten nahmen Haltung an.

«Nein, Sie», rief die Stimme aus der Kutsche, «Sie mit dem zerbeulten Helm und dem widerspenstigen Gaul.»

Nach und nach machte die Menge Platz und ließ Lestrade mit seinem Premierminister allein. «People's William» streckte eine streng parteilose Hand aus. «Ich danke Ihnen, Officer», sagte Gladstone. «Es ist gut zu wissen, daß unser Leben in Ihren Händen sicher ist. Catherine» – er gab seiner pokergesichtigen Gattin einen Stoß –, «gib diesem Mann einen Shilling. Er hat ihn verdient.»

«Nein, danke, Sir.» Lestrade salutierte. «Wir von der City Force nehmen kein Geld, Sir.»

«City Force? Mein lieber Junge», entschuldigte sich Gladstone. «Ich dachte, Sie wären bei der Metropolitan Police. Fahren Sie, Morley. Ich hoffe», bellte er, während die Kutsche schneller wurde, «daß Sie eines Tages der Segnungen teilhaftig werden.»

«Was meinte er damit?» Ein Constable überreichte Lestrade die Zügel des «Vernichters», das letzte, wonach ihm zumute war, doch er war wenigstens dankbar dafür, daß sich am anderen Ende kein Pferd befand. Das Untier hatte sich aus dem Staub gemacht.

«Vielleicht dachte es, ich sähe nicht gut aus», sagte Lestrade.

«Sie wollen, daß ich ihn ver... ihm ein paar Fragen stelle, Sir?» Lestrade war verblüfft.

Inspector Palmer lümmelte sich in seinen Sessel und zählte das Bündel Pfundnoten in seiner Hand. «Warum nicht, Jüngelchen? Sie haben ihn festgenommen, oder? Wie lange sind Sie jetzt bei uns?»

«Etwas mehr als ein Jahr, Sir.»

«Na also. Nun mal los. Sie haben mir oft genug dabei zugeschaut. Wird Zeit, daß Sie sich die Sporen verdienen. Ich werde Ende der Woche sowieso diese verdammte Uniformjacke ausziehen» – er zündete sorgfältig seine Zigarre mit einer Pfundnote an und grinste, als er den ungläubigen Ausdruck auf dem Gesicht des Constable sah – «und meinen Platz im Great Scotland Yard einnehmen. Wer soll dann Ihre Hand halten?»

Lestrade salutierte und klapperte die Wendeltreppe hinunter, die zu den Zellen führte.

«Was machen deine Plattfüße, Bert?» begrüßte er den Constable.

«Ziemlich chronisch, Sholto. Was machen deine?»

«Pferdepatrouille, Bert.» Lestrade hängte seinen Helm an einen Haken. «Es sind nicht meine Plattfüße, die mir Kopfschmerzen machen.»

Die Zelle wurde von einer einsamen Petroleumlampe erhellt. Es gab keine Fenster, und der ganze Raum stank nach Ammoniak und Tabak.

«Mr. Hesketh?» Lestrade rückte einen Stuhl zurück und setzte sich.

Der zusammengefallene, hemdsärmelige Gefangene sah bei seinem Eintreten auf. «Wer zum Teufel sind Sie?» fauchte er.

«Constable Lestrade, Sir. Ich war derjenige, der Sie festgenommen hat.»

«Warum ist mir die Freilassung gegen Kaution verweigert worden?» Der Gefangene begann wie eine Katze im Käfig auf und ab zu laufen, die flackernde Lampe warf dabei unheimliche Schatten.

«Ich weiß es nicht, Sir. Sie haben Anspruch auf einen Anwalt.»

Hesketh blieb stehen und blickte Lestrade ruhig an. «Feigling», knurrte er, «ich *bin* Anwalt.»

«Oh!» Lestrade hatte seine Hausaufgaben nicht gemacht.

«Ist meine Frau dagewesen, um mich zu besuchen?» fragte er weicher.

«Nicht, daß ich wüßte, Sir. Sagen Sie mir» – er versuchte sich zu erinnern, wie Palmer in diesen Situationen vorgegangen war –, «warum versuchten Sie, Mr. Gladstone zu töten?»

Hesketh wandte sich ab. «Constable, diese Frage habe ich in den letzten paar Tagen zwei dutzendmal beantwortet.»

«Ich war kein einziges Mal dabei, Sir. Würde es Ihnen etwas ausmachen, die Frage noch einmal zu beantworten?»

«In Ordnung», brüllte Hesketh ihn wütend an. Lestrade blieb ruhig sitzen, wenngleich ihm die Ohren weh taten. «In Ordnung» – der Anwalt war jetzt ruhiger –, «ich werde sie noch einmal beantworten. Und wenn ich das getan habe, nehme ich das Recht zu schweigen für mich in Anspruch. Verstanden?»

Lestrade nickte.

«Ich mußte Mittwoch letzter Woche einen neuen Klienten in der City aufsuchen, und als ich Ludgate Hill hinaufging, geriet ich in die Menschenmenge, die dem Gefolge des Premierministers zuschaute.»
«Wußten Sie, daß Mr. Gladstone diese Route nehmen würde, Sir?» Lestrade tat sein Bestes.
«Ich wußte überhaupt nichts von einer Route, Mann. Ich sagte Ihnen schon, ich kam rein zufällig dort vorbei.»
«Und dann?»
«Ich beschloß zu warten, bis die Kutsche vorbei war. Es war unmöglich, sich einen Weg durch die dichtgedrängten Menschen zu bahnen. Als der Landauer sich näherte, spürte ich, wie ich von hinten einen Stoß bekam, und mit einemmal befand ich mich vor dem Polizeikordon. Ein Mann hinter mir richtete eine Pistole auf Gladstone. Es gab Verwirrung. Es geschah alles so schnell...»
Das alles hatte Lestrade schon gehört.
«Dann sprang ein idiotischer Constable der City Police von seinem Gaul und warf sich ausgerechnet auf den falschen Mann. Während Sie vor meinen Füßen zappelten, spürte ich eine Hand in meiner Tasche. Ich dachte, ich würde bestohlen.»
«Und, war es so?»
«Nein. Der Mann mit der Pistole hatte mir seine Waffe in die Tasche gesteckt. Man hatte mich sozusagen reingelegt.»
«Und dann?»
«Und dann passierte diese kleine Panne zwischen mir und Ihnen, Constable. Als ich mich umdrehte, um den wirklichen Attentäter aufzuhalten, kamen Sie mir in die Quere.»
Lestrade holte die Pistole unter seinem Umhang hervor. Sie war eine plumpe Nachbildung aus Holz, glänzend blau angestrichen.
«Und das ist an der ganzen Sache der allergrößte Unsinn.»
Hesketh warf sich auf den Stuhl. «Warum ich? Und warum ein harmloses Holzspielzeug?»
«Was haben Sie mit der wirklichen Waffe gemacht, Mr. Hesketh?» Lestrade beugte sich vor, wie er es bei vielen Gelegenheiten bei Palmer gesehen hatte, wenn dieser seinen Mann nervös machen wollte.
Hesketh beugte sich ebenfalls vor, so daß sich ihre Nasen fast berührten. «Sie haben sicherlich bemerkt», sagte er, «daß ich sie wäh-

rend des Kampfes geschickt in meinem Hinterteil verschwinden ließ, oder?»

Lestrades Kinn klappte herunter. Einen Augenblick spielte er mit dem Gedanken, einen Arzt zu rufen, doch dann siegte die Vernunft. Er stand auf.

«Ist das Ihr letztes Wort in der Sache?» fragte er.

Hesketh nickte.

«Dann sei Gott Ihrer Seele gnädig» – und er wandte sich zum Gehen.

«Sehr eindrucksvoll, Constable, aber das ist absolut überflüssig. Niemand wird mich dafür hängen, daß ich mit einem Stück Holz auf Mr. Gladstone gezielt habe. Disraeli tut das andauernd.» Eilig fügte er hinzu: «Nicht, daß ich etwas derartiges getan hätte.»

Der Constable war an der Tür.

«Lestrade, Sie haben inzwischen die Akte gesehen. Wer ist mit dem Fall betraut?»

«Welcher Schwarzkittel?»

«Ja» – Hesketh war über den Mangel an Ehrerbietung entsetzt –, «welcher Oberrichter?»

«Leider bin ich nicht befugt...»

«Lestrade», brach es aus Hesketh hervor, «Lestrade, ich bin kein kräftiger Mann. Sich mit Ihnen auf der Treppe von St. Paul's herumzubalgen; mein Herz...»

Lestrade war unbeeindruckt.

«Bitte», schmeichelte der Anwalt.

«Firkett», sagte Lestrade.

Hesketh taumelte zurück.

«Nein, Sir, ich bin nicht respektlos. Oberrichter Firkett.»

«O ja.» Hesketh' Stimme war kaum hörbar. «Ich verstehe, was Sie meinen.»

Lestrade konnte nicht schlafen. Seit er mit Hesketh in dessen Zelle gesprochen hatte, nagte etwas an ihm. Er fühlte sich irgendwie unbehaglich, so als jucke ihn etwas an einer Stelle, wo er nicht kratzen konnte. Und als er hörte, daß Hesketh sich geweigert hatte zu essen, sich sogar geweigert hatte, seine Frau zu empfangen, worum er doch gebeten hatte, war Lestrade davon überzeugt, daß etwas faul war. Folglich machte er sich an seinem freien Tag zu den Gemächern von Mr. Herbert Uriah Hesketh auf, die in einem besonders öden Winkel des Temple lagen, wo der Vater Themse regelmäßig seinen Unrat anspülte: verreckte Hunde, räudige Katzen und giftige Abwässer. Er stieg die Wendeltreppe hinauf und passierte den düsteren Gang rein zufällig ohne Geräusch, und als er die Tür erreichte, stellte er fest, daß sie nur angelehnt war und er Hesketh' Schlüssel, den er sich am Tag zuvor angeeignet – und dafür quittiert – hatte, gar nicht brauchte. Er hatte gehofft, in den Papieren einen Anhaltspunkt für sein Verhalten, eine Erklärung dafür zu finden, warum aus dem anmaßenden Anwalt mit einemmal ein stummer Einsiedler geworden war. Er fand mehr, als er erwartet hatte. Als die Tür aufschwang, hörte er aus dem Büro gedämpfte Geräusche. Heute war Sonntag. Es war unwahrscheinlich, daß jemand dort arbeitete, dazu noch am Nachmittag. Er erkannte, daß es sich um rhythmische Geräusche handelte, die lauter wurden, um das Stöhnen eines Mannes und einer Frau.

Mit der ganzen Erhabenheit seines Amtes stemmte er seine Schulter gegen die zweite Tür und stolperte beinahe über ein Paar, das sich auf Hesketh' Tisch vergnügte. Sie rissen sich auf der Stelle voneinander los. Er stopfte Hemdzipfel und alles mögliche andere in die Hose, sie glättete fassungslos ihre Unterröcke und versuchte, ihre prallen Brüste zu verdecken.

«Wer zum Teufel sind Sie?» brüllte der Gentleman mit vor Anstrengung und Verlegenheit knallrotem Gesicht.

«Das könnte ich Sie ebensogut fragen, Sir.» Lestrade hatte das Gefühl, sozusagen in der Oberhand zu sein.

«Ich werde die Polizei rufen!» schrie der Gentleman.

«Und ich werde angerannt kommen», gab ihm Lestrade zur Antwort.

«Was?» Die Wut begann sich zu legen.

«Ich bin Constable Lestrade von der City Police. Wer sind Sie?»

Der Gentleman packte das Mädchen bei der Hand und zerrte es an Lestrade vorbei aus dem Zimmer. «Jemand, der weiß, daß er nicht verpflichtet ist, einem Constable irgendeine Frage zu beantworten, der in Zivil ist, sich nicht ausweisen kann und offenkundig nicht zuständig ist. Guten Tag!» – und er schlug die Tür hinter sich zu.

Lestrade war an anderen Dingen interessiert. Er durchwühlte die

Akten des Anwalts, doch das einzig Interessante, das er fand, war der Schlüpfer der Lady. Da man nie wußte, ob sich solche Dinge einmal als nützlich erweisen konnten, stopfte er ihn in seine Tasche und machte sich wieder auf den Weg.

«Constable Lestrade!» Der Name dröhnte, hallte und widerhallte in den Fluren. Der Beamte dieses Namens strich sich zum wiederholten Male an diesem Morgen den Schnurrbart glatt und rückte mit seinen weißen Handschuhen seinen Helm zurecht, ehe er Saal Nummer zwei des Central Criminal Court betrat. Wie schon oft zuvor leistete er den Eid, obgleich er zum erstenmal in einer so ehrwürdigen Umgebung auftrat.

«Sie sind Constable Lestrade von der Abteilung B, City of London Police?» Der Vertreter der Anklage hielt mit beiden Händen die Aufschläge seiner Robe umfaßt.

Lestrade schien nichts zu hören, sondern starrte mit offenem Mund den Ankläger an.

«Sind Sie Constable Lestrade, Abteilung B?» Der Ankläger, alles andere als ein geduldiger Mann, nahm an, der Zeuge sei taub.

«Äh... ja, Sir», gab Lestrade schließlich zur Antwort.

«Haben Sie in Ausübung Ihrer Pflicht den Angeklagten am Mittwoch, dem Achtzehnten letzten Monats, festgenommen?»

«Äh... Ich... äh... Könnten Sie die Frage bitte wiederholen?»

«Oh, wirklich, Mylord», bellte der Ankläger zur Richterbank hinüber, «ist es möglich, ein Hörrohr für das Kreuzverhör in den Saal schaffen zu lassen? *Ich* habe Schwierigkeiten. Ich fürchte, es könnte die Fähigkeiten meines gelehrten Kollegen übersteigen...»

Der gelehrte Kollege des Anklägers warf ihm einen vernichtenden Blick zu.

Oberrichter Firkett beugte sich so weit vor, daß seine Perückenenden über den Hammer fielen. «Haben Sie einen Hörfehler?» brüllte er Lestrade an.

«Nein, Sir», antwortete der Constable.

«Dann beantworten Sie bitte die Fragen der Anklage, wie es sich gehört...» Und auch die Stimme des Richters verlor sich. Quer durch einen dichtbesetzten Gerichtssaal sahen sich Lestrade und Firkett an, einen langen Augenblick. Einer erkannte den anderen wieder. In Hesketh' Büro. Auf Hesketh' Tisch. Mit seiner herunterhängenden Perücke sah der Richter anders aus. Doch liegend sahen sie alle gleich aus. Firkett sah weg, blickte zur Empore hinauf. Lestrade folgte seinem Blick. Ihre Augen fielen auf eine dunkelhaarige Schöne, die sittsam in der ersten Reihe saß. Auch sie hatte im Liegen anders ausgesehen, doch Lestrade bewahrte auf dem Revier noch immer ihre Dessous auf.

Er machte seine Aussage. Er wurde mit dem Ankläger fertig. Er beobachtete Hesketh, blaß, teilnahmslos, hinfällig. Er beobachtete den Oberrichter Firkett, die dunkelhaarige Schöne auf der Empore. Er lauschte, als die Aussage des Premierministers verlesen wurde. Hesketh hatte vorgehabt, sich selbst zu verteidigen, doch im letzten Augenblick hatte er einen Kollegen angeheuert... Als Angeklagter durfte er kein Wort zu seiner eigenen Verteidigung sagen. Er machte auch keinen Versuch. Am fünften Tag verkündete sein Verteidiger mit totenblassem Gesicht und zusammengepreßten Lippen eine Änderung der Einlassung des Angeklagten. Schuldig im Sinne der Anklage. Oberrichter Firkett wies die Jury entsprechend an, und die zwölf Geschworenen lehnten es ab, sich zur Beratung zurückzuziehen. Sie verkündeten ihren Schuldspruch auf der Stelle.

Als alles vorüber war, bat Herbert Uriah Hesketh darum, Sholto Lestrade sehen zu dürfen. Der ehemalige Anwalt saß zusammengesunken in seiner Zelle am Tisch.

«Sie wollten mich sprechen?» Lestrades Stimme erweckte ihn für eine Weile wieder zum Leben.

«Das ist meine Frau.» Hesketh reichte Lestrade eine zerknitterte Fotografie.

«Mein Gott!» Der Constable starrte das Bild ungläubig an.

«Ja, Sie haben sie vermutlich schon mal gesehen. Sie war natürlich im Gerichtssaal. Nach außen hin, um mir Beistand zu leisten. Das Mädchen, das ich liebe, saß oben auf der Empore...»

«Mr. Hesketh, ich...»

«Nein, Lestrade, bitte.» Der Anwalt hob die Hand. «Ich habe darum gebeten, Sie sprechen zu dürfen. Und ich bin Ihnen für Ihr Kommen dankbar. Ich kenne die Gesetze, Lestrade. Firkett hat mich zur härtesten Strafe verurteilt. Das Spielzeug *hätte* eine Waffe sein können. Der Revolver *hätte* geladen sein können. Sechs Leute haben geschworen, sie hätten mich damit herumfuchteln sehen. Das Ganze ergibt einen schlüssigen Indizienbeweis, Lestrade, und hätte ich meine Einlassung nicht geändert...»

«Warum haben Sie das getan?»

«Warum?» Hesketh sah alt und erschöpft aus. «Sehen Sie sich meine Frau an, Lestrade. Sie ist eine hübsche Frau, nicht wahr?»

Der Constable nickte.

«Jeder meint das, natürlich. Auch Oberrichter Firkett. Oh, am Anfang fiel es gar nicht auf. Er ist alt genug, um ihr Vater zu sein, und sie gab vor, sie fühle sich dadurch nicht geschmeichelt. Richter am Obersten Gericht und so. Man raunt etwas von Kronanwalt. Nun, sie wurde weniger und weniger... glücklich. Mit mir, meine ich. Eines Tages überraschte ich die beiden...»

Ich auch, dachte Lestrade.

«Ich verzieh ihr. Es gab Tränen, Versprechungen. Wir gingen sogar zusammen eine Weile fort, und eine Zeitlang glaubte ich, es sei Schluß mit ihrer Vernarrtheit. Dann passierte diese Geschichte. Sobald ich wußte, daß Firkett auf dem Richterstuhl sitzen würde, war mir klar...»

«Was wollen Sie damit sagen?»

«Begreifen Sie denn nicht, Lestrade? Er hat das eingefädelt. Vielleicht waren sie's alle beide. Firkett bezahlte einen Kriminellen, damit er auf Ludgate Hill dies Spektakel in Szene setzte. Es muß akribisch geplant worden sein. Ich war nur deshalb dort, um einen neuen Klienten zu treffen, und sie haben mich mit ziemlicher Sicherheit in eine Falle gelockt. Firketts Mann schwenkte die Waffe und schob sie mir in die Tasche. Und Sie besorgten den Rest.»

Lestrade sah zerknirscht aus. «Ich habe es nicht gewußt», sagte er.

Hesketh klopfte ihm auf die Schulter. «Natürlich nicht. Wie konnten Sie? Ich wußte es ja selber nicht. Er – oder vielleicht sie – fälschte den Brief, den man in meinem Büro fand.»

«Brief?» Lestrade wußte von nichts, denn während der letzten Tage der Verhandlung hatte er wieder Dienst zu Pferde gemacht.

«Ein Brief, den ich angeblich an einen Fenier geschrieben haben soll und in dem ich meinem abgrundtiefen Haß auf Gladstone Ausdruck gebe. Wenn es nicht so widerlich wäre, könnte man darüber lachen.»

«Wir werden uns darüber Klarheit verschaffen.» Lestrade griff nach seinem Helm.

«Wirklich?» Hesketh blickte ihn an. «Ich hatte meine Chance vor Gericht, Lestrade. Ich habe mich für schuldig erklärt, erinnern Sie sich? Ich bin jetzt auf dem Weg nach Dartmoor, und sie werden den Schlüssel wegwerfen. Ich komme nicht mehr zurück, verstehen Sie. Ich will es auch nicht.»

«Aber Firkett? Ihre Frau?»

«Sie sind schuldig, Lestrade. Sie, weil sie das sechste Gebot gebrochen hat, und er, weil er vermutlich noch ein paar mehr gebrochen hat. Aber ich kenne das Gesetz, Lestrade. Und ich kenne Firkett. Er würde Sie zerquetschen wie eine Fliege. Ich habe Sie nur deshalb herkommen lassen, weil… weil ich glaube, daß Sie ein ehrlicher Mann sind, und das ist heutzutage eine Seltenheit.» Er blickte dem Constable in die Augen und streckte ihm die Hand hin. «Leben Sie wohl…»

John Kane blies Rauchringe gegen den Abendhimmel. Die Lampen der Bobbies huschten wie Leuchtkäfer durch das Gebüsch am Haus.

«Ja… Firkett», sinnierte er.

«Natürlich», sagte Lestrade. «All das ist lange her.»

«Die schwarze Lady!» Kane ließ seine Zigarre fallen. «Darum mußten Sie daran denken. Unsere Mörderin ist Hesketh' Frau.»

«Nein, nein, John.» Lestrade trat seine Zigarre aus. «Darum habe ich Ihnen die Geschichte nicht erzählt. Ich ging direkt von Hesketh' Zelle zu Palmer. Ich erzählte ihm, was ich Ihnen erzählt habe.»

«Und?»

«Und er lachte, so wie es Hesketh vermutlich vorausgesehen hat. Er sagte, moralisch sei ich natürlich im Recht. Aber juristisch… Und damit war's zu Ende. Außer…»

«Außer?»

«Außer, daß sich Hesketh ein paar Monate später in seiner Zelle in Dartmoor erhängte. Niemand war überrascht. Sobald die Schicklichkeit es erlaubte, heiratete Mrs. Hesketh den Oberrichter Firkett. Ich hoffe, sie waren miteinander glücklich. Immerhin hatten sie gemeinsam einen Mann umgebracht. Aber das Komische kommt noch…»

«Was?»

«Ein paar Tage nach der Verhandlung bekam ich auf dem Revier einen Brief. An mich persönlich adressiert.»
«Von wem kam er?»
«Das ist es ja – ich weiß es nicht. Es stand nur drin ‹Zehn für die Zehn Gebote›. Die Gebote, die Firkett gebrochen hatte.»
«Sonderbar. Glauben Sie, daß es Mrs. Hesketh war? Reuevoll?»
«Nach dem, was ich von ihr gesehen habe, und das war 'ne ganze Menge, hatte sie keinen reumütigen Knochen in ihrem Körper.»
«Dann Firkett?»
«Ich zweifle daran.»
«Wer dann?»
«Dieselbe Person, John, die hinter den Morden an M'Travers, Lucas und Ushant steckt, dem Butler, dem Arzt und dem Polizisten. Wie bei diesem Kartenspiel. Sie kennen doch die Karte, die schließlich oben liegt, John? Der Schwarze Peter. Jedesmal.»

Ein Baker zuviel

Aus Hochachtung gegenüber dem verstorbenen Chief Constable von Rutland ließ man den Posten des Commissioner den Herbst über unbesetzt. Der Innenminister übte Druck auf Sir Edward Henry aus, und der nußbraune kleine Mann gab ihn an Superintendent Frank Froest von der Abteilung für Schwerverbrechen weiter. Abgesehen davon, daß er seine Hosenträger beträchtlich strapazierte, machte Froest Inspector John Kane die Hölle heiß, der instinktiv und auf eigenen Wunsch bei Lestrade Hilfe und Inspiration suchte. Auf diese Weise pflanzte sich der Druck von oben nach unten fort, und nicht zum erstenmal hielt Lestrade den Schwarzen Peter in der Hand.

«Sie sind Mr. Lestrade, nicht wahr?» Der Superintendent drehte sich herum und blickte zu den niedrigen Bäumen hinüber.

«Wer ist da?» Lestrade war weit fort gewesen und hatte sich den Kopf über den Protokollen zerbrochen, die Kane ihm gegeben hatte.

«Wir sind uns noch nicht begegnet», fuhr die Stimme fort. «Ich bin Jane Penhaligon.» Sie schien über den rostbraunen Blättern auf dem Hügel zu schweben und führte ein Pony am Zügel.

«Ah, Normans Frau.» Lestrade tippte an seinen Bowler.

Sie ergriff seine Hand. «Ja, ja, ich kann's verstehen.»

Für einen Augenblick fragte sich Lestrade, ob sein Donegal sich wohl geöffnet habe und darunter nicht alles in Ordnung sei, aber Mrs. Penhaligon ersparte ihm weitere Verlegenheiten. «Ich kann verstehen, warum Fanny Sie ausgewählt hat. Klare Augen. Energisches Kinn. Ein Anflug vom einsamen Jäger. Ihr Gesicht verrät alles, Mr. Lestrade.»

An eine so direkte Art bei Frauen war er nicht gewöhnt, und insbesondere Frauen von Vikaren waren ihm ein Buch mit sieben Siegeln. «Haben Sie einen Ausritt gemacht, Mrs. Penhaligon?» Mehr fiel ihm nicht ein.

«Ich dressiere den Grauen», erklärte sie. «Wie geht's Ihrem Bein?»
«Mit jedem Tag besser, danke.»
«Gut. Fanny sagt, daß Sie weiter an – wie nennen Sie das? – einem Fall arbeiten, obgleich man Sie noch keinen Dienst tun läßt. Bewundérungswürdige Hingabe, Mr. Lestrade.»
Er stellte fest, daß er länger als beabsichtigt in ihre tiefdunklen Augen starrte. Er wußte, daß ein Mann sich darin verlieren konnte.
«Geben Sie mir Ihren Arm, Mr. Lestrade» – und sie spazierten am Fluß entlang. In der Ferne grollte Donner, und das Pony riß den Kopf hoch. Lestrade griff nach hinten, nahm den Zügel und streichelte dem Tier den Hals.
«Danke», sagte sie. «Sie können mit Pferden umgehen.»
Lestrade lachte. «Freundlich von Ihnen», sagte er, «doch wenn Sie mich besser kennen würden...»
«Das würde ich gern.» Sie hielt seine Hand. «Das würde ich sehr gern.»
Er fühlte, wie sich bei diesen Worten in seinem Innern etwas regte, dann besann er sich. Er war ein Superintendent von Scotland Yard, ging auf die sechzig zu, und da war Fanny. «Sieht nach Regen aus», sagte er. «Vielleicht reiten Sie besser heim.»
Ihre dunklen Augen blitzten vorwurfsvoll. «Aber, aber. Versuchen Sie, mich loszuwerden, Mr. Lestrade?»
Er lächelte. «Nein, natürlich nicht.»
«Dann bis morgen.» Sie zog den Zügel über den Hals des Ponys, und er half ihr in den Sattel. Sie beugte sich zu ihm, und der warme Duft ihres Haares überfloß ihn wie Wellen. «Werden Sie hier sein?»
Er nickte. Sie lächelte und trieb ihr Pony über den Hügel.

«Du hast also Jane getroffen, Sholto?» Fanny blickte von ihrer Näharbeit auf.
Er blickte von seinem Buch auf. «Ja», sagte er. «Woher weißt du das?»
Fanny lächelte. «Ich habe Sie anschließend im Dorf getroffen. Was hälst du von ihr?»
«Nicht viel», log Lestrade.
«Du mußt zugeben, daß sie sehr reizvoll ist.»

«Ach, das würd ich nicht sagen.» Er war wenigstens konsequent.
«Sholto Lestrade, du Lügner.» Sie warf ein Kissen nach ihm.
«'ne Partie Billard, Sholto?» Tom Berkeley stand in der Tür. Lestrade war dankbar, daß er entwischen konnte.
«Hälst du einen neuen Riß im Tischüberzug aus?»
«Hälst du es aus, schon wieder ein Pfund zu verlieren?»
«Wo stehn wir denn jetzt?»
«Dreitausend und vierundzwanzig Pfund», teilte Fanny ihm mit.
«Na gut», lachte Lestrade, «wer A sagt, muß auch B sagen...» Und er griff im Billardzimmer nach seinem Queue. Stalker schenkte Brandy ein und verschwand lautlos. Lestrade krempelte die Hemdsärmel auf und zündete sich eine Zigarre an.
«Hab gehört, du hast heute Jane Penhaligon getroffen», sagte Tom, und Lestrades Queue verfehlte den Spielball.
«Ist das der einzige Gesprächsstoff in der Familie Berkeley?» fragte er.
«Ist sie nicht 'ne tolle Frau? Ich bin ihr selber erst kürzlich zum erstenmal begegnet. Eine ganze Weile dachte jeder, Norman wäre ein Junggeselle. Mit seiner Arbeit verheiratet und so.»
«Wer ist das nicht?» Lestrade sah zu, wie Berkeley seine erste Kugel versenkte.
«Das ist eine komische Bemerkung für jemanden, der verlobt ist», erwiderte der Chief Constable.
«Du weißt, was ich meine, Tom. Aber ich dachte, Frauen von Vikaren wären ein integraler Teil der Gemeinde. Du weißt schon – Gurkensandwiches, Gartenfeste, lauter so was.»
«So eine ist sie nicht. Fanny sagt, daß man sie im Dorf kaum kennt. Und sie ist auch nicht häufig in der Kirche. Offenbar gibt's da einen kranken Verwandten. Dein Stoß.»
Lestrade stellte sich in Positur.
«Beide Füße auf den Boden.» Berkeley versetzte Lestrade mit dem vorderen Ende des Queue einen Stoß.
Lestrade gehorchte. «Was erzählt man sich denn so?»
«Ach, wenn ich jünger wäre...»
«Und sie nicht die Frau des Vikars», mahnte Lestrade.
«Oh, natürlich, klar.» Berkeley konzentrierte sich auf seinen Stoß. Lestrade schlürfte einen Brandy. Es war gut, daß Tom seine gute Laune wiedergefunden hatte. Mittlerweile hatte er sich mit der Si-

tuation abgefunden. Daß jemand einen Haß auf ihn hatte, daß es mit dem Job zusammenhing. Lestrade hatte die Zahl der Männer, die Berkeley umgaben, stillschweigend vergrößert. Stalker wich ihm tagsüber nicht von der Seite, und nachts schlief Lestrade im Zimmer nebenan. Um der Sicherheit willen, hatte Lestrade Frank Froest gebeten, auch auf Edward Henry ein wachsames Auge zu haben.

«Dieses graue Pferd hat mich allerdings an etwas erinnert.»

«So?» Mit gewohnter Geschicklichkeit fegte Berkeley den Tisch leer. «Woran?»

«Erinnerst du dich an Valentine Baker?»

«Baker? Baker? War das nicht dieser Forschungsreisende?»

«Sein Bruder. Meine erste Verhaftung bei der Metropolitan Police.»

«Was hat er mit Jane Penhaligons Pferd zu tun?»

«Genaugenommen nichts. Es kam mir bloß in den Sinn. Und da ich ja sonst nichts zu tun habe, dachte ich, ich könnte dir vielleicht davon erzählen.»

Tom Berkeley gähnte. «Dann fang an, Sholto. Aber steh mir nicht im Licht, sei so gut.»

Die Helmaufschrift war anders und das Revier. Doch alles andere war dasselbe. Die Bezahlung, die schmerzenden Füße, die schlechte Behandlung. Leute fragten ihn, warum er gewechselt habe. Warum er zur anderen Seite übergegangen sei. Er wußte es wirklich nicht. Er wußte bloß, daß sein Vater bei der Metropolitan Police gewesen war. Es war so etwas wie eine Heimkehr. «Es wird dir leid tun», sagten sie zu ihm. «Es wird dich nicht weiterbringen.»

Er glaubte festzustellen, daß die Eisengreife, welche Fleet Street flankierten und die Bögen von Temple Bar bewachten, mißbilligend knurrten, als er vorüberging, doch es war vermutlich nur das Furzen eines Droschkengauls. Er zog seine neuen Stiefel an und begann die Wildnis von Seven Dials zu durchstreifen. Seine Versetzung, ein Schriftstück in gestochener Schönschrift und in dreifacher Ausfertigung, hatte ihn zumindest von der berittenen Patrouille befreit. Und er hatte immer noch alle zehn Finger.

Es war ein glühend heißer Monat, dieser Juni 1875. Constable 312 Lestrade von der Abteilung H, Metropolitan Police, versteckte sich hinter einer Gebäudeecke und nahm zuerst seinen Helm ab, um dann seine Stiefel auszuziehen. Er spielte einen Augenblick mit dem Gedanken, seine Zehen in die Pferdetränke zu tauchen, doch war das ziemlich ungehörig, und die Leute könnten reden. Kurz und gut, er wollte sich gerade auf ein Nickerchen einrichten, als Schreie ihn hochrissen.

«Hilfe! Polizei! Polizei! Nie ist ein Polizist da, wenn man einen braucht!»

Lestrade zog seine Stiefel an und griff nach seinem Helm, bevor er vor der grimmigen Fassade von Victoria Station auftauchte.

«Wie es scheint, gibt es hier Ärger, oder?» fragte er den aufgeregten Schaffner, der am Eingang hin und her wirbelte.

«Ah, endlich. Kommen Sie. Da hat's ein schreckliches Verbrechen gegeben» – und er sprang zurück in den Qualm und Rauch. Leute stoben auseinander, als die beiden Männer durchflitzten. Ein stämmiger Mann packte den Schaffner.

«Ich habe ihn, Constable!» rief er.

Lestrade trennte die beiden. «Ich bin ihm behilflich, aber nicht auf den Fersen», erklärte er, «aber ich anerkenne die gute Absicht. Vielleicht nächtes Mal, Mr...»

«Crigh», schrie der Mann, «Hugh N. Crigh.» Doch Lestrade war auf und davon.

Der Schaffner hastete am Zehn-Uhr-Zug aus Liphook entlang, wobei es in der sonnenüberfluteten Halle schnaubte und zischte. Auch die Lokomotive gab komische Geräusche von sich.

«Da ist es.» Der Schaffner deutete nach vorn und blieb furchtsam zurück.

Neben einem Waggon der ersten Klasse stand ein großgewachsener schnurrbärtiger Gentleman in Gehrock und Zylinder. Ein paar Schritte entfernt sah Lestrade eine heftig schluchzende junge Lady, die von einer würdigen älteren Dame und einer Gefährtin getröstet wurde. In sicherer Entfernung hatte sich eine große Menschenmenge versammelt, die dem Gentleman Schimpfworte an den Kopf warf.

«Nun also.» Lestrade drängte sich durch. «Was ist hier los?»

«Vergewaltigung», plapperte der Schaffner, dicht an Lestrade gedrückt. Ein kraftvoller Schlag, den die Matrone mit ihrem Schirm führte, beulte den Hut und möglicherweise auch den darunter befindlichen Kopf ein.

«Sie müssen das entsetzliche Problem nicht noch verschlimmern, indem Sie unflätige Ausdrücke benutzen, lieber Mann», sagte sie scharf.

«Verzeihung, Madame, wer sind Sie?» fragte Lestrade.

«Mein Name ist irrelevant, Constable.»

Lestrade zog sein Notizbuch. «Könnten Sie das buchstabieren, Madame?»

«Davinia», mischte sich ihre Begleiterin ein, «wollen wir uns wirklich mit einem Mann einlassen, der seine Stiefel beim Anziehen verwechselt hat?»

Lestrade folgte ihrem Blick. Es war fast so, als hätte man ihn mit heruntergelassenen Hosen erwischt.

«Sind Sie wirklich Polizist?« fragte die Matrone.

Lestrade straffte sich. «Wollen Sie mir Ihren Namen nennen, Madame?» wiederholte er.

«Oh, recht gern. Ich bin Davinia Cruise. *Lady* Davinia Cruise. Dies ist meine Begleiterin, Miss Ethel Hinch.»

«Zweifellos haben Sie von den Hinches aus Hertfordshire gehört», säuselte die Begleiterin.

«Nein, Madame. Wer ist diese junge Dame?»

«Das» – Lady Davinia drückte das schluchzende Mädchen an ihren furchteinflößenden Busen –, «dieses arme Geschöpf ist Miss Hannah Dickinson.» Sie trat beiseite, nahm Lestrade beim Arm und flüsterte ihm mit jener Gehässigkeit, die aufzubringen nur der ländliche Adel fähig ist, ins Ohr: «Dieses verabscheuungswürdige Untier da drüben versuchte, Miss Dickinson zu zwingen, ihm gefällig zu sein. Haben Sie einen Knüppel?»

«Ja, Madame», versicherte Lestrade.

«Dann baue ich darauf, daß Sie ihn auf dem Schädel dieses Schweins verbiegen werden, wenn Sie ihn abführen.»

«Äh … wir werden sehen, Madame.»

«Pah!» Lady Davinia rückte mit knarrendem Fischbeinkorsett von ihm ab. «Papa hatte recht. Schöne Blaue Teufel seid ihr! Schwächliche Muttersöhnchen, das seid ihr! Und was Sie betrifft», ging sie auf den Schaffner los, «ich werde persönlich dafür sorgen, daß Sie,

solange Sie leben, nie wieder Arbeit kriegen. Was ist Lord Beaconsfield bloß eingefallen, Kreaturen wie Ihresgleichen das Wahlrecht zu geben? Ich werde natürlich eine Klage anstrengen!» schrie sie den Zug an. «Wenn ich damit fertig bin, wird es keine Southern Railway Company mehr geben.»
«Erst mußt du deine Aktien verkaufen, meine Liebe», warnte Miss Hinch.
«Halt den Mund, Ethel», schnaubte Davinia. «Ich bin außer mir.»
«Sir.» Lestrade hielt es für das beste, die Damen sich selber zu überlassen, besonders im Hinblick auf Lady Davinias Fähigkeiten, einen Sonnenschirm zu schwingen. Der große schnurrbärtige Gentleman blickte unter seinem Zylinder hervor auf den jungen Constable.
«Nun?» sagte er.
Lestrade blickte auf den stachligen Walroßbart, in die durchdringenden dunklen Augen. «Ihr Name, Sir, wenn's recht ist?»
«Valentine Baker.» Er warf der Matrone einen tückischen Blick zu. «Colonel Valentine Baker, ehemals bei den Zehnten Husaren. Zur Zeit Stellvertretender Generalquartiermeister in Aldershot.»
«Hm», schnaubte Lady Davinia. «Stellvertretender!» – und sie schwebte davon, um der zitternden Miss Dickinson neues Riechsalz zu verabreichen.
Lestrade bemerkte die Menge in seinem Rücken und war froh, zwei Polizisten herbeieilen zu sehen, um sie zu zerstreuen. «Alles in Ordnung, Sholto?» rief der eine.
«Halte den Zug fest, Ben. Er wird nicht eher abfahren, bis ich mir hier ein klares Bild gemacht habe. Würde es Ihnen etwas ausmachen, Sir, in diesen Waggon zu steigen?» Lestrade hielt die Tür auf. Zum erstenmal in seinem Leben nahm er in einem Abteil erster Klasse Platz. Die gepolsterten Sitze entnervten ihn.
«Wird es lange dauern, Officer?» fragte Baker. «Ich habe eine dringende Verabredung.»
«Nicht lange, Sir. Dürfte ich um Ihre Adresse bitten?»
Der Colonel gab sie ihm.
«Also, Sir», sagte Lestrade, «was ist hier passiert?»
«Es ist wirklich zu blöde, Constable», seufzte Baker. «Ich bestieg den Zug in Southampton und war bis Bishop's Waltham allein im Waggon, als die Lady, die Sie da schluchzen sehen, einstieg.»
«Sie waren allein im Waggon?»

«Ja. Ich las in meinem Manuskript.»
«Manuskript, Sir?»
Baker wies auf eine lederne Reisetasche. «Ich schreibe ein Buch über meine Reisen im Osten, Constable.»
«Bitte fahren Sie fort.»
«Außer einem kurzen Gruß nahm ich kaum Notiz von dem Mädchen, als es plötzlich aufstand, ihr Mieder aufriß und zu schreien begann.»
«…und zu schreien begann», wiederholte Lestrade, mit seinem stumpfen Bleistift notierend. «Und was taten Sie, Sir?»
«Ich stand ebenfalls auf. Dachte, die Frau habe eine Art Anfall. Hatte ich natürlich auf Ceylon gesehen.»
«Was hatten Sie gesehen, Sir?» fragte Lestrade. Das roch nach einem Geständnis.
«Leute, die Anfälle haben, Constable. Geben Sie doch acht! Es ist die Hitze, wissen Sie. Verdammt heiß heute, wie?»
«Was machte die Lady dann?»
«Das Verrückteste. Sie versuchte rauszuspringen.»
«Rauszuspringen?» sagte Lestrade. «Aus einem fahrenden Zug?»
«Genau. Im Handumdrehen war sie aus der Tür raus und klammerte sich verbissen fest. Ich versuchte, sie zurückzuzerren. Sie hätte jeden Augenblick in ihr Verderben stürzen können.»
«Aber Sie» – die Spitze eines Schirms piekte den Colonel in die Schulter, als Lady Davinia durch das offene Fenster auf ihn anlegte – «spielten den Wolf im Schafspelz, nicht wahr, Sie Ungeheuer? Mich schaudert, wenn ich daran denke, was der armen Miss Dikkinson hätte zustoßen können, wäre Sie auf Ihr sogenanntes Hilfsangebot eingegangen!»
«Danke, Madame.» Lestrade schloß das Fenster, um den Colonel vor weiterer Unbill zu schützen. Lady Davinia riß die Tür auf. «Hören Sie» – sie nahm Lestrade mit ihrem Schirm aufs Korn –, «es ist Ihnen offenbar nicht klar, daß ich da draußen eine ohnmächtige junge Dame habe, die sich dem empörendsten Angriff auf ihre Person ausgesetzt sah. Ich bringe sie in mein Hotel.»
«Bei allem Respekt, Madame» – Lestrade schob die Schirmspitze beiseite – «Das wird nicht gehen. Bringen Sie Miss Dickinson meinetwegen in den nächsten Waggon. Ich werde hinkommen und ihr ein paar Fragen stellen.»

«Sie hirnloser Schnösel.» Sie entriß ihm Notizblock und Bleistift und notierte sich offenbar die Metallziffern auf seinem Kragen. «Ich werde bei Ihren Vorgesetzten über Sie Meldung machen» – aber dennoch halfen sie und Miss Hinch dem Opfer in den angrenzenden Waggon.
«Habe ich Ihr Wort, Sir, daß dies wirklich Ihre Adresse ist?»
«Das ist meine Londoner Adresse, ja. Falls ich nicht dort bin, halte ich mich im Lager in Aldershot auf.»
«Dann möchte ich Sie nicht länger aufhalten, Sir, aber wir werden uns noch einmal unterhalten müssen.»
Baker tippte an seinen Hut und ging fort.
Lestrade zupfte seine Uniform zurecht, rückte seinen Helm gerade und machte sich bereit, den Käfig der Löwinnen zu betreten. Während die Leute auf dem Bahnsteig pfiffen und ausspuckten, klopfte er an die Waggontür.
«Ich möchte mit Miss Dickinson allein sprechen», sagte er.
Die Matrone legte mit ihrem Schirm auf ihn an. «Niemals», protestierten alle drei Damen. Lestrade wußte, wann er geschlagen war. «Nun gut» – und er setzte sich neben Miss Hinch, die rasch auf die andere Seite des schmalen Waggons überwechselte, um neben Miss Dickinson Platz zu nehmen. Lestrade blieb wie ein Ausgestoßener auf dem anderen Sitz allein. «Warum gibt es keine Damen bei der Polizei?» fragte ihn Miss Hinch.
«Wie grotesk, Ethel!» schalt sie Lady Davinia. «Damen können doch unmöglich eine so gemeine Arbeit tun.»
«Wahrlich nicht, Madame», beeilte sich Lestrade zuzustimmen. Er sah Miss Dickinson an. Sie war etwa in seinem Alter, schätzte er, trotz der Tränen und der geröteten Nase sehr anziehend, und ihr Mieder und ihre Bluse waren zerrissen. Etwas war an der Art, wie ihre Waden über den hochgeschnürten Stiefelchen sichtbar wurden, das ihn stutzig machte. Vielleicht waren es die Stiefel, die Colonel Baker gesehen hatte. Vielleicht hatten sie ihn erregt.
«Können Sie mir sagen, was passierte, Miss Dickinson?» Lestrade saß gelassen da, Bleistift und Notizbuch in der Hand. Die Lady war jetzt gefaßter, ebenso gelassen wie der Constable, und sie begann zu erzählen.
«Ich stieg in Bishop's Waltham in den Zug», sagte sie, «um meiner alten Großmutter in Kensington einen Besuch zu machen.»

«Stellen Sie sich bloß vor», sagte Lady Davinia nüchtern, «diese arme Frau. Wie wird sie diesen Schlag verkraften?»

«Kennen Sie die Großmutter dieser Dame, Madame?» Lestrade spürte, daß seine Geduld bald am Ende war.

«Das ist irrelevant», sagte die Matrone.

Aha, sie sind also verwandt, dachte Lestrade.

«Die Frauen müssen leiden. Aber nicht, *nicht*», ihre Stimme schwoll zur Glut eines Ablaßpredigers an, «stumm.»

«Sie bestiegen den Zug in Bishop's Waltham», erinnerte Lestrade Miss Dickinson. «Warum wählten Sie einen Waggon, in dem sich nur ein einzelner Gentleman befand?»

«Miss Dickinson ist jung und naiv», erwiderte Lady Davinia. «Ohne Zweifel hielt sie ihn irrtümlich für ein menschliches Wesen.»

«Bitte beantworten Sie meine Frage, Miss», sagte Lestrade, ohne von der Matrone Notiz zu nehmen.

«Als mir diese Tatsache bewußt wurde», sagte sie, «war der Zug bereits abgefahren.»

«Was geschah dann?»

Miss Dickinson senkte ihren Kopf. Miss Hinch umfaßte sie. «Aber, aber, Kind», besänftigte sie die junge Dame.

«Ich muß es wissen, Miss Dickinson», beharrte Lestrade. «Sie wollen dieses Untier doch hinter Gittern sehen, nicht wahr?»

«Aha», krähte Lady Davinia, «Ihre erste vernünftige Aussage, Officer. Das läßt sich schon eher hören.»

«Wir waren eine Weile gefahren, als der... Gentleman...»

Lady Davinia und Miss Hinch rümpften gemeinsam die Nase.

«...der Gentleman seine Hand... auf mein Knie legte.»

Im Waggon herrschte hörbare Stille.

«Unter Ihren Rock oder darauf?» fragte Lestrade.

«Empörend!» zischte die Matrone.

«Ekelhaft!» schauderte Miss Hinch.

«Unter den Rock», bestätigte Miss Dickinson. «Dann ver... versuchte er, mich zu küssen.»

«Mein Kind!» Lady Davinia streckte ihre Arme aus.

«Nein» – Miss Dickinson stand auf – «Ich muß es durchstehen bis zum Ende», sagte sie und starrte tränenvoll und entschlossen auf das Plakat, das der Welt die Wunder von Margate anpries. «Sie sind so freundlich zu mir gewesen, doch dieser Beamte hat seine Pflicht zu erfüllen. Als ich versuchte, ihn abzuschütteln», fuhr sie fort, «zerriß er mir Mieder und Bluse. Er... er knöpfte seine Hose auf.»

Miss Hinch wurde in einer Ecke ohnmächtig. Niemand achtete auf sie. Lady Davinia saß auf der Sitzkante.

«Was dann?» stieß sie hervor.

Miss Dickinson und Constable Lestrade blickten sie an, und sie hatte den Anstand, sich ein wenig zu zügeln.

«Dann kletterte ich zur Tür hinaus und klammerte mich dort fest, bis der Zug in Liphook hielt.»

«Hat Colonel Baker Ihnen etwas angetan?» fragte Lestrade.

«Er versuchte, mich zurückzuzerren.»

«Wir können uns gut vorstellen, warum», bemerkte Lady Davinia scharfsinnig, und sie durchbohrte Lestrade mit ihren Blicken. «Wie tierisch Männer doch sind!»

«Und in Liphook?» setzte Lestrade die Befragung fort.

«Ein Geistlicher, der gesehen hatte, wie ich mich dort festklammerte, nahm mich in sein Abteil.»

«Sie hatten keine Furcht?» fragte Lestrade herausfordernd.

«Er war ein Vertreter des geistlichen Standes», erklärte Miss Davinia, «im übrigen sind Vikare keine Männer im landläufigen Sinn dieses Wortes.»

«Wo ist er jetzt?» fragte Lestrade.

«Er machte sich auf, um einen Polizisten zu holen», sagte die Matrone. «Zu allem Unglück tat das auch dieser ekelhafte Schaffner. Und er fand *Sie*.»

«Werden Sie Anzeige erstatten, Miss Dickinson?» fragte Lestrade.

«Ich fürchte, ich muß es tun», gab ihm Miss Dickinson zur Antwort. «Um der anständigen Frauen willen, die es überall gibt.»

Lestrade nahm die Personalien der Damen auf, darauf bedacht, das zu tun, solange Lady Davinia ihm den Rücken zukehrte, um auf schickliche Weise ihre Gefährtin ins Leben zurückzurufen.

Kurz vor Mittag wurde der Constable in die Reitschule der Duke-of-York-Kaserne geführt. Der Gestank von Mist und Pfeifenqualm erinnerte ihn so stark an die Pferdepatrouille, daß er beinahe umgekehrt wäre. Die weißgekalkten Wände des riesigen Raumes lagen in hellem Sonnenlicht, das durch die hohen Fenster einströmte. Die Ordonnanz, die ihn bis hierher begleitet hatte, trabte an den Wänden entlang durch den Sand zum entfernten Ende des Raumes, wo zwei Reiter trainierten. Einen davon erkannte Lestrade als Colonel Baker, AQMG. Er trug die dunkelblaue, golden paspelierte Reitjacke der Zehnten Husaren und saß auf einem mächtigen Chargenpferd, das sich bäumte und den Schweif aufstellte. Den anderen Mann, ein Zivilist auf einem Apfelschimmel, kannte er nicht, doch hinter dem Vollbart waren die Bakerschen Züge unverkennbar. Beide Männer sahen auf, als die Ordonnanz salutierte und auf den Polizisten deutete.

Colonel Baker wendete seinen Grauen, griff sich aus einem Gestell eine Lanze und gab seinem Pferd die Sporen. Lestrade verharrte regungslos in der Mitte, als Mann und Pferd an ihm vorbeizischten und die Lanze sich ein paar Zoll vor seinen Füßen in den Grund bohrte. Baker riß sein Pferd herum und nahm in Lestrades Rücken die Zügel auf, während der andere Reiter vor ihm karakolierte.

«Constable», sagte Baker, «ich hätte Sie gerade töten können.»

«Ich zweifle nicht daran, Sir», erwiderte Lestrade und hoffte, seine Stimme werde nicht verraten, daß ihm das Herz bis zum Hals schlug. «Warum taten Sie's nicht?»

Baker schwang sein Bein über den Sattelknopf und saß ab. «Aus demselben Grund, der mich veranlaßte, in Liphook nicht den Zug zu verlassen, sondern zu warten, bis Sie in Victoria Station auftauchten. Aus demselben Grund gab ich Ihnen meine korrekte Adresse und gab meinem Diener Anweisung, Ihnen zu sagen, daß ich hier sei.» Er deutete auf die Reithalle. «Die Garnison erlaubt mir freundlicherweise, sie zu benutzen, wenn ich die Halle brauche.»

«Constable», knurrte der bärtige Mann hinter Lestrade.

«Mein Bruder Samuel», stellte der Colonel ihn vor. «Baker Pascha.»

«Erfreut», sagte Lestrade.

«Mein Bruder» – Samuel Baker stieg ebenfalls ab – «hat im Burenkrieg und auf der Krim gekämpft. Er war Augenzeuge der österreichisch-preußischen und französisch-preußischen Kriege, er hat im Nahen und im Fernen Osten ausgedehnte Reisen unternommen und ist in kavallerietaktischen Fragen die führende Autorität im Land...»

«Aber Sam, du übertreibst schon wieder. Du weißt, daß ich nie im Fernen Osten war.»

«Worauf ich hinaus will, Constable, ist, daß ein Mann wie Colonel Baker mit einem so makellosen Ruf keine Damen in der Eisenbahn belästigt.»

«Bei allem Respekt, Sir. Ich habe lediglich sein Wort. Die betreffende Dame beharrt darauf, daß er's tat.»

Die Bakers bauten sich drohend vor ihm auf. «Sie haben Nerven, Constable», sagte Samuel, «oder haben Sie einen Zug Männer draußen?»

«Ich kam allein», antwortete Lestrade.

«Mit weiteren Fragen, schätze ich», knurrte Valentine, zog die Lanze heraus und warf sie der Ordonnanz zu.

«Zur gegebenen Zeit, Sir. Jetzt jedoch ist es leider meine Pflicht, Sie festzunehmen.»

«Was?» schäumte Samuel.

«Sie sind nicht verpflichtet, etwas zu sagen, doch alles, was Sie sagen, wird protokolliert und gegebenenfalls als Beweismittel verwendet werden.»

Valentine richtete sich zu seiner vollen Größe auf. «Wessen beschuldigt man mich?»

«Der versuchten Vergewaltigung», sagte Lestrade.

Die Brüder blickten einander an. Samuel griff in seine Tasche. Lestrade hielt seinen Schlagstock bereit, um einen Angriff zu parieren, doch dann sah er sich der tödlichsten aller Waffen gegenüber – einer Brieftasche.

«Constable, ich...» fing Samuel an.

Colonel Baker griff nach Samuels Arm. «Steck das weg, Sam. Wir würden niemals damit leben können. Außerdem glaube ich, der Constable ist nicht der Typ. Mr... wie war Ihr Name?»

«Lestrade, Sir.»

«Mr. Lestrade, meine Gattin und meine Töchter werden in Kürze hier eintreffen und auch Samuels Familie. Ich frage mich, ob...»

«Ich werde auf der anderen Straßenseite gehen, Sir», sagte Lestrade. «Können Sie mich in einer Stunde in Bow Street treffen?»

«Sie lassen es darauf ankommen, Lestrade?» fragte der Colonel.

«Das ganze Leben ist ein Risiko, Sir.»

Der Colonel schüttelte ihm die Hand, die beiden übergaben ihre Pferde der Ordonnanz und gingen fort.
«Colonel Baker», rief ihm Lestrade nach. «Da wir gerade vom Leben sprechen, Sir. Was bedeutet Ihnen das Leben?»
«Sie meinen, sie werden ihn nicht am Leben lassen, Constable?» Samuel war entsetzt. «Er hat nichts verbrochen, Mann.»
«Ich bin schon mal im Gefängnis gewesen, Sam», bekannte der Colonel.
«Ja?» Für einen Augenblick erwachte Lestrades Argwohn.
«In Frankreich vor fünf Jahren», erklärte der Colonel. «Man beschuldigte mich, ein deutscher Spion zu sein. Eisengitter schrecken mich nicht, Constable. Warum fragen Sie, was mir das Leben bedeutet? Mit Sicherheit ist es kein Zuckerschlecken, oder?»
«Oh, ich dachte an etwas, das Miss Dickinson sagte, Sir.»
«Was war das?»
«Sie benutzte den Ausdruck, als sie beschrieb, wie sie sich am Waggon festklammerte... ‹als ob es ums Leben ginge›.»
«Und?» fragte Samuel.
«Und», sagte Lestrade, «sie benutzte diesen Ausdruck zweimal, als sei...»
«Als sei was?» fragte der Colonel.
«Als sei er einstudiert», sagte Lestrade.
Die Bakers blickten zuerst Lestrade, dann einander an. «Nie wieder werde ich an der Intelligenz der Polizei zweifeln», sagte Samuel, und der Rückschluß, daß er das üblicherweise tat, kränkte Lestrade mehr als alles andere.
«Wer soll ihr das einstudiert haben?» fragte Lestrade.
«Das, Sir, weiß ich nicht, jedoch...»
«Ja?»
Lestrade nahm seinen Helm ab. «Sehen Sie, Sir, ich riskiere hier ziemlich viel. Daß ich Sie auf dem Bahnhof nicht festgenommen habe, hat mir zwei Wochen Urlaubssperre eingebracht...»
Colonel Baker klopfte ihm anerkennend auf die Schulter. «...ich glaube, ich habe sie seitdem gesehen.»
«Wen?»
«Miss Dickinson.»
«Ja, natürlich», knurrte Valentine, «im Zuge Ihrer Ermittlungen.»
«Nicht direkt, Sir. Ist Ihnen Duke Street ein Begriff?»

«Sagt mir soviel wie der Albert-See in Afrika», sagte Samuel.

«Seitenstraße von Oxford Street, nicht wahr? Nahe Manchester Square.»

Lestrade nickte. «Liegt in meinem Revier, Sir. Eine Lady, die Miss Dickinson verblüffend ähnlich sieht, wohnt dort in Nummer 32.»

«Ich kann Ihnen nicht folgen, Constable», bekannte der Colonel.

«Die Nummer 32 ist wie die meisten Häuser in der Straße ein übel beleumdetes Haus, Sir.»

Valentines Kinnriemen schnippte unter seine Nase.

Samuel fand als erster seine Sprache wieder: «Wollen Sie damit sagen, daß Miss Dickinson...?»

Lestrade hob abwehrend die Hände. «Ich weiß es nicht», sagte er. «Ich sah sie nur flüchtig. Kann mich getäuscht haben.»

«Das ändert die Sachlage, nicht wahr?» Valentine war ganz durcheinander.

«Ich kann nichts versprechen», sagte Lestrade.

«Aber Sie werden weiter nachforschen», drängte der Colonel. «Wenn man mich für schuldig erklärt, bedeutet das für mich, daß alles zu Ende ist.»

Die Luft war plötzlich von Kindergeschrei und Geschnatter erfüllt. Der Baker-Nachwuchs und die Baker-Gattinnen kamen durch die Sägespäne auf die Männer zugetrippelt. Valentine übernahm verlegen die Vorstellung.

«Constable Lestrade, meine Liebe, ist hier, um...»

«Festzustellen, ob Ihr Gatte uns seinen fachmännischen Rat für unsere Berittene Abteilung zur Verfügung stellen kann, Madame», beendete Lestrade für ihn den Satz.

Alle Bakers lächelten. Valentine, seine Gattin und zwei Töchter, Samuel, seine Gattin und ihre sieben Kinder stapften den Weg zurück, den sie gekommen waren. Als zwölf Bakers verschwunden waren, tauchte der dreizehnte, Samuel, noch einmal in der Tür auf.

«Lestrade», sagte er. «Duke Street, Nummer 32. Das übel beleumdete Haus...»

«Ja, Sir?»

«Im Lauf meines Lebens bin ich zwischen London und Khartum in ein paar Bordellen gewesen. Da geht es rauh zu.»

«In einigen, Sir.» Lestrade sprach von seinem einzigen Erlebnis, als

man ihn an jenem Morgen in Whitechapel halb bewußtlos geschlagen hatte, bevor er und Inspector Palmer die Leiche von George Claverhouse fanden.
«Hier.» Baker zog etwas aus der Tasche. «Habe ich in Kairo gekauft. Zehnmal nützlicher als dieser Amtsstab, den Sie mit sich rumtragen.»
Lestrade wollte protestieren, doch Baker Pascha war bereits seiner Familie gefolgt. Als der Constable hinguckte, lag in seiner Hand ein Schlagring aus Messing mit einer Sperre an einem Ende. Lestrade löste sie, und eine mörderische Klinge schoß heraus. Er lächelte still vor sich hin. Endlich nicht mehr allein. Das war ein passender Begleiter.

Im Jahr des großen Gesundheitsgesetzes bahnte sich Constable Lestrade schwungvoll seinen Weg durch das stinkende Treibgut, das die Themse und der heiße Sommer auf die dunklen, schmutzigen Uferbereiche der Arches geworfen hatten. Kein Zweifel, daß der Geist von David Garrick dort daheim gewesen wäre. Er bog von Villiers Street in den sonnenhellen Court, der Charing Cross Station gegenüberlag, und passierte notgedrungen die ungezählten Pfähle der emsigen Droschkenkutscher des Strand. Die Tauben erwischten ihn wenigstens zweimal, bevor er Trafalgar Square überquerte und sich durch labyrinthische Gassen zur Oxford Street durchschlug, wo man in jenen Tagen das bessere Publikum zu finden pflegte. Da es Dienstag nachmittag war und man das Museum der Entomologischen Gesellschaft kostenlos besuchen konnte, wurde er eine Zeitlang von der Menge mitgerissen, und seine Füße berührten an keiner Stelle den Boden. Es verdient Erwähnung, daß niemand in die entgegengesetzte Richtung eilte, zum Panoptikum der Wissenschaften, denn dort betrug der Eintritt einen Shilling.
Es war die älteste Wissenschaft der Welt, die Lestrade dazu veranlaßte, die Glocke am Hause Nummer 32 in Duke Street zu ziehen. In seinem einzigen Anzug kam er sich verdächtig verkleidet vor, und der frisch gestärkte Kragen kratzte am Hals. Eine Zofe öffnete die Tür, ebenso frisch gestärkt wie Lestrade. «Ja?»
«Meine Karte», sagte Lestrade mit klopfendem Herzen. Es hatte ihn nahezu einen Wochenlohn gekostet, das Ding drucken zu las-

sen. Sein Inspector hatte das ganze Unternehmen mißbilligt. Wenn er es überhaupt tun müsse, dann gefälligst in seiner Freizeit und auf eigene Kosten. Er müßte es tatsächlich inkognito machen, obgleich Lestrade ihm mehrere Male gesagt hatte, das Haus liege im Revier.
«Möchten Sie nicht eintreten?» knickste das Mädchen. Er wurde in einen Plüschsalon geführt, in dem Spiegel und Kandelaber glitzerten und der mit Samt und Seide ausgeschlagen war. Zweimal war er drauf und dran zu flüchten. Er war dreiundzwanzig Jahre alt, an Bordelle gleich welcher Preisklasse nicht gewöhnt, doch dieses hier verströmte einen Luxus, der weit über seine Verhältnisse ging. Er befühlte die drei Pfundnoten in seiner Tasche. Er fragte sich, wie weit er damit kommen würde. Vermutlich nicht über einen weiblichen Knöchel hinaus.
«Lieutenant Lister?» fragte eine warme Stimme, und er fuhr herum. Stark geschminkt und in Federn gehüllt, die Brüste köstlich über das Mieder geschoben, schwebte Miss Dickinson ins Zimmer.
«Zu Diensten, Madame.» Lestrade versuchte die Hacken zusammenzuschlagen, wie es seiner Meinung nach Kavallerieoffiziere zu tun pflegten.
«Oh» – sie schlug ihn schelmisch mit ihrem Fächer –, «Sie garstiger Mann. Die Dienste überlassen Sie mir. Also» – sie rekelte sich auf einem Haufen türkischer Kissen – «wer hat mich empfohlen?»
«Ein Regimentskamerad», sagte Lestrade vorsichtig.
«Vom Zehnten?»
«Ja.»
Sie lächelte und läutete mit einem winzigen Silberglöckchen. «Meine Regel lautet: erst das Geschäftliche, dann das Vergnügen», sagte sie. «Wie hätten Sie's denn gern?»
Lestrade spürte, wie er rot wurde. «Ich... ich... hatte gehofft, überrascht zu werden», antwortete er.
«Oh, ich bin sicher, das werden Sie.»
Die Tür flog auf, und drei riesige Männer erschienen.
«Ah, Auguste», sagte sie, sich aufrichtend, «Lieutenant Lister möchte gern überrascht werden.»
«Lieutenant, wer?» fragte der größte der drei. Er war makellos gekleidet, im Stil eines feinen Pinkels mit einem grell karierten Anzug, trug ein Monokel und einen riesigen Kaiserbart.

«Du kennst doch die Offiziere der Zehnten Husaren, nicht wahr?» fragte sie. «Baker's Light Bobs?»
«Wie meine Westentasche», gab Auguste zur Antwort. «Unter ihnen gibt es keinen Lieutenant Lister.»
«Oh, ich bin erst ganz kurze Zeit dabei», bluffte Lestrade. «Dann passen Sie mal auf, was Ihnen jetzt passieren wird.» Die Männer hinter Auguste rückten vor.
«Zuerst möchte ich Sie warnen, Miss Dickinson», sagte Lestrade. «Ich bin nicht allein gekommen.»
Miss Dickinson war sichtlich verdutzt. «Ich glaube, Sie haben mich mit jemandem verwechselt.»
Lestrade begann sich langsam zurückzuziehen. Für Ausweichmanöver blieb nicht viel Raum. «Sie haben ein kurzes Gedächtnis, Miss Dickinson», sagte er. «Vielleicht sehe ich ohne Helm und Trillerpfeife anders aus. Ich bin Constable Lestrade von der Metropolitan Police.»
«Sieh mal an, ein Bulle!» knurrte einer der Männer. «Das wird mir noch mehr Spaß machen.»
«Warte!» Miss Dickinson nahm die Sache in die Hand. «Was tun Sie hier?»
«Ich komme meiner Pflicht nach», erwiderte er, «im Interesse der Gerechtigkeit.»
Einer der Männer spie verächtlich aus.
«Nicht auf den Teppich, Warwick! Das ist ein eschter Perser. Glaubst du, isch verdiene mein Geld im Schlaf?»
«Mit Ihrer Geschichte stimmte was nicht», fuhr Lestrade fort und hoffte auf eine Eingebung, «von Ihren Stiefeln ganz abgesehen.»
«Meine Stiefel?» wiederholte sie.
«Es waren nicht die Stiefel einer unschuldigen jungen Lady, die auf dem Weg zu ihrer lieben alten Oma ist und das Unglück hat, von einem Wolf in Männerkleidung vergewaltigt zu werden. Es waren die Stiefel einer Gewerbsmäßigen, Madame, einer Hure.»
«Auguste», wandte sich Miss Dickinson an ihren Beschützer. «Ich glaube nicht, daß du mich in den folgenden Minuten brauchst» – und sie schwebte aus dem Zimmer.
«Miss Dickinson empfängt lediglisch die Kunden, bei denen isch meine Zustimmung gebe.»
«Sie sind ein Zuhälter, Sir», sagte Lestrade.

«Aber nischt doch, das ist ein Ausdruck aus der Gosse», verbesserte ihn Auguste. «Isch bin ihr Patron, wie es in Paris üblisch ist.»
Lestrade hatte keine Vorstellung von dem, was in Paris üblich war, und in seiner Verzweiflung sprang er in die Höhe, um den Kronleuchter zu grapschen, in der Absicht, zwei seiner Gegner zu fällen. Leider verfehlte er ihn, und ein kräftiger Schlag beförderte ihn über das Sofa hinter ihm. Die zwei Schläger rissen ihn hoch und quetschten ihn gegen die Seidentapete, während Auguste seine Handschuhe anzog.
«Offiziere der Britischen Armee dürfen sisch nischt die 'ände schmutzisch machen», erklärte er und machte Anstalten, Lestrade einen wütenden Tritt in dessen edle Teile zu versetzen. Doch dieses Mal paßte der Constable auf und blockte den Tritt mit einem eigenen ab. Der war besser gezielt, und der Franzose humpelte fluchend zurück. Lestrade befreite seinen linken Arm, riß einen der Schläger zu sich heran und ließ seine Faust mit aller Kraft auf dessen Kopf niedersausen. Der zweite umschlang mit einem eisernen Unterarm Lestrades Hals, bis dessen Tritt mit dem Stiefel sein Schienbein einbeulte. Der Schlagring fiel ihm ein, den Baker ihm gegeben hatte, und er rammte ihn dem ersten Schläger ins Gesicht. Der Mann spuckte Blut und Zähne in alle Richtungen, und Lestrade drehte sich, um den Franzosen und seinen Kumpanen Warwick zu empfangen. Auguste hatte einen Rohrstock mit einer schweren Spitze und Warwick ein Messer in der Hand. Die Sache wurde mulmig, besonders Warwick war gefährlich, und Lestrade kam zu dem Schluß, daß es höchste Zeit war, seine Nachforschungen zu beenden. Hinter ihm war ein Fenster mit Spiegelglas. Vor ihm lagen im besten Fall ein paar Wochen im Krankenhaus. Eigentlich blieb ihm keine andere Wahl, und so fand er sich unter den Hufen eines scheuenden Droschkengaules wieder, und während er sich hin und her warf, bohrten sich Glasscherben in seinen Körper. Es war lediglich sein Pech, daß einer der Kutscher nicht zu jener Sorte gehörte, die in den Spalten von *Mogg's* auftauchen, und der Klepper versetzte ihm einen Tritt, daß er der Länge nach in einem gegenüberliegenden Türeingang liegen blieb.
Kaum war Lestrade wieder zu sich gekommen, nahm er wahr, daß etwas Warmes, Feuchtes sein Gesicht umstrich, und daß es unbeschreiblich stank. Als er wieder klar sehen konnte, wurde ihm klar,

daß, abgesehen von einem beulenübersäten Kopf und zahllosen Schürfwunden, ein räudiger Gassenköter damit beschäftigt war, ihn wiederzubeleben, der vermutlich seit Tagen nichts anderes zu beißen gefunden hatte als Lestrades Kragen. Dieses Erlebnis ist vermutlich für Lestrades Abneigung gegen Hunde verantwortlich. Sein Geld war ebenso verschwunden wie seine Rückfahrkarte für den Omnibus. Alles, was ihm geblieben war und was er wie besessen umklammerte, war der Schlagring, der ihm wahrscheinlich das Leben gerettet hatte.

«So hast du Baker also freibekommen?» Berkeley strich sein Queue erneut mit Kreide ein.

«Für einen erfahrenen Polizisten hast du ein verdammt kurzes Gedächtnis», sagte Lestrade und zündete sich eine frische Zigarre an. «Ich hatte keine Beweise, Tom, nicht den geringsten. Mein Inspector hatte mich gewarnt, in die Duke Street zu gehen. Wegen meiner Verletzungen verlor ich drei Tage, und ich brauchte vier Monate, bis ich mir einen neuen Bowler leisten konnte.»

«Was war mit Auguste? Wer war er?»

«*Hart's Army List* half mir weiter. Ob du es glaubst oder nicht, er war ein Captain bei den Zwölften Lanzenreitern. Offenbar war er im Krimkrieg ein Chasseur D'Afrique gewesen. Weitgereister Mann. Mitglied im Army Club und im Navy Club. Ein richtiger Hansdampf in allen Gassen.»

«Und ein Zuhälter», beharrte Berkeley.

«Damals waren andere Zeiten.» Lestrade blies Rauchringe gegen die Zimmerdecke. «Viele respektable Gentlemen, ansonsten Stützen der Gesellschaft und treue Söhne der Kirche, hatten hier und da geheime Räume.»

«Also hat Auguste Miss Dickinson bezahlt, um Baker in den Schmutz zu ziehen?»

«Das dachte ich», erwiderte Lestrade. «Heute bin ich nicht so sicher.»

«Was passierte mit Baker? Ging er nicht nach Ägypten?»

Lestrade nickte grinsend. «Er endete als Gendarmeriechef.»

«Polizisten?» Berkeley hielt vor seinem Stoß inne.

«Haben wir Polizisten im Ausland?» fragte Lestrade.

Frage lieber Walter Dew, er ist unser Auslandskorrespondent. Im August jenes Jahres war die Verhandlung gegen Baker. Ich weiß noch, daß der Gerichtssaal aus den Nähten platzte. Und heiß war es, das kannst du dir nicht vorstellen! Und da war er, der Wüstling in *Maria Marten*, zwirbelte seinen gewichsten Schnurrbart und schoß Blitze aus grausamen Augen. Hannah Dickinson war natürlich die Unschuld selbst. Hin und wieder weinte sie herzzerreißend und schaute die Jury mit tränenüberflutetem Gesicht an. Sie hatte den Richter natürlich um den kleinen Finger gewickelt – darauf verstand man sich in Duke Street besonders gut.»

«Na, du mußt es ja wissen», grinste Berkeley. «Konntest du denn bei der Verhandlung nichts von dem vorbringen, was du wußtest?» «Es war keine gute Zeit für die Polizei. Mein Inspector sagte mir, ich solle es für mich behalten. Ohne Beweise, sagte er, werde der Ankläger mich in der Luft zerreißen.»

«Er hatte recht. Was weiter?»

«Baker bekam zwölf Monate und eine Geldstrafe. Aber es war viel schlimmer für ihn, daß er aus dem Militärdienst entlassen wurde.»

«Unehrenhaft?»

«Ich bitte dich! Offenbar schrieb ihm die Königin, sie benötige seine Dienste nicht mehr.»

«Würdest du es für illoyal halten, wenn man nach so langer Zeit zu dem Schluß käme, daß diese Frau eine Kuh war?»

«Absolut richtig», gab Lestrade zur Antwort. «Ich traf Samuel Baker zufällig, nachdem sein Bruder sich nach Ägypten eingeschifft hatte. Er nahm nichts mit, außer seinem weißen Pferd.»

«Ein weißes Pferd kann man überallhin mitnehmen», sagte Berkeley.

«Die Zeitungen schrieben, er sei an einem Herzanfall gestorben. Ich weiß noch, als ich zum Yard kam, sagte Inspector Palmer, er habe seine Strafe verdient.»

Berkeley nickte. «Sag mal, Sholto, davon abgesehen, daß ich dir beim Billard schon wieder eine Abfuhr erteilt und meine Zeit verplempert habe, warum hast du mir das alles erzählt?»

«Ja», seufzte Lestrade. «Das heißt, daß ich dir inzwischen 3034 Pfund schulde, nicht wahr? Der Witz bei der Sache ist, daß ich ein paar Tage nach Bakers Verhandlung einen Brief bekam.»

«Von wem?»

«Das ist es ja gerade: Ich weiß es nicht.»

Bei Tom Berkeley fiel der Groschen. «Noch so ein Sprüchlein? Wie die anderen, die du bekamst?»
Lestrade nickte.
«Was stand drin?»
«‹Neun für die Neun Blanken Strahler›.»
«Was bedeutet das?»
«Lange Zeit wußte ich's nicht. Dann kam ich drauf. Wie lautete der Spitzname der Zehnten Husaren, damals in den Siebzigern?»
«Warte mal... Baker's Light Bobs, hast du gesagt, glaube ich.»
«Oder auch ‹die Strahlenden Zehner›.»
«Aha.» Berkeley ahnte, worauf Lestrade hinaus wollte. «Und Valentine Baker war der hellste der Strahlenden Zehner.»
«Genau», sagte Lestrade.
«Also hat Miss Dickinson den Brief geschickt?»
«Vielleicht.»
«Oder Auguste?»
«Auch das ist möglich.»
«Aber das ist doch lächerlich, Sholto. Warum sollte irgendein Idiot dir Reimereien schicken, die sich auf Sachen beziehen, die vierzig Jahre zurückliegen? Und was hat das mit mir zu tun?»
«Ich wünschte, ich wüßte es, Tom. Jemand hat Miss Dickinson dafür bezahlt, daß sie in jenem Sommer Colonel Baker ans Messer lieferte. Dieselbe Person, die M'Travers und die anderen umbrachte. Dieselbe Person, die mir die Briefe über die Zwölf Apostel und die übrigen geschickt hat. Aber da gibt es eine sonderbare Sache.»
«Welche?»
«Das Muster. Dieser Jemand – und ich wünschte bei Gott, ich hätte diese Briefe aufbewahrt – fängt bei zwölf an und arbeitet sich nach unten vor.»
«Wie weit ist er bis jetzt gekommen?»
«Bis drei – du, Edward Henry und Gordon Ushant, die Rivalen.»
«Fehlen noch zwei und eins. Ist es das, was dir sonderbar vorkommt?»
«Nein. Was mir sonderbar vorkommt, ist, daß ich mich nicht erinnern kann, Nummer elf erhalten zu haben.»
Berkeley zuckte die Achseln. «Vielleicht bei der Post verlorengegangen?»
«Durchaus möglich», sagte Lestrade und begab sich zu Bett.

Detektive vor Gericht

Sholto Lestrade war gern mit seiner Tochter zusammen, wann immer er konnte. An jenem Tag Ende September machten sie einen Spaziergang in St. James. Es gab jede Menge familiäre Neuigkeiten. Harry war immer noch Harry, ritterlich, unbekümmert, aber ein Felsen im Meer der Veränderungen in Huish Episcopi, dem Herrenhaus, das die Bandicoots seit Jahrhunderten bewohnten. Letitia, seine Gattin, die darauf bestanden hatte, daß Lestrades Tochter nach dem Tod ihrer Mutter unter ihre Fittiche kam, war ein wenig älter, ein wenig schwermütiger. Seit ihr eigener Sohn Rupert gestorben war, fühlte sie eine Leere in ihrem Leben, doch sie versuchte, sie vor den anderen zu verbergen. Ivo, Ruperts Zwillingsbruder, war nach Cambridge gegangen, um Jura zu studieren. Er hatte dort einen jungen Dichter kennengelernt, der für eine Fellowship am King's College eine Dissertation schrieb. Emma war diesem jungen Mann begegnet und hatte sich ein bißchen in ihn verliebt.

Dann rückte sie mit ihrer Neuigkeit heraus: «Papa…»

Er nahm ihren besonderen Tonfall wahr und ließ sich schwerfällig auf die nächste Parkbank fallen. «Ich sitze bequem», sagte er. «Du kannst anfangen.»

«Du wirst mir doch nicht böse sein, oder?»

«Geht es um diesen Dichterling?» Lestrade spürte, wie sich die Moralvorstellungen der Arbeiterklasse in ihm regten. Poesie und Pimlico gingen nicht zusammen.

«Paul Dacres?» lachte sie und schlug mit ihrer Handtasche nach ihm. «Oh, nein, er ist viel zu dilettantisch.»

«Du mußt es ja wissen», bemerkte er, und sie stieß ihn von der Bank. Er fiel unglücklich, und das altvertraute Gefühl überschwemmte ihn: der Schmerz, die Übelkeit, die Tränen in seinen Augen.

«Mein Gott, Emma, ich glaube, ich habe mir das Bein gebrochen.»

Sie spähte über den Rand der Bank. «Mein Gott, Papa, wahrhaf-

tig!» – und sie winkte Passanten herbei, die den Superintendent hochhoben und ihn mit viel Gestöhn und Betulichkeit zum nahegelegenen Greycoats Hospital schafften.
«Sind Sie Quäker?» fragte man ihn dort.
«Gewöhnlich nicht», sagte Lestrade, «obwohl ich zugeben muß, daß ich im Augenblick wacklig auf den Beinen bin.» Man schlug der kleinen Gruppe um Lestrade die Tür vor der Nase zu.
«Jemand muß ihm eine Droschke rufen», beharrte Emma, und einer aus der Gruppe winkte eine vorüberfahrende Kutsche herbei.
«Ekelhaft», knurrte der Kutscher auf seinem Bock. «Zu dieser Tageszeit in so einem Zustand! Sie sollten Ihre Drinks mehr verdünnen...» Und er knallte mit der Peitsche und ratterte los.
Endlich kamen sie nach vielen Stationen und vielem Keuchen und Stöhnen des gebeutelten Lestrade in St. Mary's, Paddington, an, wo einer der beiden einen Arzt kannte. Er wurde auf ein Notbett gelegt, das Bein festgeschnallt und mit einem Gewicht beschwert, und dann sah Lestrade zu, wie es über Praed Street dunkel wurde, während seine Tochter an seinem Bett ausharrte.
«Oh, Papa, es tut mir so leid.» Sie nahm seine Hand in die ihre und weinte still.
«Es ist nichts.» Er strich über ihr Haar. «Schließlich hätte ich nächste Woche in den Yard zurück gemußt. Jetzt habe ich noch ein paar Monate Erholung.»
Sie blickte ihn an, und ihre tränennassen Wangen waren bleich im schummrigen Licht. Sie wußte, daß der Yard sein Leben war. Fanny Berkeley hatte daran nichts geändert. Ein paar Monate Erholung waren das Letzte, was Lestrade sich wünschte.
Er versuchte, die Situation zu entkrampfen. «Was war mit deiner Neuigkeit?» fragte er.
«Neuigkeit?»
«Ja. Bevor du mich... bevor ich von dieser Parkbank fiel, wolltest du mir etwas erzählen.»
«Ach ja.» Sie rutschte unbehaglich hin und her. «Da war etwas. Eigentlich drehte es sich um den Yard...»
Lestrade stützte sich auf die Ellenbogen. Das Nachthemd, das man ihm gegeben hatte, paßte nirgends, doch es schnitt scharf ein, als er sich bewegt, und er plumpste in die Kissen zurück. «Was ist mit dem Yard?» zischte er mit schmerzverzerrtem Gesicht.

«Nun... du erinnerst dich an Miss McDougall?»
«Nein», gab er zur Antwort.
«Doch, das tust du wohl. Sir Edward Henry rief sie bei Verhören zu Hilfe... in delikaten Fällen...»
«Nein, Emma!» rief Lestrade. «Das verbiete ich entschieden! Unter gar keinen Umständen wirst du...»
«Aber, aber.» Sie tätschelte ihn zart. «Genau das würdest du nach Sir Edwards Meinung sagen.»
«Willst du damit sagen, daß du mit Herr Liebe Uns gearbeitet hast?»
«Nein, natürlich nicht. Ich habe ihn lediglich gefragt, ob er das nicht für eine gute Idee hielte. Ich bin Lestrades Tochter. Es liegt im Blut.»
«Ich kannte mal ein Mädchen, das eine Polizistin sein wollte», sagte er. «Diese Frau tötete um zu beweisen, daß sie gut genug sei» – und es schauderte ihn. «Ein für allemal, Emma, nein!»
«Na, na, was soll das?» erklang eine Stimme von der anderen Seite der Wandschirme. War da ein Polizist? Die Ausdrucksweise stimmte, aber der Tonfall war zu präzise. Sergeant Blevvins? Nein, dafür klang die Stimme zu menschlich.
«Was für ein Lärm.» Ein junger Mann mit einem energischen Kinn und einem weißen Kittel steckte den Kopf zu ihnen herein. «Sie werden die Toten aufwecken. Ah» – und er straffte sich, als er Emma erblickte –, «sind Sie's, Miss Lestrade?» fragte er. «In der Tat.» Sie streckte ihm die Hand hin, die er elegant küßte. «Und Sie sind?»
«Entzückt», sagte der junge Mann. Sie lächelte.
«Meine Tochter möchte Ihren Namen wissen.» Lestrade verlor rasch den Sinn für Humor.
«Oh, Fleming. Alexander Fleming», sagte er. «Ich bin hier der neue Assistenzarzt. Miss Lestrade, ich muß Sie leider bitten, uns jetzt allein zu lassen. Darf ich Ihnen eine Droschke rufen?»
«Vielen Dank, Dr. Fleming, aber ich komme schon zurecht. Papa, ich habe Fanny und Tom ein Telegramm geschickt. Sie werden bald hier sein.»
«Ihr Vater darf heute abend keinen Besuch mehr empfangen, Miss», sagte er. «Aufregung in seinem Alter...» Und er schüttelte stirnrunzelnd den Kopf.

Lestrade wollte ihm erst ein Kissen an den Kopf werfen, nahm aber dann davon Abstand. «Sie Gernegroß», fauchte er. «*Ich* entscheide, wieviel Aufregung ich ertragen kann.»

Fleming beachtete ihn nicht. «Miss Lestrade, darf ich Sie einen Augenblick unter vier Augen sprechen?»

In einiger Entfernung von den Wandschirmen blieben sie stehen. «Worum geht es, Doktor?» Sie sah ihn besorgt an. «Es gibt doch wohl keine Komplikationen?»

«Oh, keineswegs» – er nahm ihre Hand –, «Ihr Vater ist kerngesund. Ein klein wenig eigensinnig, schätze ich, aber sein Bein wird wieder wie neu sein. Ich habe mich bloß gefragt, ob… aber ich bin aufdringlich…»

«Fahren Sie fort, Doktor.» Sie hob eine Augenbraue. «Ich bin ganz Ohr.»

«Sie haben einiges geerbt», lächelte er und nickte zu den Wandschirmen hin. «Ich möchte Sie sehr gern wiedersehen, Miss Lestrade.»

Sie trat verlockend an ihn heran. «Das werden Sie, Dr. Fleming», flüsterte sie. «Morgen früh werde ich wieder da sein» – und sie schnippte sein Stethoskop in die Höhe, so daß sich dessen Ende schmerzhaft in seine Nase bohrte.

Dr. Fleming tauchte wieder vor dem Wandschirm auf.

«Nun?» schnappte Lestrade.

Fleming riß die Laken zurück und begann, das Bein zu lüften und zu drehen. Lestrade schrie und wälzte sich.

«Ist das nicht angenehm?» fragte Fleming mit gespielter Verwunderung.

Lestrade preßte zwischen den Zähnen hervor: «Sie sind Schotte, nicht wahr?»

«Bin ich», erwiderte der Arzt. «Und Sie sind ein Peeler, nicht wahr?»

«Altmodischer Ausdruck, aber völlig zutreffend.» Lestrade ließ sich ins Bett zurückfallen. «Haben Sie eine Minute Zeit?»

«Die Zeit und der Arztberuf kennen keine Geduld», sagte Fleming. «Ich bin jung. Ich habe noch anderes zu tun.»

«Aha.» Der Superintendent richtete sich so behaglich ein, wie die Knoten und Schienen es erlaubten. «Ein Rendezvous.»

«Nein, bloß noch weitere acht Stunden Dienst, bevor ich meinem

Rollbett entgegenstolpern darf. Falls Sie sich einsam fühlen, ich habe irgendwo eine Bibel...»

«Ich habe etwas auf dem Herzen, Dr. Fleming. Ich möchte Sie als eine Mauer benutzen, um Gedanken davon abprallen zu lassen. Es ist wichtig.»

Fleming warf einen Blick auf seine Uhr. «Na gut», seufzte er. «Ein paar Minuten vielleicht.» Er nahm Platz und zog ein in Papier gewickeltes Päckchen aus der Tasche. «Wie wäre es mit einem Sandwich, Mr. Lestrade?» – und im selben Augenblick zog er ihn zurück. «Mann, sehen Sie sich das an!» Sein Gesicht verzog sich angeekelt. «Verschimmeltes Brot! Ich frage Sie, wozu soll das gut sein?» Er warf es in die Bettpfanne. «Also», sagte er, «was wollten Sie mir erzählen?»

«Ich erinnerte mich daran, als Sie sagten, Sie seien Schotte», sagte Lestrade und griff nach einer Zigarre, ehe der drohende Finger Flemings ihn stoppte.

«Nicht im Krankenzimmer, Mr. Lestrade», sagte er. «Kauen Sie?» – und er zog einen Packen Kautabak hervor.

Lestrade schüttelte den Kopf, während der Doktor mampfte. «Alles fing mit einem Schotten an, mit Dolly Williamson.»

«Wirklich?» brummelte Fleming. «Wer war sie?»

«Nicht sie – er», verbesserte ihn Lestrade, während ringsum das Gaslicht entzündet wurde. «Leider ist das alles schon ziemlich lange her. Haben Sie Ihr Zeug gut durchgekaut? Dann kann ich ja anfangen.»

Lestrade stiefelte durch den Schneematsch, der das Kopfsteinpflaster bedeckte, und stieg die Treppe zum Seiteneingang hinauf. Der Wind peitschte seinen Umhang, wickelte ihn um seinen Kopf, als er an der Tür herumfummelte, und er stolperte in die Halle ohne jede Orientierung.

«Hallo, hallo.» Der Tonfall klang vertraut, doch solange er sich nicht aus dem Umhang gewickelt hatte, konnte er die Richtung nicht orten.

«Constable Lestrade», brummelte er. «Soll mich bei Superintendent Williamson melden.»

«Verstehe», sagte die Stimme. «Darf ich Sie darauf hinweisen, Constable, daß Sie sich mit dem Hutständer unterhalten. Ich bin hier drüben.»

Lestrade salutierte.

«Helm ab, Junge», sagte der Diensthabende. «Ich bin Sergeant Dixon. Dies ist mein Platz. Wenn Sie da rauf wollen» – er deutete auf die Steintreppe –, «müssen Sie bei mir durch. Hier unterschreiben. Können Sie schreiben?»

«Vor 'ner Weile konnt ich's noch, Sarge.» Lestrades Finger wollten ihm nicht gehorchen.

«Wie war Ihr Name noch?» Dixon nahm ihm die Arbeit ab. «Lestrade.»

Dixon trug ihn in Schönschrift ein.

«Sie werden sich hier wohl fühlen. Sind 'ne Menge Neue im Detective Department.» Er schnippte mit den Fingern, als ein Constable vorbeiging. «Ich dachte, Sie wären im Krankenhaus, Green», sagte er.

«Seien Sie nicht so, Sarge. Das ist morgen.»

«Schon gut, Junge. Nur ein Test. Bringen Sie Lestrade rauf ins Büro vom Super. Kehrt marsch.»

Lestrade stieß mit der Leiste gegen die Tischkante, als er kehrtmachte, und krümmte sich vor Schmerz.

«Sie doch nicht, Junge!» Dixon beugte sich vor, um das Schauspiel zu genießen. Die Constables stiegen die Treppe hinauf, einer beträchtlich behutsamer als der andere, und schraubten sich nach oben, bis sie vor der Mahagonitür ankamen. Green klopfte und erwiderte auf das Knurren von drinnen: «Constable Lestrade, Sir.»

Der Mann im Sessel war rotblond, trug einen grellfarbigen Anzug und riesige Koteletten. Lestrade schätzte ihn auf etwa fünfzig.

«Tscha, Junge.» Sein schottischer Akzent war so struppig wie seine Gesichtsbehaarung. «Sie wollen also Detective werden?»

«Ja, Sir.» Unter der Wirkung des Kaminfeuers begannen Lestrades Finger heftig zu brennen. Schmelzender Schnee tropfte auf Williamsons Teppich.

«Warum?»

Das war eine berechtigte Frage, doch über eine Antwort hatte Lestrade sich noch nie Gedanken gemacht.

«Äh... weil ich Verbrecher fangen möchte, Sir.»

Williamson schaute ihn düster an, stand auf, ging um ihn herum, steckte seine Pfeife an und klopfte an das fallende Barometer. Es kam Lestrade wie eine Ewigkeit vor, bevor Williamson ihn anlächelte und sagte: «Das werden Sie.»

Der Superintendent nahm wieder in seinem Sessel Platz und ließ den Tabak aus seiner Pfeife rieseln.

«In Pimlico geboren.» Er klemmte den Pfeifenstiel wieder zwischen die Zähne.

«Ja, Sir.»

«Vater war Polizist, hab ich gehört.»

«Dreiundzwanzig Jahre, Sir. Von Jugend an.»

«Ich erinnere mich an Ihren Vater, Junge.» Williamson zündete seine Pfeife wieder an. «War bei mir in Bow Street, als ich Constance Kent festnahm. Möcht wissen, was aus ihr wurde. Schule?»

«Hm... Blackheath, Sir. Mr. Poulson's Academy.»

Williamson verzog das Gesicht.

«Es war die Schule, die Lord Beaconsfield besuchte, Sir», gab Lestrade zu bedenken. Es konnte nicht falsch sein, sich mit dem Premierminister gutzustellen.

«Das diskutieren wir hier nicht, junger Mann», mahnte der Superintendent. «Ist schon genug durcheinander ohne Religion und Politik. Sie haben während der letzten drei Jahre ziemlich saubere Arbeit geleistet.» Er stand auf und plazierte seine Nase dicht vor Lestrades Ohr. «Und noch ein bißchen dazu in Ihrer Freizeit, hör ich.»

Lestrade trat unbehaglich von einem Fuß auf den anderen. «Ich kann Duke Street erklären, Sir.»

«Nicht nötig, mein Junge, nicht nötig. Ich suche frisches Blut, Lestrade.» Er schlug ihm auf die Schulter. «Frisches, unvergiftetes Blut. In Ordnung, Lestrade. Sie sind in unsren Verein aufgenommen. Ihre Vorgänger haben dafür gesorgt, daß Ihr Lohn um vier Shillings pro Woche erhöht wird. Kaufen Sie sich einen anständigen Anzug. *Hebbert's* machen da ganz hübsche Sachen für ein Pfund, drei Shillings und Eightpence. Und beschaffen Sie sich einen Bowler, wenn Sie noch keinen haben. Sie werden einen Überzieher brauchen, für Überwachungen bei schlechtem Wetter. Wenn Sie erst Sergeant sind, werden Sie sich einen Donegal leisten können. Melden

Sie sich bei Inspector Palmer – ich glaube, Sie haben schon mit ihm zusammengearbeitet.»

«Ja, Sir.» Es war genau so wie in alten Zeiten.

Williamson zog seine Taschenuhr und begann seinen Rücken vor dem Kamin zu rösten. «Um diese Tageszeit werden Sie ihn gegenüber im *Clarence* finden. Und, Lestrade...»

«Sir?»

«Ich möchte, daß Sie Ihre Augen und Ohren offenhalten, verstehen Sie, was ich sagen will?»

«Ja, Sir», log Lestrade. Sein Start stand unter einem ungünstigen Stern.

«Was ich noch fragen wollte», hielt Williamson ihn zurück. «Ist Ihr Schnurrbart echt?»

An jenem Dezembermorgen wimmelte es im *Clarence* von Polizisten. Lestrade hatte seine Ersparnisse geplündert, sich bei *Messrs Hebbert*, welche die Constabulary ausstaffierten, einen grauen Pfeffer-und-Salz gekauft und trottete durch den Schnee in die fröhliche, rauchgeschwängerte Atmosphäre der Saloon Bar. Er musterte die Reihen bowlerbehüteter, schnurrbärtiger Gesichter auf der Suche nach Palmer und stolperte dabei der Länge nach über die Füße eines herumlümmelnden Gastes, nicht ohne einem zweiten seinen Kopf in die Rippen zu rammen.

Inmitten johlenden Gelächters, gemischt mit Entrüstung, hievte der zweite Mann ihn hoch. «Du blöder, tolpatschiger Sassenach!» zischte er.

Noch ein Schotte, dachte Lestrade. Kein Wunder, daß das Gebäude Scotland Yard genannt wurde. «Verzeihung», sagte er. «Ich bin gestolpert.»

«Ja», sagte ein anderer mit unverwechselbarem Akzent, «über *meine* Füße, du ausgemachter Hornochse.»

«Ich sagte, es täte mir leid», wiederholte Lestrade.

«Ja, ja, das ist schon in Ordnung», sagte der Schotte. «Was schlägst du vor, Nat? Die Pferdetränke?»

«Ja, dann geht wenigstens das Eis kaputt», war die Antwort. Lestrade wurde durch eine Seitentür und in einen Hof bugsiert, der hoch mit frischem Schnee bedeckt war. Ringsum war er von

Mauern umgeben, das *Clarence* lag vor ihnen, sonst gab es nur rote Ziegel. In einem hochgelegenen Fenster zu seiner Linken erspähte er das säuerliche Gesicht von Superintendent Williamson, das düster auf ihn niederblickte.

Die beiden Männer begannen, langsam auf ihn loszugehen, wobei sie ausschwärmten, als wollten sie ihn umgehen. Sie zogen Handschuhe an, wie er es bei Captain Augustus gesehen hatte. Das bedeutete nichts Gutes.

«Ich glaube, ich sollte Ihnen mitteilen», suchte er verzweifelt nach einem Ausweg, «daß ich Constable... Detective Constable Lestrade von Scotland Yard bin.»

Die Männer lachten. «Ist es denn möglich?» fragte der Schotte. «Nun, dann ist ja alles in Ordnung. Dann bleibt's ja in der Familie. Ich bin Detective Inspector Meiklejohn, und das ist Chief Inspector Druscovich, obwohl er mit seinem höheren Rang nicht gern herumprahlt. Stimmt's, Nat?»

Druscovich nickte. «Ist ziemlich praktisch, daß du ein Neuer bist», sagte er. «Früher oder später hätten dir die Jungens sowieso dein kaltes Bad verpaßt.»

Als Lestrade zurückwich, erblickte er hinter sich die Pferdetränke. Die Oberfläche war mit weißem Schnee überpudert, der auf einer dicken Eisschicht lag. Er versuchte einen zweiten Trick. «Ich denke, ich sollte Ihnen auch sagen, daß Superintendent Williamson am Fenster ist...» Er zeigte nach oben, doch der Schotte war verschwunden.

«Wie schade», grinste Meiklejohn. «Ist der Lehrer weggegangen? Mach dir nichts draus.»

Lestrade blieb nur noch übrig, zwischen den beiden Spießruten zu laufen, um die Tür zum *Clarence* zu gewinnen. Das wurde jedoch dadurch vereitelt, daß eben diese Tür sich öffnete und eine Gruppe von Polizisten heraustrat, angeführt von einem elegant gekleideten Mann im Donegal.

«Guten Morgen, Inspector Palmer.» Lestrade sah ein bekanntes Gesicht.

«Kennst du diesen Mann, Bill?» fragte ihn Meiklejohn.

Palmer schüttelte den Kopf. «Hab ich noch nie in meinem Leben gesehen, John», lächelte er. «Stimmt's, Lestrade?»

Bei diesen Worten gingen der Schotte und der Pole auf Lestrade los, der rücklings gegen den Trog gedrückt und dann kopfüber hineinbefördert wurde. Pfiffe und Schreie übertönten sein Spucken und Gurgeln, und Meiklejohn und Druscovich, die ihren Spaß gehabt hatten, kehrten zum *Clarence* zurück.

Palmer kam herbeigeschlendert und streckte eine Hand aus, um Lestrade herauszuhelfen. «Kommen Sie, Constable, bevor Sie sich den Tod holen.»

Lestrade ergriff die Hand und taumelte heraus. Er war unsicher auf den Beinen und glitt aus, doch er rief «Inspector Meiklejohn» und schleuderte ein Stück Eis in dessen Richtung. Der Inspector drehte sich gerade rechtzeitig, um das Geschoß mit seinem Mund aufzufangen, und ging fluchend und fauchend auf Lestrade los.

Palmer stoppte ihn. «Das reicht, John», sagte er ruhig. Druscovich trat hinzu, um den blutenden Schotten wegzuführen.

«Dir besorg ich's noch, Lestrade», mümmelte Meiklejohn. «Achte auf deinen Rücken. Eines Nachts, irgendwo in einer Gasse. Dann wird jemand hinter dir sein – ich.»

Und dann wurde er, immer noch protestierend, von den anderen vom Schauplatz gezerrt.

Den Winter über wickelte sich der Detective in seinen Schal, vergrub sich bis zu den Schultern in Papierbergen und versuchte, wie es Adolphus Williamson befohlen hatte, Augen und Ohren offenzuhalten. An einem fröstеligen Februartag des neuen Jahres ließ Williamson den Detective Constable Lestrade abermals zu sich kommen.

«Nun, Lestrade? Was gibt's Neues?»

«Dolly» kam sofort zur Sache.

«Sieht so aus, als würde es zwischen Rußland und der Türkei Krieg geben, Sir», war das einzige, womit er im Augenblick aufwarten konnte.

«Verdammt, Sie Idiot. Nicht in der Welt; hier im Yard.»

Lestrade beförderte seinen Bowler von der linken in die rechte Armbeuge. «Keine Probleme, Sir», sagte er und blickte starr geradeaus.

Williamson ließ seine Faust auf den Schreibtisch sausen, so daß seine Federkiele in alle Richtungen flogen. «Ist das so, Mister?»

fauchte er. Er läutete, und ein Constable in Uniform erschien. «Schicken Sie Mr. Abrahams rein», sagte er. «Und dann möchten wir unter keinen Umständen gestört werden.»
«Zu Befehl, Sir» – und der Constable verschwand.
«Setzen Sie sich, Lestrade. Oh, ehe ich's vergesse. Hier.» Williamson suchte in seiner Tasche und zog eine Fünfpfundnote heraus.
«Sir?»
«Nehmen Sie, Mann. Es ist Ihr monatlicher Anteil. Schließlich haben wir Februar, und ich hab's Ihnen noch nicht zukommen lassen.»
«Ich habe meinen Lohn bereits, Sir.» Lestrade war verwirrt.
«Von Meiklejohn?» Williamson sah finsterer aus als gewöhnlich.
«Nein, Sir, vom Lohnbüro.»
«Na ja.» Williamson versuchte es noch einmal. «Ein bißchen was außer der Reihe kann nie schaden.»
«Nein, danke, Sir.» Lestrade blieb verbindlich.
«Wass's los?» Williamsons Gälisch schlich sich ein, wenn er wütend war. «Sind Sie 'ne Art Heiliger oder was?»
Lestrade stand auf. «Sir, ich weiß nicht, was diese Unterhaltung bedeuten soll. Ebensowenig verstehe ich, warum Sie mich rufen ließen.»
Williamson wirkte erleichtert. «Schon gut, Junge. Setzen Sie sich wieder. Ich habe den Richtigen ausgesucht» – und er ließ den Geldschein wieder verschwinden.
Es klopfte.
«Ah, Mr. Abrahams.» Ein jüdisch aussehender Gentleman trat ein. Er trug eine abgewetzte Aktentasche und blinzelte durch dicke Brillengläser. «Ich möchte Sie mit Constable Lestrade bekannt machen, dem jüngsten Neuling im Detective Department.»
Lestrade salutierte.
«Nein, das machen wir hier nicht, Junge», seufzte Williamson.
«Verzeihung, Sir.»
«Ist er ... wie soll ich sagen ...?» begann Abrahams.
«Koscher?» ergänzte Williamson. «O ja. Er ist vielleicht nicht imstande, sich das Grüßen abzugewöhnen, seit er ohne Uniform ist, aber er ist sauber. Dafür verbürge ich mich.»
Ich auch, dachte Lestrade, obwohl Seife von Pears heutzutage so teuer ist.

«Erzählen Sie Lestrade, was Sie mir erzählt haben, Mr. Abrahams.»
«Ist Ihnen ein drittklassiger Gauner namens William Kurr bekannt, Mr. Lestrade?»
«Nein, Sir», sagte Lestrade.
«Ein Schurke, Sir», sagte Abrahams. «Er heißt nicht nur Kurr, er ist auch eins. Wie steht es mit Harry Benson?»
Nichts.
«Hugh Montgomery?» Abrahams hatte Ausdauer.
Wieder nichts.
Williamson kam ihm zur Hilfe. «Wie steht es mit dem Comte de Montagu?»
«Ah ja.» Es rührte sich etwas in Lestrades eingefrorenem Hirn. Die anderen lächelten. «Woher kennen Sie ihn?» fragte Williamson.
«Er ist Stammgast im *Clarence*, Sir. Ein Freund von Chief Inspector Druscovich.»
Williamson blickte Abrahams an. «Stimmt das, Junge? Sagen Sie mir, wenn die beiden zu tief ins Glas geguckt haben, worüber unterhalten sie sich?»
«Ich weiß es nicht, Sir. Sie sprechen französisch.»
Abermals schlug Williamson mit der Faust auf den Tisch.
«Jedoch...», setzte Lestrade an.
«Ja?» riefen der Schotte und der Jude.
«Mir ist aufgefallen, daß eine Menge Wettscheine den Besitzer wechselten. Ich nehme an, der Chief Inspector riskiert ganz gern ein paar Pfund.»
«Oh, das denke ich auch», nickte Williamson ernst. «Das einzige Problem ist, daß die meisten der Wettbüros des Comte nicht existieren. Und wenn Nathaniel Druscovich wirklich ein Pferdeliebhaber ist, eß ich meinen Hut. Mr. Abrahams, würden Sie dem Constable die Zusammenhänge erklären?»
«Natürlich, lieber Superintendent. Ich bin Anwalt und arbeite im Auftrag einer Klientin, deren Name uns nicht interessiert.»
«Eine französische Lady namens de Goncourt», unterbrach Williamson. «Tut mir leid, Mr. Abrahams, aber wenn wir Lestrade einsetzen wollen, ist es unabdingbar, daß er die ganze Geschichte kennt. Wir müssen ihn unter Umständen auffordern, sein Leben aufs Spiel zu setzen.»

«Wei geschrien.» Mr. Abrahams hob die Hände. «Die Comtesse de Goncourt ist das nichtsahnende Opfer eines skrupellosen Schurken namens Hugh Montgomery...»
«Alias Comte de Montagu, alias Harry Benson. Er ist so wenig ein Franzose wie mein Gaul, doch er wuchs in Paris auf und spricht die Sprache wie ein Eingeborener.»
Lestrade hatte nie einen Eingeborenen französisch sprechen hören, doch er nickte wissend.
«Montgomery hat die Comtesse überredet, für einen Buchmacher dreißigtausend Pfund locker zu machen, dessen Leumund ‹untadelig› sei», fuhr Abrahams fort.
«Daraus folgt?» fragte Lestrade.
«Daraus folgt, daß der Buchmacher entweder Benson ist oder sein Kumpan William Kurr», sagte Williamson.
«Er heißt Kurr, und er ist auch eins», erinnerte Abrahams.
«Und was habe ich damit zu schaffen, Sir?» fragte Lestrade.
Williamson beugte sich über den Tisch, seine Schnurrbartenden schimmerten im Feuerschein. «Sie haben damit zu schaffen, Lestrade, weil Sie von jetzt an der einzige Mann sind, dem ich vertrauen kann. Zumindest der einzige Mann, der noch so etwas wie Grips hat. Sie stecken mit drin bis zum Hals: Meiklejohn, Druscovich, Gott weiß, wer sonst noch. Ich will, daß Sie rauskriegen, wer – und ich will Beweise.»
Lestrade sackte in seinen Sessel zurück. «Sie wollen sagen, daß hohe Beamte von Scotland Yard Bestechungsgelder annehmen? Und Sie verlangen von mir, daß ich sie verpfeife? Meine Vorgesetzten? Männer, die ich eines Tages meine Freunde zu nennen hoffe?»
Williamson und Abrahams nickten.
«Wann fange ich an?» fragte Lestrade.

Es war eine Routinesache. Eine Beschattung mitten im grausamsten Winter; sie waren Mr. Larchlap, dem Hehler, auf den Fersen. Lestrade zog seinen alten Anzug an und trat als Straßenfeger auf. Palmer, der besser mit Streichhölzern und Zange umgehen konnte, verkaufte blaugefrorenen Passanten heiße Kastanien. Nie hatte The Strand so öde ausgesehen wie jetzt gegen Ende des Winters. Tauben fielen tot in die Gosse. Kutscher mußten von ihren Böcken gehoben

werden. Und als er gerade ein paar Pferdeäpfel von der Straße fegte, sah Lestrade ein bekanntes Gesicht – das des Comte de Montagu, ein Mann, der ein ellenlanges Strafregister hatte. Und der Comte schien eine außerordentliche Vorliebe für heiße Kastanien zu haben.
«Es ist was im Gange», hörte er Palmer dem Comte zuflüstern. «Williamson schnüffelt rum.»
«Kann man ihn schmieren?» Der Comte stellte seinen Pelzkragen hoch.
Palmer schüttelte den Kopf. «Sie verduften besser. Kastanien, heiße Kastanien. Sie sind wunderbar, Madame. Ein paar so dick wie ihr Kopf. Wohin werden Sie gehen?»
«Rotterdam.»
«Wohin?»
«Rotterdam», wiederholte der Comte ein wenig verärgert. «Das ist in Holland.»
«Haben Sie's bei sich…?»
Der Comte schob ihm ein Päckchen zu und schlenderte davon. An der nächsten Ecke warf er die Kastanien in den Rinnstein. Lestrade schlich näher heran, und bevor Palmer ihn daran hindern konnte, schnappte er sich das Päckchen.
«Chef?» Er blickte Palmer an.
«Um Himmels willen, Lestrade», zischte der Inspector. «Was zum Teufel ist in Sie gefahren? Sie werden uns in Teufels Küche bringen, Mann.»
Lestrade riß das braun eingeschlagene Päckchen auf und starrte mit offenem Mund auf das Bündel von Banknoten. «Sie sind bereits drin, Sir», sagte er.
Palmer blickte verzweifelt nach rechts und links. «Sie», knurrte er. «Sie!»
«Nein, Sir. *Sie.*»
«Sie sind ein Polizeispitzel, Lestrade.»
«Ich tu nur meine Pflicht, Sir.»
Palmer bohrte ihm einen leichenblassen Finger in die Brust. «Ich werd Ihnen mal was sagen, Constable. Sie werden nie mehr Ihre Pflicht tun. Weder in dieser Stadt noch in einer anderen» – und er stürzte mit einem Fußtritt seinen Karren um und verschwand in der Dunkelheit.

Die Beschattung war vergessen; anstelle des Hehlers war ein größerer Fisch ins Netz gegangen. Lestrade schlenderte durch die hereinbrechende Nacht zum Yard. Er wurde von vorbeifahrenden Gigs und Karriolen bespritzt, von den Huren bedrängt, die den Haymarket bevölkerten, und als er das Labyrinth von Gäßchen betrat, das zum Whitehall Place führte, bemerkte er plötzlich, daß er nicht allein war. Nacht in der großen Stadt. Die lärmende Fröhlichkeit blieb hinter ihm zurück. Seine Stiefel schurrten und klapperten auf dem glänzenden Pflaster. Eine Katze sprang aus dem Schatten und kreischte empört, als sie sich bei ihrer Futtersuche gestört sah. Lestrades Herz sank, als er um die Ecke bog, wohin der Schein der Gaslaterne nicht reichte.

«Haste 'nen gutes Herz, Schätzchen?» Der vertraute Ruf drang an sein Ohr.

«Geh heim zu deiner Mutter», zischte Lestrade dem Mädchen zu. Es glitt fort. Doch er hörte, wie es in seinem Rücken die Frage abermals stellte und eine schottische Stimme knurren: «Nicht im Augenblick, Süße. Ich bin hinter was Braunem her.» In der Düsternis vor Lestrade ragte drohend ein Schatten auf. Lestrade wich zurück und sah die massige Gestalt von Inspector Meiklejohn in den Lichtkegel treten, einen bleibeschwerten Totschläger um das Handgelenk geschlungen.

«Ich hab dich gewarnt, Lestrade», säuselte er, als wolle er das, was kam, leichter machen. «Ich sagte dir, wir würden uns in einer dunklen Nacht wiedersehen. Jetzt ist es soweit.»

Lestrade wich in den Schatten zurück. In der zweiten Gestalt, die von der anderen Seite auf ihn zukam, erkannte er Palmer, der noch immer die Straßenhändlerkleidung trug.

«Immer mit der Ruhe, John», rief er Meiklejohn zu.

«Ruhe?» fauchte der Schotte. «Dieser kleine Bastard hat den Beweis in der Tasche, der uns beide für lange Zeit aus dem Verkehr zieht, Bill. So haben wir nicht gewettet.»

«Das ist es ja», sagte Palmer und ergriff den Arm des Schotten. «Er hat Geld in der Tasche. Geld von Harry Benson. Und damit ist er in derselben Situation wie wir.»

«Nicht ganz», sagte Lestrade. «Ich habe das Geld nicht mehr, wissen Sie.»

«Was?» knurrte Meiklejohn.

«Ich habe es dem Mädchen da hinten gegeben. Ich wette, sie hat noch nie so schnell so viel Geld verdient.»
«Schnapp sie dir, Bill. Ich habe mit dem guten Constable noch eine kleine Rechnung zu begleichen» – und Meiklejohn flippte den Totschläger in seine Handfläche und lockte Lestrade:
«Komm, komm, Bürschchen. Jetzt oder nie» – und während Palmer davonstürzte, um das Mädchen zu suchen, sprang er auf Lestrade los. Dieser wich aus und versetzte ihm einen Tritt in die Magengrube. Meiklejohn fluchte Gälisch, fuhr herum und wirbelte seinen Totschläger, der mit einem dumpfen betäubenden Aufschlag in Lestrades Rippen landete. Die beiden Männer lösten sich voneinander und belauerten sich. Meiklejohn umkreiste Lestrade argwöhnisch und versuchte, ihn zu reizen.
«Ich hab sie!» Palmer kehrte mit dem sich sträubenden Mädchen zurück.
«Durchsuch sie!» zischte Meiklejohn.
«He, he, erst wird geblecht!» kreischte sie.
«Ich weiß, was du brauchst, Süße, und wenn wir hier fertig sind, kriegst du's.»
Meiklejohn trat mit dem Stiefel nach Lestrade, doch Lestrade packte den Stiefel und hielt ihn fest. «Palmer», rief Meiklejohn, «steh nich rum. Greif dir den Bastard!»
Lestrade riß Meiklejohn mit einem Ruck um und rollte, immer noch das Bein festhaltend, zur Seite, bis ein dumpfes Knacken, gefolgt von einem langen heulenden Stöhnen, anzeigte, daß das Bein gebrochen war. Palmer warf das Mädchen gegen die Mauer und stand mit gespreizten Beinen über den beiden liegenden Männern. Seine Faust krachte gegen Lestrades Kopf, und sein Knie rammte sich in seine Lende. Der Constable kam mühsam auf die Beine, doch als Palmer erneut auf ihn losging, drückte er ihm blitzschnell sein Schnappmesser unter das Kinn.
Er rang nach Atem. «Nur eine Bewegung, Inspector», keuchte er, «und ich schneide Ihnen die Kehle durch, so wahr mir Gott helfe.»
Palmer wich zurück. Ihm war die Lust vergangen, weiterzukämpfen.
«Man soll nie einem Constable glauben», sagte Lestrade und hievte das Mädchen hoch. «Sie hat das Geld nie gehabt.» Er klopfte auf

seine Innentasche. «Es war die ganze Zeit hier drin. Den Mist hier aufzuräumen, überlasse ich Ihnen, Palmer» – und er zog das Mädchen in das Licht von Carlton Terrace. Nachdem er sich vergewissert hatte, daß niemand ihnen folgte, blieb er stehen und hob ihr Gesicht in den Schein einer Gaslaterne.

«Tut mir leid», sagte er. «Sie hätten verletzt werden können.»

«Wär nicht das erste Mal gewesen», antwortete sie.

Er sah sie an. Ein hübsches Mädchen unter der Schminke.

«Wie alt bist du?» fragte er.

«Werd nächsten Sommer sechzehn. Bisst 'nen Peeler, wie?»

«Denk schon, nach heute nacht» – doch als er grinsen wollte, verzog er vor Schmerzen das Gesicht.

«Du biss ja verletzt», sagte sie und lehnte ihn an das Geländer.

«Verdammtes Pack!» rief eine Stimme von oben aus einem Fenster. «Macht, daß ihr wegkommt!»

«Weissdu denn, wo du hingehörst?» fragte sie.

Er lächelte, doch gleich darauf drohte der Schmerz ihm den Atem zu nehmen. «Ich hab dir, glaub ich, schon gesagt, daß ich kein gutes Herz habe», sagte er.

«Nein, aber du hass Kies, oder?» Sie klopfte auf seine Tasche.

«Gehört mir nicht», keuchte er.

«Egal, Süßer. Komm. Iss keine Nacht für draußen. Und du brauchst Hilfe. Schätze, der Bastard hat dir die Rippen gebrochen.»

«Warte.» Er beugte sich zu ihr. «Wie heißt du?»

«Gertie, Sir», sagte sie. «Gertie Clinker. Und du?»

«Sholto Lestrade», erwiderte er.

«In Ordnung, Mr. Lestrade. Dann woll'n wir dich mal ins Bettchen bringen, eh?»

«Sie waren also vierundzwanzig Jahre alt, als Sie Ihre Unschuld verloren, eh, Superintendent?» kicherte Fleming.

«Ich dachte, Sie wären längst schlafen gegangen», knurrte Lestrade. «Und was ich in den wenigen Stunden vor dreiunddreißig Jahren mit Gertie Clinker machte, braucht Sie nicht zu kümmern, Doctor.» Er sah, daß Fleming mit den Augen zwinkerte.

«Sagen wir einfach, sie beherrschte den Kniff, aus Constables Männer zu machen.»

«Was passierte mit den Detectives? Meiklejohns und Palmer?» fragte Fleming.

«Sie wanderten in den Knast. Zwei Jahre verschärfte Haft, um genau zu sein. Druscovich wurde von Williamson nach Rotterdam geschickt, um Benson zu kassieren. Benson und Kurr kamen im April vor Gericht – Betrug und Urkundenfälschung. Jeder bekam zwanzig Jahre.»

«Aha, und sie packten vor Gericht aus, wie? Schwärzten Ihre Kollegen vom Yard an?»

«Es beunruhigt mich, Mr. Fleming, daß heutige Ärzte mit dem Slang der Unterwelt vertraut sind, aber sie irren sich trotzdem. Bei der Verhandlung kam nichts heraus. Doch etwa einen Monat danach sang Benson wie ein Kanarienvogel. Seine Aussage und meine Beweise gegen Palmer und Meiklejohn, das reichte selbstverständlich. Aber das war nicht alles.»

«Ja?»

«Ein paar Tage nach der Verhandlung gegen die Detektive bekam ich einen Brief. Ohne Unterschrift, eine einzige Zeile: ‹Acht für die Acht Kühnen Rangers.›»

«Was sollte das bedeuten? Ich verstehe nicht.»

«Ich verstand es ebensowenig. Außer, daß man in jener Zeit Polizisten, die in den Parks patrouillierten, gelegentlich Rangers nannte. Gingen ununterbrochen gegen Strichmädchen und Vagabunden vor.»

«Wer schickte den Brief?»

Lestrade hob die Hände. «Ich weiß es bis heute nicht. Als ich den Gerichtssaal verließ, kam ein Mann auf mich zu und sagte ‹Sergeant Lestrade, kann ich Sie einen Augenblick sprechen?›»

«Wer war das?»

«Ich wußte es nicht. Ich sagte ihm, ich sei nicht Sergeant, sondern Constable. Er schüttelte den Kopf und fragte, ob ich wisse, wofür die Initialen ‹CID› stünden …»

«Wußten Sie's?»

Lestrade lächelte. «Damals nicht. Niemand wußte es. Bis auf den Mann, der mich angesprochen hatte. Sein Name war Howard Vincent, und er sagte, das mit meinem Dienstgrad sei schon in Ordnung. Er war der neue Chef des Criminal Investigation Department. Er hatte einen Job für mich. Für viele Männer wie ich einer war.»

«Sie müssen sehr zufrieden mit sich gewesen sein», lächelte Fleming.
«Zufrieden?» Lestrade warf ihm einen vernichtenden Blick zu.
«Nein, Doctor. Ich fühlte mich elend. Elend und beschämt.»
«Aber Meiklejohn und die anderen waren schuldig, Lestrade. Sie hatten ihre Strafe verdient.»
«Ja», sagte Lestrade, sich erinnernd. «Dasselbe hat Palmer über Valentine Baker gesagt.»
«Wer?»
«Nichts. Ja, ich glaubte damals wohl auch, sie seien schuldig. Heute, nach so vielen Jahren, bin ich nicht so sicher.»
«Was passierte mit Palmer?»
«Nach seinen zwei Jahren verschärfter Haft? Ich weiß nicht. Benson wurde am Ende freigelassen. Er stolperte von einem Betrug in den nächsten, ein gezeichneter Mann, der nie wieder auf die Beine kam. Er brachte sich eines Tages im Gefängnis um, sprang von einem Dach.»
«Ja, so geht das», murmelte Fleming.
Lestrade lächelte, als er an Abrahams zartfühlende Vergleiche vor vielen Jahren denken mußte. «Palmer heißt nicht nur Palmer, er ist auch einer», sagte er. Sein Lächeln verschwand.
«Dann begannen die Morde», sagte er.
«Morde?» Fleming spitzte die Ohren.
«Ja. Was ich Ihnen nicht erzählte, war, daß dem einen Brief, dem mit den Acht Kühnen Rangers, weitere folgten. Nummer zwölf, zehn, neun, dann acht…»
«Keine Nummer elf?»
«Keine Nummer elf», nickte Lestrade. «Und nach Nummer acht begannen Männer zu sterben.»
«Hackfleisch», sagte Fleming plötzlich.
«Was?»
«Hackfleisch. Ich bin an der Reihe mit der Überprüfung des Hackfleisches. Kriegen Sie morgen zum Abendessen. Wir haben hier wieder mal eine Lebensmittelvergiftung. Oh, nichts Besorgniserregendes, aber ich muß mich sputen. Es hat viel Spaß gemacht, Ihren Geschichten zuzuhören, Mr. Lestrade. Na, dann werden Sie ja jetzt gut schlafen.»

Kaum war Fleming verschwunden, als ein anderer Kopf um die Ecke gesteckt wurde. Er wurde von einem Helm geziert.

«Superintendent Lestrade, Sir.»

«Blevvins?» Lestrade verengte die Augen, um seinen Sergeant im schwachen Licht der Gaslampe erkennen zu können. «Was zum Teufel machen Sie hier? Und warum sind Sie in Uniform?»

«Tja... was das letztere betrifft, Sir. Eine kleine disziplinarische Auseinandersetzung mit einem städtischen Beamten. Nichts von Bedeutung, Sir. In ein paar Wochen ist er wieder draußen.»

«Draußen? Von wo kommt er raus?» Aus Furcht vor der Antwort griff Lestrade nach seiner Bettdecke.

«Aus dem Charing Cross Hospital, Sir. Wenn auch nicht aus dem Streckverband. Da wir gerade davon reden, Sir...»

«Blevvins!» schrie Lestrade. «Wenn Sie diese Seile anrühren, sind Sie ein toter Mann. Verstanden?»

«Was hat denn dieser Krach zu bedeuten?» Eine muskulöse kleine Krankenschwester trat hinter dem Schirm hervor.

«Jetzt hören Sie mal, Miss, Sie Täubchen oder Nachtigall», polterte Blevvins, «wie würde es Ihnen gefallen, den Rest der Nacht zu verbringen mit einer Bettpfanne auf Ihrem...»

«Blevvins! Das reicht!» bellte Lestrade. «Tut mir leid, Schwester. Es handelt sich um dringende polizeiliche Angelegenheiten – und sie sind vertraulich.»

Die Schwester glühte den Sergeant an und machte auf dem Absatz kehrt.

«Also, warum sind Sie hier?» wollte Lestrade wissen.

«Ich habe leider noch mehr schlechte Nachrichten, Sir. Miss Lestrade hat uns informiert, daß Sie am Montag nicht im Dienst sein würden. Ein großer Jammer, wenn ich das so offen sagen darf, Sir...»

«Kommen Sie zur Sache, Blevvins.» Lestrade begann zu spüren, daß er einen sehr langen Tag hinter sich hatte.

«Nun ja, Sir, als sie bei uns im Yard war, kam ein Telegramm für Sie an. Ein Constable Stalker hatte es abgeschickt, Sir.»

Lestrades Herz setzte sekundenlang aus. «Und?»

«Sie waren nicht sicher, Sir, wo sie Sie suchen sollten, Sir, aber es ist etwas passiert. Chief Constable Berkeley ist tot.»

Mord, leicht gemacht

Fanny Berkeley stand an der kleinen Brücke, die den See überspannte. Unbeweglich wie eine Statue stand sie vor dem Hintergrund eines prachtvollen Sonnenuntergangs. Aufgeschreckt vom Knirschen der Reifen des Silver Ghost auf dem Kies, flogen die Reiher schwerflüglig zu den Bäumen auf der anderen Seite des dunklen Gewässers. Fanny warf keinen Blick zum Haus hinauf. Auch für die dunklen Gestalten hatte sie keinen Blick, eine davon mit einem weiß umwickelten Bein, unbeholfen abgespreizt und beim mühseligen Gehen zwischen zwei Krücken schwingend; die andere ging langsam nebenher.

«Fanny.» Sie hörte ihren Namen, und dann noch einmal leiser, als er bei ihr angekommen war: «Fanny.»

Sie drehte sich um, als kehre sie von den Toten zurück, und blickte in die ruhigen brennenden Augen von Sholto Lestrade. Neben ihm erkannte sie die kleinere Gestalt Emmas, die ihren Vater stützte. Die Lestrades starrten sie an.

«Fanny...» Lestrade suchte sich so gut wie möglich im Gleichgewicht zu halten und streckte eine Hand nach ihr aus. Sie wandte sich wieder dem Wasser zu, das die dunklen Bäume umstanden.

«Ich weiß, Sholto», sagte sie mit einer Stimme, die so leer und trostlos war wie das Haus hinter ihr.

Lestrade und Emma wechselten einen Blick. Er ließ seine Hand sinken.

«Es gibt nichts zu sagen. Nichts zu tun», fuhr Fanny fort. «Nicht jetzt. Noch nicht.»

Als sie an ihm vorbeiging, blickte sie ihn an. Im Licht der letzten Sonnenstrahlen sah ihr Gesicht fahl und jäh gealtert aus. Es gab soviel, das er sagen wollte, und wenn das schon nicht möglich war, wollte er sie wenigstens an sich drücken und weinen lassen. Auch er hatte Tom Berkeley geliebt. Doch sie hatte ihn angeblickt, ohne ihn wahrzunehmen. Er wußte, warum. Er hatte dem Tod ins Gesicht geblickt – plötzlichem, gewaltsamem Tod – beinahe vierzig Jahre lang. Er hatte gesehen, was er Menschen angetan hatte – Feinden, Freunden, Liebenden, Fremden. Gerade jetzt mußte sie ihren eigenen Weg finden, und der führte durch das verschlungene Dickicht des Schmerzes. Es war keine Straße, auf der er sie begleiten konnte.

Als er die Treppe hinaufstieg, die zum Obstgarten hinaufführte, wo M'Travers im Frühling gestorben war, löste er sich von Emma. «Bleib bei ihr», sagte er und ließ, als wolle er sie an etwas erinnern, seine Hand ein wenig auf ihrem Umhang ruhen.

«Ich weiß», lächelte sie. «In der Nähe, aber nicht zu nah. Ich werde Harry zu dir schicken.»

Der riesenhafte alte Etonianer begegnete beiden Frauen auf ihren verschiedenen Wegen und kam völlig verwirrt bei Lestrade an. Für Bandicoot nicht ungewöhnlich, dachte der Superintendent. In diesem Zustand war Harry immer.

«Was passiert nun, Sholto?» fragte Bandicoot.

«Ich brauche eine helfende Hand, Harry», sagte er.

«Oder ein Bein?» spöttelte der blonde Mann.

«Ist das die Zeit für Witze, Harry?» Lestrade wandte sich um, ein Mann, der auf dem letzten Loch pfeift.

«Tut mir leid, Sholto.» Bandicoot war sichtlich zerknirscht. «War ungehörig. Verzeihung. Wird Fanny damit fertig werden?»

Lestrade warf einen Blick auf das georgianische Haus, das Toms und Fannys Heim gewesen war. «Ich weiß es nicht», sagte er. Dann klopfte er Harry Bandicoot auf die Schulter. «Komm. Wir haben einen Mord auf dem Hals, und zwei Köpfe sind besser als einer. Wer als letzter am Haus ist – ist ein Superintendent» – er begann sich ruckweise in Bewegung zu setzen und trieb seine Krücken in den Boden wie ein Besessener. Der getreue Harry hielt ihn am Ellenbogen gefaßt, bereit einzugreifen, falls bei dem behinderten Polizisten plötzlich die Wirkung des Laudanums nachließ.

Lestrade war von Dr. Fleming früh am Morgen als Notfall zusammengeflickt und sein Bein eingegipst worden. Er hatte sein Schicksal in die Hände Gottes und von Sergeant Blevvins gelegt (ein wirklich klardenkender Mann hätte nie so gehandelt), war irgendwie durch London zu Emma gelangt und hatte ihr die tragische Nachricht überbracht. Sie hatte ihren Vormund Harry verständigt, der in Windeseile seinen Zylinder und sein Smokingjackett in den Silver Ghost geworfen, seine Frau geküßt und mit fast dreißig Meilen pro Stunde über die Landstraßen gedonnert war, um seinen früheren Chef abzuholen. Auf der Fahrt durch Surrey hatte Lestrade Harry ein paar Einzelheiten erzählt. Es empfahl sich nicht, die intellektuellen Fähigkeiten Harrys über Gebühr zu strapazieren. Er brauchte Zeit, um Fakten zu verarbeiten, und etwas sagte Lestrade, daß die Zeit knapp wurde.

Endlich saßen sie in Berkeleys Arbeitszimmer im Schein der Petroleumlampe. Emma schaute kurz herein, um zu sagen, daß Fanny eingeschlafen sei.

«Also gut, Harry.» Lestrade machte es sich, so gut es ging, auf dem Sofa bequem, immer dann, wenn die Schmerzen zu stark wurden, auf seiner Zigarre kauend. «Du warst auch mal ein Polizist. Erzähl mir alles von Anfang an.»

Bandicoot knöpfte seine Weste auf und lockerte seine Krawatte. Er war bereit, mit Bob Fitzsimmons über fünfzehn Runden zu gehen oder scharf nachzudenken. «Tom Berkeley starb gestern nachmittag ungefähr um halb vier.»

«Wo?»

«Rathaus Chertsey, Ehrengast beim Spielzeugbasar.»

«Einer von zwei Ehrengästen – der andere war der Bischof des Indischen Ozeans.»

«Merkwürdig», bemerkte Bandicoot. «Ich dachte, die wären alle Hindus oder Moslems.»

«Dieser ist jedenfalls blütenweiß», sagte Lestrade. «Gibt sich als Christ.»

«Bist du ihm begegnet?»

«Nein. Das steht morgen auf dem Programm.»

«Du willst zu ihm gehen? Sholto, dazu geht es dir zu schlecht.»

«Tom Berkeley ist tot, Harry. Er und ich sind einen langen Weg gegangen. Ich schulde ihm das, ob es mir schlecht geht oder nicht.»

«Aber die Polizei von Surrey …», begann Bandicoot, doch ein Blick Lestrades ließ ihn verstummen.

«Na, dann eben der Yard. Walter Dew …» Derselbe Blick.

«Nein, Harry. Der Fall gehört mir.» Er kaute an seiner Zigarre. «Verstehst du, irgendwie ist das System gesprengt worden. Es ist alles in Unordnung geraten.»

«System?» sagte Bandicoot, der den Boden unter seinen Füßen fortgleiten spürte.

«Das hat jetzt nichts zu sagen. Die Nacht ist jung. Das erinnert mich daran, daß du nichts gegessen hast. Läute doch bitte. Ich werde Mrs. M'Travers bitten, uns etwas zurechtzumachen.»

Harry läutete. «Die Haushälterin? Ich dachte, du hättest gesagt, sie sei aus dem seelischen Gleichgewicht geraten.»

«Das ist sie, aber einen Schinken-Sandwich wird sie wohl zustandebringen. Wenn sie dir Rosinenbrötchen gibt, prüf die schwarzen Punkte genau. Todesursache?» Er war wieder bei Tom Berkeley.

«Ja, Gentlemen?» Die reichlich mit Beruhigungsmitteln vollgestopfte Mrs. M'Travers stand wie eine Geistererscheinung vor ihnen. Aber freilich hatte die arme Frau innerhalb von sechs Monaten ihren Ehemann, ihren Brotherrn und ihren Verstand verloren.

«Ah, Mrs. M'Travers. Könnten wir bitte eine Kanne Tee haben?»

«Kaffee wäre besser, Sholto.» Bandicoots Umgangsformen waren von äußerster Perfektion. Niemand in den besseren Häusern trank heutzutage nach vier noch Tee.

«Wie du willst», sagte Lestrade. «Und Schinken-Sandwiches, Mrs. M'Travers. Jede Menge.»

«Wir haben nur Käse, Sir.»

«Sei's drum.» Lestrade winkte ihr zu gehen. Um ehrlich zu sein, irritierte ihn ihre melancholische Miene.

«Soll ich das Gebratene bringen lassen, Sir?» Sie rührte sich nicht.

«Gebratenes?» wiederholte Lestrade.

«Für die Beerdigung des Herrn, Sir» – und sie schluchzte krampfhaft, als erlebe sie das Entsetzliche noch einmal. Harry eilte zu ihr. Er hatte selbst Hausangestellte. «Aber, aber, Mrs. M'Travers. Nehmen Sie's nicht so schwer.» Er tätschelte ihr die üppigen Arme und wühlte in seinen Taschen nach seinem mit Monogramm gezierten Taschentuch. Er hielt es an ihre Nase. «Tüchtig schneuzen», strahlte er.

«Ja, Sir», flennte sie. «Wie nett von Ihnen, so besorgt zu sein.»

«Ja, nun, man wird am besten damit fertig, wenn man sich beschäftigt», bemerkte er. «Jetzt kümmern Sie sich um den Kaffee und die Sandwiches, bitte.»

Sie knickste und schlich aus dem Zimmer, und ihr Schritt wurde ein wenig lebhafter, während sie Bandicoots Taschentuch als Fliegenklatsche für jene Fliegen benutzte, die in ihrer Einbildung ihren Kopf umschwirrten.

«Ich sage ihr andauernd, daß sie im Winter schlafen», seufzte Lestrade. «In Augenblicken der Gefühllosigkeit wünsche ich mir manchmal, sie würde das auch tun. Todesursache?» Der Superintendent war ein hartnäckiger Mann.

«Pfeil», sagte Bandicoot, der es immer noch nicht glaubte, obgleich er es selber gesagt hatte.

Lestrade schüttelte den Kopf und sprach mit sich selbst. «Ein Pfeil», wiederholte er. «Außerordentlich.» Dann: «Wie spät ist es?»

Bandicoot sah auf seine Uhr. «Kurz vor acht.»

«Gut. Ich brauche ein Gespräch mit dem Yard. Frage, ob Dickens Dienst hat oder Jones. Weißt du nicht, was die Uhr geschlagen, mußt du 'nen Polizisten fragen.»

«Nein, Dickens», überschrie Lestrade die schrillen Geräusche in der Leitung, nachdem Bandicoot durchgekommen war. «Armbrust. Armbrust. A wie Armleuchter, R wie Ratte, M wie Mord...» Es quietschte und krachte.

«R wie Ratte», wiederholte Lestrade. «U wie Ungeheuer, S wie Siebenschläfer, T wie – zum Teufel, vergessen Sie's!»

Er war drauf und dran einzuhängen, als Constable Stalker das Arbeitszimmer betrat. Er trug einen Pfeil in der Hand, etwa einen Fuß lang, schwer und mit einer Stahlspitze versehen. Lestrade nahm ihn entgegen.

«Sind Sie noch dran, Dickens?»

Quietschen.

«Es ist ein Pfeil. Ungefähr ein Fuß lang.»

Wieder Quietschen. Lestrade legte die Hand über den Hörer und blickte Bandicoot finster an. «Dickens ist verrückt geworden. Hat mich gerade einen Holzkopf genannt. Was? Hören Sie mal, Dickens...» brüllte er in das Telefon. «Was? Kein Holzkopf? Ein Bolzen? Oh, ich verstehe, Ja.» Sein Gesicht erstarrte, während Sergeant Dickens einen Wortschwall von sich gab. «Ja. Ja. Danke Ihnen. Danke. Halten Sie mich auf dem laufenden».

«Also, Stalker.» Der Superintendent musterte den Constable scharf von Kopf bis Fuß. «Wo waren Sie, Mann?»

«Bei ihm, Sir.» Stalkers Gesicht war hagerer und blasser als sonst. Er schien an einem Tag um zehn Jahre gealtert zu sein. «So nahe wie ich Ihnen jetzt bin.»

«Harry, machst du Notizen, bitte? Ich würd's selber machen, aber mein Bein... du verstehst.»

Bandicoot lächelte nachsichtig. Lestrades Erregung wuchs, sein Bein schmerzte, sein Schwiegervater war tot, seine Liebste wie betäubt vor Schmerz. Er konnte vermutlich jetzt so etwas wie eine Schreibkraft brauchen. Andererseits war er vielleicht überhaupt nicht fähig, alles zu überstehen.

«Was ist passiert?» fragte Lestrade.

«Wir waren im Rathaus von Chertsey, Sir. Eine Verpflichtung, auf die der Chief Constable sich sehr freute.»

«Die Spielzeugausstellung?»

«Ja, Sir. Wir kamen dort kurz vor elf an...»

«Mit der Kutsche des Chief Constable?»

«Nein, Sir. Mit dem Ford. Der Chief Constable wollte noch weiter in die Stadt.»

«Warum?»

«Um Sie aufzusuchen, Sir. Natürlich wußte er nichts von Ihrem Bein.»

«Um diese Zeit ich auch noch nicht. Sagen Sie, Constable, hat der Chief Constable einen Grund genannt, warum er zu mir wollte? Er wußte doch, daß ich am Abend wieder zu Hause sein würde.»

«Er sagte, er hätte eine Spur, Sir. Einen Hinweis auf den Tod von M'Travers und der anderen.»

Lestrade richtete sich auf seinem Sofa auf.

«Welchen, Mann?»

Der Constable schüttelte den Kopf. «Hat er nicht gesagt, Sir.»

Lestrade ließ sich wieder nieder. «Zurück zur Spielzeugausstellung», sagte er.

«Verzeihung, Gentlemen», unterbrach Bandicoot. «Schreibt man Chertsey mit zwei t?»

Selbst Stalkers Blick war vernichtend.

«Nur das Wichtigste, Harry», seufzte Lestrade.

«Es gab die üblichen Ansprachen. Eine wurde gehalten von» – Stalker befragte das unvermeidliche schwarze Notizbuch – «dem Bischof des Indischen Ozeans.»

«Was hatte der dort zu schaffen?» fragte Lestrade.

«Er hielt eine Rede, Sir», war die einzige Erklärung, die Stalker parat hatte.

«Und dann?»

«Der Bürgermeister erklärte die Ausstellung für eröffnet. Sie haben in Ihrem Leben noch nie so viele hüpfende Affen gesehen.»

«Vergessen Sie nicht, Constable», erinnerte ihn Lestrade, «daß ich von Scotland Yard bin. Fahren Sie fort.»

«Ich folgte dem Chief Constable, während er zahlreiche Leute begrüßte und die Spielzeuge inspizierte. Stein und Buchers nachgemachte Katze und Maischins Trickmaschine schienen ihm sehr zu gefallen. Dann fiel er irgendwie... Sackte nach vorn auf ein Modell von diesem Turm in Paris.»

«Eiffel.» Bandicoot, der von allen Anwesenden am weitesten herumgekommen war, sprang ihm bei.

«Das wollte ich sagen, Sir. Er fiel. Griff an seinen Rücken. Ich dachte, er sei gestolpert.»

«Was taten Sie?» fragte Lestrade.

«Ich trat zu ihm und bemerkte, daß er stark blutete.»

«Eine Wunde im Rücken?»

Stalker nickte. «Und das steckte drin.» Er deutete auf den Bolzen in Lestrades Hand.

«Konnte Dickens dir weiterhelfen?» fragte Bandicoot.

«Dickens? Einigermaßen», antwortete Lestrade. «Da ich dich nicht mit der Wiedergabe seiner ellenlangen Geschichte auf die Palme bringen will, werde ich sie kurz zusammenfassen. Die Armbrust, sagt Dickens, war im Mittelalter in Westeuropa eine verbreitete Waffe. Sie besteht aus einem quer über einen Schaft gespannten Bogen. Der Schaft hat eine Kerbe, bis zu der die Sehne gestrafft und durch Betätigung eines Drückers ausgelöst wird. Man schießt damit einen Bolzen ab.»

«Wer also hatte Streit mit Tom Berkeley?» fragte Bandicoot.

«Wenn wir den Armbrustschützen haben, laß ich dich's wissen. Sie haben keine solche Waffe gesehen, Stalker, unter dem Spielzeug?»

«Nein, Sir.»

«Harry, gib dem Constable Bleistift und Papier. Stalker, ich möchte, daß Sie scharf nachdenken und mir so genau wie möglich skizzieren, wo sie sich befanden, Sie und der Chief Constable.»

Stalker nahm den Bleistift. Lestrade drehte die Skizze mehrere Male herum. «Sie befanden sich also hinter Berkeley?»
«Ja, Sir, ein wenig versetzt.»
«Zum Glück für Sie, sonst hätte das Ding in Ihrem Rücken gesteckt. Was war hinter Ihnen?»
Stalker verzog das Gesicht in angestrengtem Nachdenken. «Ein türkisblauer Vorhang, Sir.»
«Und dahinter?»
«Ein Mörder», sagte Bandicoot.
«Was wärst du für ein Polizist geworden», sagte Lestrade trocken. «Haben Sie nachgesehen, Constable?»
«Ja, Sir. Nichts.»
«Wo war die nächste Tür?»
«Äh … auf der linken Seite, durch die Halle. Niemand ist dort rausgegangen.»
«Sind Sie sicher?»
«Ja, Sir. Ich hatte sie die ganze Zeit im Blick.»
«Die *ganze* Zeit?» fragte Lestrade nach.
«Nun …» Stalker begriff, daß das ein heikler Punkt war. «Niemand ging fort, der einen Bogen trug, Sir, gleich welcher Art.»
«Woher wußtest du, daß es eine Armbrust war, Sholto?» fragte Bandicoot interessiert.
«Blevvins sagte mir, es handele sich um einen kurzen Pfeil. Das verriet es mir. Du mußt wissen, ich hatte schon mal mit so etwas zu tun. Nottingham. Siebenundneunzig war's. Erinnere mich daran, daß ich dir mal von dem Fall mit der Wildgans erzählte. Da wimmelte es von Langbogen. Außerdem ist ein Langbogen eine große Waffe, die du nicht ohne weiteres in ein Rathaus voller Leute schmuggeln kannst.»
«Es ist also eine Armbrust, Sir», sagte Stalker vorsichtig.
«Genau, Constable. Was befand sich vor dem Vorhang? Unmittelbar davor?»
«Hm … ein Tisch, voll mit Spielzeug, Sir.»
«Genauer. Von welcher Art?»
Stalkers Gedächtnis ließ ihn im Stich.
«Na schön. Da ich nicht beweglich bin, werde ich Tom darstellen und mich hier auf den Boden legen – für dich ist das das Sofa, Harry.» Lestrade wollte Mißverständnisse ausschließen.

«Für dich auch», gab der große Mann zurück.

«Stalker, Sie stellen sich so hin, wie Sie gestern morgen gestanden haben.»

Der Constable nahm seine Position ein.

«Gut. Harry, geh rüber zur Tür. Du versteckst dich hinter dem Vorhang. Stalker, ich habe die Leiche des armen Tom noch nicht gesehen. Wo genau hat ihn der Bolzen getroffen?»

«Ein wenig links neben dem Rückgrat, Sir, hier.» Stalker fummelte an seinem Rücken herum.

«Gut. Also, Harry, du krümmst dich zusammen, oder du bist ein Zwerg. Was ist dir lieber?»

«Ich denke, krümmen», sagte Bandicoot.

«Sehr klug», sagte Lestrade. «Jetzt schieß deinen Bolzen ab», befahl er.

Bandicoot riß abrupt seinen Arm nach hinten, wobei er mit dem vorbeigleitenden Hinterteil von Mrs. M'Travers zusammenstieß, die gerade die Sandwiches abstellen wollte. Sie hustete sichtlich bewegt und hüpfte in die Dunkelheit.

«Ich glaube, du hast die Köchin erwischt», sagte Lestrade.

«Was?»

«Außerdem hast du mir etwas bewiesen.»

«Es war keine Armbrust. Zumindest keine, die ein Mann abschoß. Stalker, stimmt die Skizze von dem Raum hinter dem Vorhang in den Proportionen?»

«In etwa, Sir.»

«Also etwa so groß wie ein Pissoir?»

«Ich kann dir nicht folgen», sagte Bandicoot.

«Wann bist du das letzte Mal niedergekniet – und hast einen Bogen gespannt – in einem Pissoir, Harry?»

Für Harry Bandicoot eine absurde Frage. Er war in seinem Leben erheblich seltener mit Pissoirs in Berührung gekommen als Lestrade.

«Es wäre einfach nicht genug Platz gewesen. Nicht, wenn, wie Stalker uns versichert, seine Maßangaben korrekt sind. Also, Stalker, noch mal, was befand sich auf dem Tisch vor dem Vorhang?»

Nichts.

«Harry, würdest du mir bitte einen Brandy eingießen? Diese Sandwiches sind ungenießbar.»
«Mekkano!» brüllte Stalker plötzlich, was zur Folge hatte, daß Bandicoot die ausgestreckte Hand Lestrades reichlich mit dem braunen Nektar begoß.
«Du hast dich verbessert, Harry. Als ich dich kennenlernte, hast du mich mit kochendem Wasser begossen. Nur dein Geschmack ist luxuriöser geworden. Ist Ihnen nicht gut, Constable?» Lestrade gewahrte Stalkers Erregung.
«Gerade ist es mir wieder eingefallen, Sir.» Stalker klimperte mit den Wimpern und straffte seine Kinnmuskulatur. Das war seine Art, Euphorie auszudrücken. «Das Spielzeug vor dem Vorhang. Es hieß Mekkano.»
Bandicoot und Lestrade wechselten Blicke. Dann sprachen sie gemeinsam ihr Urteil: «Nie davon gehört.»
«Eine Reihe von Metallstücken mit Löchern drin, zum Zusammenschrauben.»
Bandicoot blickte Lestrade abermals an.
«Harry», sagte der Superintendent, «ich brauch noch mal den Yard.»
«Ist Mekkano wichtig, Sir?» fragte Stalker, doch ehe Lestrade antworten konnte, flog die Tür auf und zwei geistlich gewandete Gentlemen erschienen.
«Sholto, mein lieber Junge, ich mußte einfach kommen, um Fanny zu sehen.»
«Norman.» Lestrade versuchte sich zu erheben, doch der Schmerz zwang ihn nieder, und er sackte auf das Sofa zurück.
«Mein lieber Junge, doch wohl kein Rückfall?»
Lestrade zog eine Grimasse. «Nein, das verdammte Ding ist wieder gebrochen.»
«Darf ich bekannt machen» – Penhaligon warf seinen Umhang ab –, «Seine Gnaden der Bischof des Indischen Ozeans. Superintendent Lestrade.»
«Nicht *der* Lestrade?» Der Griff des Bischofs zerquetschte die Hand des Polizisten, obgleich er kaum größer als fünf Fuß und den Siebzig bedrohlich nahe war.
«*Der*?» wiederholte Lestrade.
«Der berühmte Stichwortgeber für den großen Sherlock Holmes.

Ich weiß, unser junger Norman hier ist ein emsiger Leser von Chesterton, aber ich verehre meinen Conan Doyle. Ich werde es immer bedauern, daß ich diesen großen Mann nicht kennengelernt habe.»
«Verzeihen Sie, Sir, gern würde ich mich mit Ihnen in den Gefilden der Phantasie ergehen, doch wir haben Geschäfte, die wichtiger sind. Bitte, nehmen Sie Platz... äh... ich glaube, Sie kennen meinen alten Freund Harry Bandicoot nicht, oder?»
Man schüttelte sich die Hand. «Sie sind Watson, eh?» Seine Gnaden strahlte Lestrade an und fuhr in seinen literarischen Exkursionen fort.
«Nein, ich bin Harry Bandicoot», wiederholte der Etonianer, der den Eindruck gewann, daß die Jahre in Ozeanien offenbar den Verstand des Kirchenmannes getrübt hatten. «Dein Gespräch, Sholto.»
Wieder pfiff und krachte es in der Leitung. «Peabody? Sind Sie's?»
Krächz.
«Geben Sie mir noch mal Sergeant Dickens.»
Krächz.
«Lestrade.»
Rasseln. Krächzen, Krachen.
«Dickens?»
Krachen.
«Oh, sind Sie's, Jones? Was wissen Sie über Mekkano?»
Krächz.
«Mekkano. Ein Spielzeug – für Kinder. Sie wissen schon, für Sie und Dickens. M wie Maulaffe, E wie Elefant, K wie Kurat – Oh, ich bitte um Verzeihung, Gentlemen.» Ihm fiel ein, daß Geistliche anwesend waren. «Haben Sie das, Jones?»
Krächzen. Rasseln, Piepen, Krachen.
«Gut. Und seien Sie nicht so unverschämt, verdammt noch mal.» Lestrade war müde, und sein Bein und die lange Nacht begannen an seinen Kräften zu zehren.
«Stalker, gehen Sie in das Büro des Chief Constable. Ich brauche die Adresse eines gewissen Mr. Frank Hornby. Und zwar bis morgen früh.»
«Wer ist der Mann?» fragte Bandicoot.

«Er ist ein Erfinder, Harry. Architekt, Entwerfer, Naturforscher, Geschäftsmann, nenne ihn, wie du willst. Ich habe Grund zu glauben, daß er uns bei unseren Nachforschungen helfen kann. Geh doch mal in die Küche und frage, ob Mrs. M'Travers uns noch ein paar Schinken-Sandwiches herrichten kann. Sie haben doch keine Abneigung gegen Schinken, Euer Gnaden?»

«Ich bin ein Bischof, kein Rabbi, Superintendent.»

«Und Sie sind ein Leser von Detektivgeschichten», versuchte sich Lestrade trotz des Hämmerns in seinem Kopf und dem Schleier vor seinen Augen zu konzentrieren.

«Ein eifriger», lächelte der Bischof.

«Schinken gibt's nicht», sagte Harry zu Lestrade. Niemand achtete auf ihn.

«Das ist unser Hobby», säuselte Penhaligon. «Doch ich bin gekommen, um die arme Fanny aufzusuchen, Sholto. Was ich weiß, erzähle ich Ihnen später.»

«Was Sie wissen?» wiederholte Lestrade.

«Aber ja doch», sagte Penhaligon ein wenig pikiert. «Ich war doch dabei, als der arme Tom starb, zusammen mit Seiner Gnaden.»

Lestrade sperrte den Mund auf, ein Gesichtsausdruck, der ihm nicht übel stand. «Tut mir leid», sagte er. «Das wußte ich nicht. Ja... Fanny schläft, Norman. Der Schock, Sie verstehen. Meine Tochter Emma wacht bei ihr.»

«Ach ja», nickte Penhaligon verständig, «wundervolle Tröster, die Jugend. Meinen Sie nicht auch, Arnold?»

«Ohne Zweifel, Norman.» Seine Gnaden machte es sich in Toms altem Sessel bequem, der Schein des Kaminfeuers blitzte in seinen Brillengläsern und leuchtete auf seiner glänzenden Glatze.

«Nun, Gentlemen. Sie waren beide dort. Sie sind beide Amateurdetektive. Tom Berkeley war ein Freund von mir. Vielleicht können Sie seinen Mörder für mich fangen.»

Fanny warf sich im Schlaf hin und her, während Emma ihr Bestes tat, um sie zu beruhigen. Schließlich rief Harry den Arzt, und der verschrieb ein Beruhigungsmittel. Unter diesen Umständen, sagte er, sei das das beste. Sie würde die ganze Nacht tief schlafen und vermutlich auch noch den folgenden Tag über.

«Hallo, Sholto.» Die leise Stimme hob und senkte sich wie ein Windhauch. Das konnte doch nicht Fanny sein? Nein, das Haar war zu dunkel, die Figur zu entwickelt. Sarah? Nein, Sarah war tot. War es Emma? Zu sinnlich, zu reif. Nicht Constance Maulleverer nach all den Jahren? Oder die streitbare Emily Greenbush, noch ganz erhitzt von ihrem Kampf gegen die Windmühlenflügel der Menschheit. Die Frauen, die in Lestrades Leben eine Rolle gespielt hatten, glitten im Traum an ihm vorbei.

«Hallo, Sholto», wiederholte die Stimme, und er kniff die Augen zusammen, um besser sehen zu können. Das Feuer im großen altmodischen Kamin war erloschen. Neben ihm brannte immer noch die Lampe, und jemand, wahrscheinlich Harry, hatte ihn mit einer Reisedecke zugedeckt.

«Jane?» Er spähte in Tom Berkeleys Arbeitszimmer.

«Jane», sagte sie und setzte sich neben ihn. Ihr langes dunkles Haar umfloß ihr Gesicht.

«Verzeihung», lächelte er, «ich habe geträumt.»

«Waren es glückliche Träume, Sholto Lestrade?» fragte sie.

Er straffte sich, und sogleich schoß der alte Schmerz wieder in sein Bein. Er machte Anstalten zu sprechen, und sie legte ihren Finger auf seine Lippen.

«Ich weiß», sagte sie. «Du bist ein Superintendent von Scotland Yard, der kurz vor der Heirat steht, und ich bin die Frau des Vikars. Wir schreiben das Jahr 1912, und wir sollten in diesen frühen Morgenstunden nicht allein beisammensein.»

Er lächelte wieder. «So ungefähr», sagte er. «Wie spät ist es?»

«Fast fünf», sagte sie. «Es wird bald hell sein» – und sie zündete die Zigarre für ihn an. «Das alles ist wahr», sagte sie, «aber du bist allein, hast Schmerzen und brauchst Hilfe.»

Er paffte dankbar. Sie schenkte jedem einen großen Brandy ein. «Ich habe Harry», sagte er. «Und Stalker. Meine Jungens vom Yard.»

«Und Fanny?» Janes Stimme wurde härter. «Wo ist Fanny, Sholto?»

«Oben», erwiderte er. «Sie schläft. Der Arzt hielt es für das beste, ihr ein Beruhigungsmittel zu geben.»

Sie tänzelte zum Fenster und starrte hinaus. Im Osten zeigten sich die ersten Lichtstrahlen.

«Ihr Vater...», fing Lestrade an.
«Ja, ich weiß.» Sie wandte sich ihm zu. «War er ein alter Freund, dein Tom Berkeley?»
Lestrade nickte.
«Entschuldige», sagte sie. «Du bist müde, und ich hätte nicht kommen sollen.»
«Nein.» Er faßte sie am Ärmel, als sie an ihm vorbeiging. «Geh nicht. Setz dich.»
Sie setzte sich und beugte sich zu ihm. Er blickte in ihre unergründlichen dunklen Augen. Ihre vollen Lippen öffneten sich zu einem Lächeln.
«Warum bist du gekommen?» fragte er.
«Weil du nicht aufgekreuzt bist», sagte sie.
«Was?»
«Damals, als wir uns im Wald begegneten. Du hast versprochen, am nächsten Tag wiederzukommen. Du hast es nicht getan. Aus welchem Grund?»
«Weil ich ich bin und du du bist», erwiderte er.
Sie schüttelte langsam den Kopf. «Das ist überhaupt kein Grund», sagte sie leise, und legte ihre Lippen auf die seinen.
«Jane», sagte er und fuhr mit den Fingern über ihre Wange. «Jane.»
Sie hielt seine Hand fest und streichelte sein zernarbtes, zerquältes Gesicht, zerzauste sein Haar.
«Weißt du, was es heißt, mit einem Geistlichen verheiratet zu sein?» fragte sie. «Mit einem Mann, der so kalt ist wie die Krypta in seiner Kirche? Er rührt mich nie an, Sholto. Nie.»
«Jane», sagte er noch einmal.
Sie richtete sich auf, nahm seine Hand und legte sie auf ihre Brüste, die sich unter dem purpurnen Samt hoben. «Tut dein Bein sehr weh?»
«Wie meinst du das?» suchte er schwach nach Ausflüchten.
«Tut es weh, wenn ich das mache?» Sie ließ sich wieder nach vorn sinken, lag neben ihm auf dem Sofa und küßte seine Wangen, sein Haar und seine Lippen. Ihre geschickten Finger öffneten die Knöpfe über dem Gipsverband und preßten sanft sein Glied. Lestrade schluckte. Seine Hände nestelten an den Haken ihres Mieders, und im schwachen Licht leuchteten die glatten Rundungen ihrer nack-

ten Schultern. Das Hemd fiel, und ihre prallen Brüste sprangen hervor, deren dunkle Warzen hart wurden, als er sie berührte. Sie seufzte, und ein Schauer überlief sie.

«Was ist mit Norman?» flüsterte er.

«Mit wem?» fragte sie und hörte auf, ihn zu küssen.

«Was ist mit Fanny?» fragte er lauter.

«Sholto. Laß uns Norman vergessen und Fanny. Eine Stunde lang, in dieser Stille, in dieser Dunkelheit, laß uns nur an uns denken» – und sie ließ sich auf ihn sinken.

«Kommen Sie, Mr. Lestrade, kommen Sie. Ich bin ein sehr beschäftigter Mann, und ich möchte klarstellen, daß dies, um es milde auszudrücken, eine Belästigung darstellt.» Frank Hornby stand im Salon vor Lestrades ausgestreckter Gestalt. «Guter Gott, was für ein ungemein gräßlicher Rollstuhl. Darf ich mal nachsehen?»

«Tun Sie sich keinen Zwang an», sagte Lestrade, um es im nächsten Augenblick zu bereuen, als die Hand des Erfinders ihn mit der ganzen Präzision moderner Ingenieurkunst an einer empfindlichen Stelle traf.

«Vielleicht nicht ganz so zwanglos.»

«Verzeihung.»

«Sie sind Mr. Hornby, der Geschäftsführer der Mekkano Company, Elmbank Road, Sefton Park, Liverpool?»

«Sie sagen es.» Der Erfinder vertiefte sich in das Räderwerk von Lestrades Maschine. «Aber Sie wollen mich doch wohl nicht ernsthaft auffordern, an diesem Ding herumzubasteln, wie? Wenngleich ich zugeben muß, daß es eine interessante kleine Aufgabe ist. Ich werde Hatton beauftragen, das Ding für Sie zu ölen.»

«Wen?»

«Hatton. Mein Fahrer. Er ist draußen.»

«Nicht jetzt, Mr. Hornby. Ich bin mehr an Ihrem Mekkano interessiert.»

«Wirklich?» Hornby zog ein Sortiment von Werkzeugen aus der Tasche. «Warum?»

«Könnten Sie es mir beschreiben?»

«Nun ja, ursprünglich hieß es Hornby's Superspielzeug oder Pädagogischer Baukasten für Kinder und Jugendliche. Mechanik, leicht gemacht. Mich dünkt, Sie wären für all das ein wenig zu alt. Jetzt aufgepaßt!»

Lestrade umklammerte krampfhaft die Lehnen der Maschine, als diese nach hinten kippte. Es gab ein knirschendes metallisches Geräusch, und Lestrades Körper vibrierte im Gleichklang mit dem Hämmern von Hornby's Kneifzange.

«Fügen Sie einen Motor hinzu, und das Ding wird einen Silver Ghost hinter sich lassen. Übrigens, gehört der Ihnen da draußen?»

«Nein, Mr. Hornby. Ich führe Ermittlungen in einem Mordfall durch.»

«Mord?» Hornby stand auf. «Wer ist tot?»

«Der Chief Constable dieser Grafschaft.»

«Guter Gott, daß muß ich Hatton erzählen. Er wird entzückt sein.»

«Entzückt?» Lestrade verspürte ein Kribbeln unter seinem Gips.

«Oh, es ist nichts Persönliches. Hatton hat etwas gegen Leute, die in Amt und Würden sind. Gegen das Establishment. Unter uns gesagt, Mr. Lestrade, ich glaube, er ist ein Klosett-Sozialist.»

«Ein was...?»

«Ja. Ich fand mal auf dem Dienstbotenklosett ein Exemplar des *Kommunistischen Manifestes*. Ich würde schwören, es war Hattons.»

«Um zur Sache zu kommen, Mr. Hornby...»

«Ich wünschte, das würden Sie, Mr. Lestrade. Wie ich schon sagte, bin ich ein beschäftigter Mann.»

«Kann Ihr mechanischer Baukasten einen Menschen umbringen?»

«Hm, Hatton sagt, der Preis könne es. Aber nein, natürlich nicht.»

«Wie steht es mit einer Armbrust?»

«Ich habe die Armbrust nicht erfunden. Das war ein bißchen vor meiner Zeit, wenn Sie wissen, was ich meine.»

«Kommen Sie mit.» Lestrade löste die Bremse, und der Rollstuhl schoß mit einer Geschwindigkeit vorwärts, welche die Gardekavallerie neidisch gemacht hätte. Die Fußstütze zerstörte die Überreste von Tom Berkeleys Blumenschale.

«Na, sehen Sie», strahlte Hornby. «Das ist schon besser, nicht wahr?»
Lestrade schlitzte und kerbte die Tapete auf, ehe sie in der Bibliothek anlangten, wo Mr. Hornby's Erfindung als ungeordneter Haufen auf dem Tisch lag. Daneben ein Bolzen und eine Sehne für eine Armbrust.
«Ich möchte Ihre Erfindungsgabe auf eine härtere Probe stellen, Mr. Hornby», sagte Lestrade. «Konstruieren Sie mir daraus eine Armbrust.»
Hornby umkreiste den Tisch ein paarmal, bückte und drehte sich, schloß ein Auge, feuchtete einen Finger an und hob ihn in die Luft.
«Es ist eine Herausforderung, zugegeben», bekannte er. «Wissen Sie, im Zeitalter der Modelleisenbahnen ist die Nachfrage nach einem Ding wie einer Armbrust nicht gerade groß. Geben Sie mir zehn Minuten.»
Lestrade saß da und sah verwundert zu, wie der Erfinder sein Jakkett auszog, sich die Hemdsärmel aufkrempelte und mit Schraubenschlüsseln und Schraubenziehern auf dem Tisch herumzufuhrwerken begann. Hin und wieder warf Lestrade einen Blick auf die Standuhr in der Ecke. Nach genau achtdreiviertel Minuten trat Hornby zurück und sagte: «Auf welches Ziel soll ich schießen?»
Auf dem Tisch stand ein völlig durchlöcherter Rahmen mit einer Vielzahl von Stangen, Schraubenmuttern und Stiften, und aus der Mitte ragte der Bolzen für die Armbrust hervor.
«Auf das Bild dort.» Lestrade deutete auf eine Kuh an der Wand hinter der Tür.
«Ich kann keine Genauigkeit garantieren», sagte Hornby und legte seine Hand auf einen Hebel. In diesem Augenblick öffnete sich die Tür und Mrs. M'Travers trat ein, nur um sogleich wieder mit einem Schrei zu entschwinden, als sich der todbringende Bolzen in das Hinterteil der Kuh und das Mauerwerk bohrte.
«Volltreffer!» rief Hornby. «Dieser alten Lady ist doch wohl nichts passiert?»
«O nein», sagte Lestrade. «Ich werde ihr erzählen, es handle sich um einen neuen Fliegentöter. Das wird ihr gefallen.»
«Ich könnte das Gerät natürlich durchschlagskräftiger machen», sagte Hornby, «wenn ich mehr Zeit hätte.»

«Ich bin nicht sicher, daß das nötig ist», sagte Lestrade, der den Erfinder rot anlaufen sah, als er den Bolzen aus dem Ziel entfernte.

«Kann ich jetzt gehen?» fragte Hornby. «Ich bin ein beschäftigter Mann.»

«Vielen Dank, Mr. Hornby, Sie waren höchst entgegenkommend.»

«Noch etwas Brandy, Sholto?» Harry Bandicoot stand bei den Karaffen.

«Ich kann nicht länger hierbleiben, Harry.» Lestrade hielt ihm sein Glas hin.

«Warum nicht?» fragte Harry. «Tom braucht das Haus nicht mehr. Und du kannst Fanny nicht allein lassen, nicht gerade jetzt.» Er ahnte, in welcher Stimmung Lestrade war. «Wie geht es ihr?»

«Ich mache mir Sorgen um sie», räumte Lestrade ein. «Sie bewegt sich durchs Leben wie eine Marionette, Harry. Du weißt, seit der Beerdigung hat sie von Tom nicht gesprochen.» Er wechselte das Thema, blieb aber bei den Frauen, die er liebte.

«Emma möchte einen Job beim Yard, weißt du.»

«Ja, sie hat es mir erzählt. Bist du einverstanden?»

Lestrade hob die Augenbrauen über das Glas. «Bist du's?»

Bandicoot zuckte die Achseln. «Ich glaube nicht, daß ihre Mutter – Verzeihung – Letitia es billigt.»

«Ich glaube, auch Emmas Mutter hätte es nicht getan», sagte Lestrade. Unversehens wechselte er abermals das Thema. «Egal, Harry. Wer tötete Tom Berkeley? Hast du alles aufgeschrieben?»

«Ja, hier, Sholto.»

«Dann fang mal an.» Lestrade lehnte sich in seinen Rollstuhl zurück und betete, die Bewegungen seines Körpers möchten den Motor nicht in Gang setzen, den Hornby daran angebracht hatte, bevor er ging. Er bereitete ihm ein andauerndes Gefühl des Unbehagens. Es war, als säße man im Wohnzimmer in einem Lanchester. Er sah zu, wie die Blätter unter den plumpen Daumen von Harry Bandicoot zum Vorschein kamen. «‹Zwölf für die Zwölf Apostel›», las er, «Bischof George Claverhouse, tot aufgefunden in einem Bordell in East End, 1873. Natürlicher Tod. Mein erstes Jahr bei der City Police. Mein erster Fall. Der nächste?» Bandicoot pinnte den Zettel an die Wand und las vor:

«‹Zehn für die Zehn Gebote›. Chief Justice Firkett, der einem Gericht vorsaß, das auf eine grausame Strafe erkannte. Das Opfer war Robert Uriah Hesketh, Anwalt. Beging Selbstmord in seiner Zelle, 1874.»
«Und dieser?»
«‹Neun für die Neun Blanken Strahler.› Stellvertretender Generalquartiermeister Valentine Baker. Angeklagt und verurteilt wegen einer unzüchtigen Handlung in einem Eisenbahnwaggon. Aus der Armee ausgestoßen, 1875. Starb an gebrochenem Herzen.»
«An gebrochenem Herzen, Sholto?» Bandicoot hatte einmal eine Nummer des *Lancet* gelesen und wußte, daß solche Dinge unmöglich waren. Oder war sein alter Chef gefühlvoll geworden?
«Ein gebrochenes Herz», wiederholte Lestrade und wartete auf das nächste Blatt. «Aha», sagte er, «‹Acht für die Acht Kühnen Rangers›. Die Herren Druscovich, Meiklejohn und Palmer, hohe Beamte von Scotland Yard, allesamt wegen Betrugs und Annahme von Bestechungsgeldern entlassen, 1877.»
«Kann man darin ein System erkennen?» fragte Bandicoot.
«Das sollst du mir sagen.» Lestrade trommelte mit den Fingern auf die Tischplatte und blies Rauch durch die Nase. Er leerte sein Glas und hielt es Bandicoot hin. «Der verblichene Dr. Watson pflegte zu sagen, daß der verblichene Sherlock stundenlang Geige spielte, wenn er nachdachte.»
«Meditierte.» Schließlich hatte Bandicoot jedes Wort gelesen, das den Federn der Doktoren Watson und Conan Doyle entfloß.
«Vermutlich», sagte Lestrade. «Aber das wäre das geringste seiner Probleme gewesen. Holmes geigte. Ich trinke.»
Bandicoot stöpselte die Karaffe wieder zu und lächelte gewinnend. Lestrade zuckte die Achseln und setzte das leere Glas ab.
«Dann machen die Zahlen einen Sprung nach vier», sagte Bandicoot. ‹Vier für die Evangelisten›.»
«Nein, stimmt nicht», verbesserte ihn Lestrade. «Sieben, sechs und fünf sind ordnungsgemäß vorhanden. Und dort finden wir vielleicht unsere Spur. Vielleicht ist unter ihnen unser Mann.»
«Mann? Ich dachte, du sagtest, Chief Constable Ushant starb durch die Hand einer Frau?»
Lestrade nickte. «Das sagte ich. ‹Er› ist eine Redewendung, Harry. Laß dich nicht verwirren.»

«Aber was bedeuten diese Zahlen? Zwölf und so weiter. Und warum keine Nummer elf?»
Lestrade seufzte und schüttelte den Kopf. «Ich gäbe viel darum, wenn ich's wüßte», sagte er. «Der Apostel-Club, zu dem George Claverhouse gehörte, hatte zwölf Mitglieder. Danach stimmt es nicht mehr. Das Ärgerliche ist, Harry, daß ich rate. Ich vermute. Ich könnte total auf dem Holzweg sein.»
«Was ist denn nun mit den fehlenden Nummern?» Harry setzte sich.
«Es ist spät.» Lestrade sah zur Standuhr. «Ist dir eigentlich klar, Harry, daß wir in ein oder zwei Tagen Weihnachten haben? Kehr heim zu deiner Familie.»
«Das werde ich, nachdem du mir etwas über Nummer sieben erzählt hast, Sholto.»
«Nummer sieben? Mein Gott, wie die Jahre vergehen. Ach ja, das war so…»

Der Star der Music Hall

Der tote Mann lag, halb gegen die Bühne gelehnt, mit auf die Brust gesunkenem Kopf da, seine Arme streiften den Boden. Ein häßliches Messer ragte aus seiner glitzernden Weste, deren Silberfäden sein Blut dunkel gefärbt hatte. Der Doktor hatte das Auditorium räumen lassen und war jetzt allein. Er wandte sich halb um, als er oben auf den Bühnenbrettern das Klacken eisenbeschlagener Absätze hörte.

«Wer sind Sie?» fragte der Ankömmling.

«Dr. John Watson, praktischer Arzt. Und Sie?»

«Sergeant Lestrade, Criminal Investigation Department, Scotland Yard.»

«Wirklich? Einer von Mr. Vincents Burschen, wie?» Watson wischte sich die Hand ab, ehe er sie ausstreckte, um die von Lestrade zu ergreifen.

«Wer hat Sie gerufen?» Lestrade sprang von den Rampenlichtern in den Orchestergraben, wobei er kurze, aber schmerzhafte Bekanntschaft mit einem Geigenbogen machte. Zum Glück war es nur ein leichter Kratzer, und Lestrade pflegte nicht heftig zu bluten.

«Jemand vom Orchester. Ich war auf dem Heimweg vom Theater, als der Mann auf die Straße rannte und nach einem Arzt schrie.»

«Sie waren also nicht im Haus?»

«Nein», sagte Watson ziemlich angeekelt. «Ganz gewiß nicht. Ich bin glücklich, sagen zu können, daß dies mein erster Besuch in solch einem Pfuhl ist. Und es wird mein letzter sein.»

Lestrade betrachtete den Leichnam, seine Lage, den merkwürdigen Messergriff.

«Sinnlos, nach der Todesursache zu fragen», murmelte er.

«Ganz einfach», sagte Watson. «Ein sauberer Stoß ins Herz. Von oben nach unten, würde ich sagen. Und mit großer Kraft.»

«Von oben nach unten?» fragte Lestrade spöttisch.

«Würde ich sagen.»

«War er in dieser Stellung, als Sie ihn fanden?»
«Äh… nein, ich habe ihn bewegt.»
Lestrade zog derart die Augenbrauen hoch, daß es wie eine Ohrfeige für Watson wirkte. «Das ist bedauerlich, Doktor. Vielleicht wären Sie so freundlich, ihn wieder in die Lage zu versetzen, in der sie ihn gefunden haben.»
«Liebend gern, Sergeant. Doch leider liegen die Dinge so, daß ich kein gesunder Mann bin. Ich geriet bereits an den Rand der Erschöpfung, als ich ihn in diese Lage brachte.»
«Wirklich?» Lestrades Augenbrauen drückten seine Zweifel aus. Der Mann, der vor ihm stand, war kräftig, etwa in seinem Alter, um die dreißig, hatte eine gesunde Gesichtsfarbe und klare Augen.
«Wirklich», beteuerte der Arzt. «Ich habe Ihrer Majestät kürzlich in Afghanistan gedient, Lestrade. Sind Sie je von einer Jezail verletzt worden?»
«Nein, aber ich habe schwere Verwundungen durch einen Methodisten davongetragen», versicherte ihm Lestrade. «Wir haben alle unser Kreuz zu tragen. Um welche Zeit wurden Sie gerufen?»
«Gegen Mitternacht.» Watson warf einen Blick auf seine Taschenuhr. «Gott, es ist fast eins. Mrs. Hudson wird sich Sorgen machen.»
«Mrs. Hudson?» Lestrade begann, den Leichnam in eine sitzende Position zu hieven.
«Äh… nichts. Meine Haushälterin. Sie wissen schon, eine von der Sorte, die leicht gereizt reagiert. Und da ist noch Holmes…»
«Ihr Bedienter?» Lestrade brauchte seine ganze Kraft, als der Körper des Toten auf ihm landete.
«Gütiger Himmel, nein. Mein Gefährte. Wenn Sie alles so belassen, wie es ist, könnte er Ihnen helfen, ganz sicher. Er verfügt über den brillantesten deduktiven Verstand, den ich kenne.»
«Sehr interessant, Sir, hätten Sie jedoch alles so belassen, wie es war, bräuchte ich jetzt nicht das Risiko einzugehen, mir einen Bruch zu heben. Haben Sie ihn so vorgefunden?»
«Nicht ganz. Sein rechter Arm war erhoben, als ob…»
«Als ob?»
«Als ob er zur Empore hinaufzeigen wollte.»
Lestrade versuchte den Arm zu bewegen, doch es war vergeblich.
«In der Totenstarre erwischt, eh?» Eine Stimme hinter ihnen ließ sie herumfahren.

«Wer sind Sie?» fragte Watson.
«Inspector Abberline, Scotland Yard. Also, Lestrade, was gibt es?»
«Zwölf Zoll», murmelte Lestrade leise.
«Sie meinen das Spiel, hoffe ich», polterte Watson.
«Wen haben wir denn da?» Abberline blieb stehen, um an seinem Knopflochsträußchen zu schnuppern.
«Vielleicht bin ich ja Spring-Heeled Jack.» Watson erkannte einen feindseligen Polizisten auf den ersten Blick. «Genaugenommen bin ich Doktor Watson. Ich wurde zum Schauplatz gerufen, als...»
«Ja, ja», schnitt ihm Abberline das Wort ab. «Lestrade wird damit schon fertig – das werden Sie doch, Lestrade?»
Der Sergeant nickte – unter den gegebenen Umständen die höflichste Antwort, zu der er sich aufraffen konnte.
«Ich bin bloß gekommen, Lestrade, um Sie daran zu erinnern, diesen Monat nicht Ihren Urlaubstag zu beantragen. Sergeant Gregson liegt schon wieder danieder.»
«Danke, Sir», erwiderte Lestrade. «Sehr umsichtig, Sir.»
«Aber nicht doch», strahlte Abberline. «Ich bin nun mal ein umsichtiger Geselle. Sah Ihren Wagen und Ihren Constable draußen. Da dachte ich mir, schau doch mal rein.»
«Haben Sie Mrs. Abberline nach Hause gebracht?» fragte Lestrade. Der Inspector zwirbelte seinen Schnurrbart und warf sich in Positur. «Ja», sagte er. «Übrigens, Lestrade» – er faßte seinen Sergeant beim Arm –, «Todesursache ist Erstechen. Alles klar?» – und er zeigte auf den Toten.
«Danke Ihnen, Sir. Was würden wir bloß ohne Sie anfangen?»
Abberline straffte sich. «Noch eine solche Unverschämtheit, Bursche, und ich werd's Ihnen zeigen. Sie mögen ja Howard Vincents Liebling gewesen sein, aber meiner sind Sie nicht.» Abberline warf Watson einen finsteren Blick zu und machte auf dem Absatz kehrt. Bevor er im Dunkel des Foyers verschwand, wurde sein Schritt leichter. «Ich erwarte Ihren Bericht, Lestrade, in aller Frühe auf meinem Schreibtisch.»
«Verstanden, Sir», gab Lestrade zurück.
Abberline tänzelte den mit Teppichen ausgelegten Korridor entlang, trommelte im Gehen mit den Fingern auf die Sitze und begann, leise vor sich hin zu trällern. «Und jetzt alle zusammen.»

Kaum war seine massige Gestalt in der Türöffnung aufgetaucht, als sich eine zweite und dann eine dritte dazugesellten.
«Komm schon, Freddie», rief eine heisere Frauenstimme. «Schätzchen, hier vergeht einem ja die Lust.»
«Mir auch», rief eine zweite.
Abberline umfaßte alle beide und eilte aus dem Theater.
«Gute Nacht, Mrs. Abberline», grinste Lestrade.

Gegen Morgen hatte Lestrade das Personal des *Mogul-Theaters* zusammengetrommelt. Einige der Mitglieder waren über diese Belästigung erbost und empörten sich über die Ungeheuerlichkeit, daß plattfüßige Polizisten sie zu einer so unchristlichen Zeit aus den Betten gescheucht hatten. Größtenteils schwatzten sie in ihren Garderoben über die jüngsten Ereignisse, und für Männer und Frauen – allesamt Mitglieder einer Schauspielertruppe –, die nie zusammen arbeiteten und deren einziger Lebenszweck darin bestand, die anderen auszustechen, war selbst diese Unterhaltung ungewöhnlich.
In der Reihenfolge ihrer Bedeutung erschienen sie vor Sergeant Lestrade, der das Büro des Toten beschlagnahmt hatte, wo er saß und mit dem kleinen Hämmerchen des Verstorbenen spielte. «Mr. Joseph Saunders?» Lestrade las den Namen vor, als der erste Zeuge eintrat. Es handelte sich um einen auffallend hübschen Mann, gut über sechs Fuß groß, der einen grell gestreiften Anzug trug und sein Haar penibel in der Mitte gescheitelt hatte. Er trug einen Humpen aus Zinn.
«George Leybourne», verbesserte er den Sergeant.
«Hier heißt es Joseph Saunders. Beruf: Hammerschmied. Westminster Bridge Road.»
«Das ist lange her», feixte Leybourne. «Für meine Anhänger, besonders für die Damen, bin ich George Leybourne.»
«Wie lange spielen Sie schon am *Mogul*, Mr. Leybourne?» fragte Lestrade.
«Ich habe nie am *Mogul* gespielt.» Leybourne setzte sich. «Aber ich habe das *Old Mo* in dieser Saison vier Wochen lang in Rage versetzt.»
«In welcher Eigenschaft?»

Leybourne sah ihn erstaunt an. Kein Problem, dachte er, diesen ausgemachten Grünschnabel einzuseifen. «Sie sind mit den Music Halls nicht vertraut, Sergeant?» fragte er.

«Nun, ich…»

«Ich sorgte dafür, daß das Theater abends ausverkauft war – jeden Abend, wohlgemerkt –, mit einer kleinen Nummer, die ich schrieb – ‹Der wagemutige junge Mann auf dem Trapez›. Kennen Sie das Lied?»

«Äh…»

«Ja, natürlich kennen Sie's. ‹Und jetzt alle zusammen›» – und er begann mit einer tiefen wohlklingenden Baritonstimme zu singen, daß die Lämpchen, die die Spiegel des Toten umrahmten, erzitterten. Lestrade stimmte brummend ein, doch er war, wie Inspector Palmer schon vor Jahren betont hatte, keine Zierde für einen Gesangsverein.

«Nein, nein», brach Leybourne ab. «Sie summen ‹Er tat's vor meinen Augen› – oder war es ‹Die Kerze des Mönchs›?»

«Wie auch immer, Mr. Leybourne. Ich bin nicht hergekommen, um vorzusingen. Ein Mann ist tot.»

«So ist es, der Teufel soll ihn holen.»

«Sie mochten Mr. King nicht?»

«Da Sie mit den Music Halls nicht vertraut sind, Mr. Lestrade», sagte Leybourne und nahm einen Schluck aus seinem Humpen, «werde ich Sie aufklären. Jonas King war ein Impresario, ein Direktor reinsten Wassers. Was er mit seinem Hämmerchen anstellte, würde Ihnen Tränen in die Augen treiben. Und wie alle Direktoren war er ein echter Bastard…»

«Sie meinen…?»

«Ich meine, Mr. Lestrade, ich bin der Hervorragendste unter den *Lions comiques* in der Hauptstadt – was sag ich, im Land. Was ist das hier?» Er hielt Lestrade seinen Humpen unter die Nase.

«Cider?»

«Champagner, Sir. Moet et Chandon, um genau zu sein. Ich trinke ihn literweise.» Er beugte sich vor. «Wie kommen Sie zur Arbeit, Sergeant?»

«Ein Stück gehe ich zu Fuß», sagte Lestrade, ein wenig verwirrt über die vertauschten Rollen. «Wenn das Wetter schlecht ist, nehme ich den Bus.»

«Ich habe meine eigene Kalesche, gezogen von vier grauen Pferden. Wieviel verdienen Sie in der Woche?»

«Bei allem Respekt, Mr. Leybourne...»

«Schon gut», sagte der Löwe. «Sie brauchen nicht zu antworten. Ich verdiene einhundertundzwanzig Pfund die Woche, Lestrade. Denken Sie daran! Hundertzwanzig. Damit könnten Sie 'ne lange Zeit eine ruhige Kugel schieben und Bier trinken, eh?»

«Mr. Leybourne...»

«Ich will auf folgendes hinaus, Sergeant: selbst ich, der große *Lion comique*, ich bin vollständig – vollständig, Lestrade – dem Hämmerchen dieses Mannes ausgeliefert. Jedem Wort, jeder Geste, jedem Blick. Eine kleine Bewegung seines Hammers, und meine Karriere wäre ruiniert.»

«Ich dachte, *Sie* seien der Hammerschmied, Mr. Leybourne?» sagte Lestrade.

«Wenn Sie versuchen, einen Mörder zu finden, Lestrade, haben Sie in diesem Haus eine reiche Auswahl. King hatte seine Busenfreunde, wie alle anderen auch. Speichellecker, die ihm sein Abendessen und seine Zigarren bezahlten, aber insgeheim haßten sie ihn alle. Jeder von ihnen hätte ihn erdrosselt, bloß um Zeit totzuschlagen.»

«Und sie, Mr. Leybourne?»

«Ach ja. Da schließe ich mich ein. Zum Glück werden Sie, wenn Sie die Damen Keeler und Davis von Harrington Mansions, The Minories, aufsuchen, feststellen, daß ich für die letzte Nacht das habe, was ihr Polizisten ein Alibi nennt.»

Einen Augenblick fragte sich Lestrade, ob Leybourne Inspector Abberline kannte, doch er gab der Regung nicht nach.

«Wann haben Sie den Direktor zuletzt gesehen?» fragte er.

«Kurz bevor der Vorhang fiel. Er kam hinter die Bühne mit seiner üblichen Clique.»

«Wie kam er Ihnen vor?»

«Unerträglich wie gewöhnlich, Sergeant» – Leybournes Benehmen wurde ein wenig vertraulicher –, «ich gebe nicht viel auf böswilligen Tratsch, aber wenn ich Sie wäre, würde ich mir einen gewissen Alfred Peck Stevens vornehmen, der unter dem Namen ‹Der Große Vance› zur Zeit hier auftritt. Das einzige, was an ihm groß ist, ist natürlich die Unverfrorenheit, mit der er sich hier auf die Bühne wagt.»

«Ich glaube, Mr. Vance wartet draußen, Mr. Leybourne. Ich danke Ihnen. Das wäre für den Augenblick alles. Aber bitte laufen Sie nicht zu weit weg.»
Leybourne inspizierte seinen Humpen. «Bloß bis zur Schankstube», sagte er. «Ich scheine auf dem trockenen zu sitzen.»
Auf Lestrades barschen Befehl, einzutreten, kam ein kleinerer Mann ins Zimmer. Er war untadelig gekleidet, trug eine Krawatte, eine Weste und ein Paar Hosen, die wie angegossen saßen.
«Ziemlich zugig hier drin», bemerkte er. «Kam gerade ein großer Schwall heißer Luft an mir vorbei.»
«Sie müssen Mr. Vance sein», sagte Lestrade.
«Großartig.» Der zweite der *Lions comiques* nahm Platz, wobei er seine Füße so sorgsam anordnete und sich so geziert niederließ, als sei der Stuhl ein Nadelbett.
«Das ist noch gar nichts», sagte Lestrade. «In Wirklichkeit sind Sie Alfred Peck Stevens, Anwaltsgehilfe.»
Vance erschrak kurz, dann las er Lestrades Notizen über Leybourne, obwohl sie auf dem Kopf standen – einer der vielen kleinen Tricks, die er in seinem Metier aufgeschnappt hatte.
«Ein bißchen vornehmer als ein Hammerschmied, oder?»
«Welche Kanzleien?» fragte Lestrade.
«Ein paar», antwortete Vance und legte seinen glänzenden Zylinder so behutsam auf den Tisch, als wäre er aus Glas. «Zuletzt bei Hesketh und Hesketh.»
«Robert Uriah Hesketh?»
«Beim Juniorpartner, ja. Warum fragen Sie?»
«Nur so», sagte Lestrade. «Nicht von Bedeutung. Wie war Ihre Beziehung zu Mr. King?»
«Kollegial», erwiderte Vance. «Nicht mehr. Ich tat meine Arbeit und er die seine. Bei Leybourne war das natürlich anders.»
«In welcher Hinsicht?»
Vance beugte sich vor und schnippte seinen riesigen gewachsten Schnurrbart beiseite. «Sie haben ihn kennengelernt. Sie haben gesehen, wie er trinkt. Den Champagner. Er ist auf dem absteigenden Ast. Denken Sie an meine Worte: binnen zwei Jahren hat er sich zu Tode getrunken.»
«Was hat er mit Mr. King zu schaffen?»
«Alles, mein lieber Freund. King hat ihn gestützt. Ihn bei jeder

Gelegenheit gepriesen. Sehen Sie» – Vance wurde gönnerhaft –, «George ist nie wirklich imstande gewesen, einen sauberen Ton zu singen. Sie haben gesehen, wie er heute morgen gekleidet war.» Er ließ seine Manschetten vorschnellen. «Wohl nicht ganz das Richtige, wie? Oh, er ist guter Durchschnitt, hatte ein bißchen Glück, aber jetzt... jetzt ist es vorbei.»
«Ich kann immer noch nicht folgen...»
«Ich kannte da mal einen. Hieß Ginger. Hatte 'nen Hund; war 'ne elende alte Töle. Er fand ihn halb verhungert und nahm ihn mit nach Hause. Fütterte ihn, pflegte ihn, sorgte für ihn. Man sollte denken, der Köter hätte ihn dafür geliebt, oder?»
Lestrade, der Hunde von jeher weder liebte noch verstand, sagte: «Ja.»
«Keine Spur», verbesserte ihn Vance. «Eines Tages biß der verdammte Köter Ginger den Finger ab.»
«Warum?»
Vance zuckte die Achseln. «Vielleicht war er animos?»
«Ist das eine besonders gefährliche Rasse?» wollte Lestrade wissen.
Vance warf ihm einen mißbilligenden Blick zu. «Der Witz ist, Officer, daß George Leybourne wie dieser geprügelte alte Hund ist. Jonas King gab ihm jede Chance. Leybourne wußte das. Und er haßte King deswegen. Also tötete er ihn.» Vance kreuzte die Arme über der Brust, lehnte sich in seinen Stuhl zurück. Für ihn war der Fall abgeschlossen.
«Wann haben Sie Jonas King zuletzt lebend gesehen?» Lestrade blieb davon unbeeindruckt.
«Lassen Sie mich nachdenken. Gestern abend, kurz vor dem letzten Vorhang. Er kam hinter die Bühne, um mit Leybourne zu sprechen.»
«Worüber?»
«Mein lieber Freund, ich habe nicht die leiseste Ahnung. Wir *Lions comiques* haben unsere eigenen Garderoben, wissen Sie.»
«Besitzen Sie ein Messer, Mr. Vance?»
«Ich habe ein Klappmesser, ja. Bei diesem Pöbel auf den billigen Plätzen kann man nie vorsichtig genug sein. Wohlgemerkt, es ist friedlicher als früher. Heutzutage ist die Music Hall wirklich ziemlich respektabel.»

«Kann ich es sehen?»
Vance stand auf, stützte sich auf ein Bein, lehnte sich mit dem Rükken gegen den Tisch und begann ein Messer aus seinem Stiefel zu ziehen. Lestrade prüfte es. Die Mordwaffe lag auf dem Tisch unter seinem Bowler. «Gehört das auch Ihnen?»
«Guter Mann, mit einem solchen Bowler würde ich mich nicht mal tot sehen lassen.»
«Ich meine das Messer», sagte Lestrade.
«Hab ich noch nie gesehen.»
«Ich danke Ihnen, Mr. Vance. Sie bleiben doch in der Nähe, nicht wahr?»
«Gehe bloß zu meinem Schneider», knurrte Vance. «Irgendwie kneift meine Hose» – und er stieß in der Tür mit einem großen knochigen Mann zusammen.
«Vesta Tilley?» Lestrade war sich seiner Sache nicht ganz sicher.
«Wie können Sie es wagen?» sagte der große Mann. «Ich bin Sherlock Holmes, Baker Street.»
Lestrade blätterte in seinen Papieren. «Sie sind hier nicht aufgeführt», sagte er. «Sie sind nicht der Muntere Sänger, wie?»
Holmes schnaubte kurz vor Wut, dann glitt er elegant in einen Sessel. «Sie sind …?»
«Sergeant Lestrade.»
Holmes blickte den Mann an, auf dessen langem, bleichen Gesicht das Licht tanzte. «Lestrade. Ja. Watson erwähnte Sie.»
«Watson. Ach ja, der gute Doktor.»
«Ich denke ‹durchschnittlich› ist eine bessere Kennzeichnung.»
«Wie kann ich Ihnen helfen?» war Lestrades Antwort.
«Nein, nein.» Holmes gestattete sich ein bitteres Lächeln und setzte eine verzierte Meerschaumpfeife in Brand. «Wie kann ich *Ihnen* helfen?»
Lestrade blickte ihn an. «Ich weiß wirklich nicht. Es sei denn … es sei denn, Sie haben Jonas King ermordet oder wissen, wer es getan hat.»
Holmes grübelte eine Weile. «Leider kann ich mit keinem von beiden dienen.»
«Dann guten Morgen, Mr. Holmes.»
Holmes ignorierte den Hinauswurf. «Watson sagt mir, ein Mann sei erstochen worden.»

«Mr. Holmes, darf ich Sie darauf hinweisen, daß es sich jetzt um eine offizielle Sache der Polizei handelt?»

«Aber ja doch. Da wir nun alle Amateure sind, sollten Sie für ein wenig Hilfe dankbar sein.»

«Nein, vielen Dank, Sir.» In der Gegenwart dieses Verrückten versuchte Lestrade ruhig zu bleiben. «Draußen ist ein Constable, der Ihnen den Weg zeigen wird.»

Holmes lachte. «Wie Sie wollen. Doch lassen Sie sich wenigstens noch das sagen: Ihr Mörder ist ein schwergewichtiger Mann mit nur einem Arm. Er ist möglicherweise Asthmatiker, trägt einen Choleragürtel, der, wie Sie zugeben werden, ein wenig passé und fehl am Platze ist, und hat gelegentlich Frauenkleider getragen.»

Lestrade saß mit offenem Mund da.

«Aha», strahlte Holmes, während er paffte, «ich sehe, daß Sie an einen solchen Mann denken. Nun, schlagen Sie zu, Sergeant, ans Werk. Solange das Eisen noch heiß ist, wie? Und bitte» – er hob seine magere Hand – «kein Dankeschön. Mir reicht schon der Gedanke, daß ich von Nutzen bin. Das Spiel ist eröffnet!» – und er huschte durch die Tür.

«Constable», rief Lestrade, «wenn ich nächstes Mal mit einem ausgewiesenen Verrückten sprechen will, lasse ich mir selbst einen kommen.»

«Verstanden, Sir.» Der Constable salutierte. «Mr. Bertie... aus Burlington.»

«Also», sagte der kleine Mann mit Zylinder und Frack, der eintrat, «ich habe in meinem Leben schon einige Vorstellungen erlebt. Geben Sie diesem Mann nie einen Hammer in die Hand, versprochen?»

«Mr. Bertie?» Lestrade stöberte wieder in seinen Notizen.

Mr. Bertie lächelte, dann riß er den Zylinder herunter und ließ eine Flut hellbrauner Haare über seine Schultern fallen.

«Geht denn keiner von euch Coppers in die Music Halls?» fragte sie. «Ich bin Vesta Tilley.»

Und am Ende war sie überhaupt keine Hilfe.

Fast den ganzen Tag nahm sich Lestrade hartnäckig einen Schauspieler nach dem anderen vor. Am späten Nachmittag brach er ab, um in dreifacher Ausfertigung den Bericht zu schreiben, den Inspector Abberline für den Morgen gefordert hatte, und schickte einen Constable damit los.

Als er damit fertig war, füllte sich die Halle, die Lichter wurden abgedunkelt, und die Kapelle begann zu spielen.

«Warum hamse mich eigentlich nich gefragt?» Lestrade löste sich von der Säule, an die er sich gelehnt hatte. Dem Akzent nach stammte der Mann aus dem Norden.

«Wer sind Sie?» fragte er.

«Ich bin Ben Battle, Meister im Holzschuhtanz von Nord-England.»

«Meister in was?» fragte Lestrade.

«Holzschuhtanz.» Battle hob erst den einen, dann den anderen Fuß, um dem Sergeant seine klobigen Holzschuhe zu zeigen. «Und ich weiß was.»

«Na schön», dachte Lestrade und folgte dem drahtigen jungen Mann zu einem Tisch, «vielleicht ist das Spiel ja wirklich eröffnet.»

Dieses eine Mal in seiner langen und wechselvollen Laufbahn bezahlte Lestrade die Drinks. Im Wirbel und Geschrei der Revuegirls, in der von Champagner und dem Qualm billiger Zigarren geschwängerten Luft, hielt Lestrade den Holzschuhtänzer frei. Bald stellte sich heraus, daß dieser nicht ganz die Wahrheit gesagt hatte.

«Natürlich wissen Sie, daß ich nich wirklich ausm Norden komme, oder?»

«So?»

«Nee.» Battles Augen funkelten verschmitzt, und er verfiel jäh in unverfälschtes Cockney. «Sei denn, sie wolln Somers Town Norden nennen, dann ja.»

«Somers Town?»

«Da, wo jetzt St. Pancras Station iss, direkt unner Bahnsteig sechs.»

«Wie lautet Ihr richtiger Name, nur der Ordnung halber?»

«Spong», antwortete Battle, «George Spong.»

«Und Sie sind Tänzer?»

«Das auch.» Battle schlang sich plötzlich seinen Arm um den Hals. «Mach auch den Schlangenmenschen», stöhnte er. Dann entwirrte er sich wieder und leerte sein Bierglas. «Letzte Nacht hab ich es wieder gesehen.»
Lestrade hob eine Augenbraue. «Es?»
«Das Gespenst.»
Lestrade lehnte sich zurück. «Das ist ein Scherz, Mr. Battle.»
«Nee, genau da oben, Chef.» Battle zog Lestrade am Ärmel hoch. «Es war da oben, auf der Empore.»
Lestrade setzte sich wieder. «Auf der Empore?»
«So wahr ich hier sitz. Wolln Sie heut nacht mit mir drauf warten?»
«Wollen Sie sagen, dieses... Gespenst... tötete Jonas King?»
Battle zuckte die Achseln. «Es gibt 'nen Weg, das rauszukriegen.»

Im Theater war es jetzt ruhig. Die Sitzreihen waren leer. Der Vorhang hing schwer in der Stille der Sommernacht. Nur in den Seitenkulissen schwangen und ächzten die Seile. Lestrade saß auf dem Direktorenthron, ein Bein lässig über eine der Armlehnen geworfen – eine Verrenkung, die Mr. Battles würdig war. Da hörte er es, ein raschelndes Geräusch, zuerst entfernt, dann näher. Es war regelmäßig, fast rhythmisch. Im abgedunkelten Rampenlicht spähte er auf seine neue Taschenuhr, die er sich zusammengespart hatte. Fast drei. Bald würde es dämmern. Das Rascheln kam näher, und in der Dunkelheit erspähte er eine weibliche Gestalt, die behende von Reihe zu Reihe flitzte, gebückt, hin und wieder große Sprünge machend. Lestrade saß aufrecht im Sessel und wagte kaum zu atmen. Er fingerte den Schlagring aus seiner Jacke. Sein Leben lang hatte er daran gezweifelt, daß es etwas Übernatürliches gab, daß eine Geisterwelt wirklich existierte. Sollte diese Überzeugung zerstört werden? Er fragte sich, welchen Eindruck sein Schlagring auf Luftgespinste machen würde.
«Ah, Mr. Lestrade, da hab ich Sie reingelegt, wie?» gackerte eine irre Stimme.
Lestrade sank in den Sessel zurück, als sei er die ganze Zeit die Ruhe selbst gewesen. «Sie kommen spät, Mr. Battle», sagte er.
«Gefällt's Ihnen, Witwe Twankey?» Battle tänzelte ins Licht. Er

trug eine groteske weiße Perücke und einen Reifrock über gestreiften Strümpfen.
«Im Augenblick nicht gerade», murmelte Lestrade. «Ich bin im Dienst. Und nennen Sie mich nicht Witwe Twankey.»
«Ja doch, 'schuldigung, daß ich zu spät komm. War so inner Hatz mit 'nem annern Auftritt, daß ich ganz alle war. Mußte 'n Nickerchen machen, und wie ich aufwach, fällt mir ein, daß ich hier sein soll. Hatte keine Zeit mehr zum Umziehen...» Ein dumpfes Stöhnen ließ ihn jäh verstummen, und er wirbelte herum.
«Wassndas?» zischte er.
Lestrade stand auf. «Der Portier vielleicht?»
Battle streifte die Perücke ab und schüttelte sein dünnes, pomadisiertes Haar. «Nach Hause gegangen.»
Lestrade blickte zu ihm hinunter. «Wie sind Sie reingekommen?»
«Habn Schlüssel. Sind nur Sie und ich hier, Mr. Lestrade.»
Der Sergeant stützte sich mit einem Knie auf den Bühnenboden. «Was haben Sie letzte Nacht um diese Zeit hier gemacht? Das haben Sie mir nicht erzählt.»
«Gepennt. Die Witwe Twankey mach ich gewöhnlich nur Weihnachten. Bloß heute und morgen isses aus Wohltätigkeit für die Waisen. Sinn nur Wohltäter da und verdammte Pfaffen – 'schuldigung –, Vikare.» Er sah zu den Dachbalken hinauf und erstarrte.
«Jesus!» kreischte er und tauchte unter den erstbesten Tisch. Lestrade blickte in die Höhe. In der Dunkelheit oben schien eine weitere Gestalt zwischen den Seilen zu schweben. Sie schien einen Umhang zu tragen und bewegte sich lautlos von rechts nach links.
«Wer ist da?» Lestrade verfluchte die Tatsache, daß er keine Laterne mitgebracht hatte. «Battle, kommen Sie da raus.» Er zerrte die falsche Dame in die Höhe. «Sie wissen, wer in diesem Theater arbeitet. Gucken Sie hin, Mann. Sagen Sie mir, wer das ist!»
«Old Mo selbst!» Battle war leichenblaß, sogar unter der Schminke.
«Wer?» Lestrade schüttelte ihn. «Das ist der Name des Theaters. Wer ist Old Mo?»
Battle stieß Lestrade weg und warf in seiner Angst, die Tür nicht zu erreichen, Tische um. «Um Himmels willen, nichts wie raus hier!» Er wehrte sich, aber Lestrade war stärker.

«Jetzt hören Sie mal zu.» Er versetzte dem Holzschuhtänzer ein paar Ohrfeigen. «Das war Ihre Idee. Wenn Sie so ängstlich sind und dieses Ding schon letzte Nacht sahen, warum sind Sie dann heute nacht noch mal hergekommen?»

«In Ordnung.» Battle ließ die Arme sinken und stand zitternd in seinem Reifrock da. «Wir wollten Sie ausnehmen, Mr. Lestrade. Ich und Bertie, was den Vorhang bedient. Die Zeiten sind schwer, und man muß sehen, wo man bleibt... Na ja, wir ham 'n paar Gerüchte inne Welt gesetzt.»

«Sie hätten mich schon am Tisch bestehlen können. Warum bis heute nacht warten?»

«Dass iss'n Irrtum von Ihnen, Chef. Ich habs ja versucht, ehrlich. Aber Sie sind aufm Kien, nich? Gibt ja immer Geschichten über... gruselige Sachen in Theatern. Ich dachte, wenn ich Ihnen so was erzähl, würden wir 'ne zweite Chance kriegen.»

«Also ist das Bert da oben?» Lestrade deutete auf die Seile.

«Nein, verdammt noch mal, isser nich.» Er machte wieder Anstalten, zur Tür zu flitzen, aber Lestrade stoppte ihn. «Draußen vor dieser Schmiere bin ich grad über Bert gestolpert. Lag sturzbesoffen inner Gosse.»

«Wer ist denn nun Old Mo?» Lestrade spürte, wie sich ihm die Haare sträubten.

«Weiß niemand. Leute haben ihn ab und zu gesehen, die Jahre über. Einige sagen, er wär 'n feiner Pinkel, der von der Empore fiel, als das hier 'ne billige Bude war. Gibt welche, wo sagen, er iss das Gespenst von Cock Lane. Noch andere...»

«Ja?»

«Als sie das Ding hier bauten, hamse Knochen gefunden, Menschenknochen. Hunderte. Haben angenommen, es wärn Opfer von der Pest. Stelln se sich das vor, Mr. Lestrade, Hunderte von stinkenden, faulenden Knochen.»

«Sie haben zu tief ins Glas geguckt, Battle.» Lestrade ließ Battles schlechtsitzendes Korsett los.

Dieser machte sich plötzlich neben Lestrade ganz klein und bedeckte sein Gesicht mit den Händen.

Lestrade spürte mit einem Mal einen durchdringenden kalten Hauch und fuhr herum. Auf der Empore glitt, scheinbar vom Boden losgelöst, eine schwarze Gestalt zwischen den Reihen dahin. Lestrade stand wie angewurzelt. Zugleich war ein rasselndes Geräusch wie von einem gequälten Atem zu hören, das dumpf widerhallte.

«Halt!» Lestrade schüttelte die Furcht ab, die ihn befallen hatte, und sprang auf die Bühne. Als er Kings Sessel erreicht hatte und mit seinem Arm auf den Schatten deutete, wurde ihm plötzlich bewußt, daß er dieselbe Haltung einnahm wie King, als Watson ihn fand. Der Mann hatte zur Empore hinaufgezeigt und war auf der Stelle tot gewesen.

«Halt!» rief er noch einmal. Das Wort hallte durch das Theater, und sein Atem stand in der Luft, obwohl es mitten im Juli war. Die Gestalt drehte sich halb herum. Ihr Gesicht war weiß und totenähnlich und hatte anstelle der Augen dunkle Höhlen. Es war ein Gesicht, das Lestrade bis zu seinem Tod verfolgen würde. Er senkte den Blick, sein Puls raste, seine Kehle war trocken. Als er wieder hinsah, war die Gestalt verschwunden.

«Iss durch die Mauer gegangen», flüsterte eine schüchterne Stimme unterhalb der Bühne. Battle kniete noch immer dort, am ganzen Leib zitternd. «Iss einfach durch die verdammte Mauer» – und er schrie und rannte wie ein Wilder in die schlafenden Straßen, die Drury Lane kreuzten.

«Was war es, Sholto?» Harry Bandicoot griff ganz in Gedanken wieder nach seinem Brandy.

Superintendent Lestrade seufzte und tauchte aus dem alten *Mogul Theater*, Drury Lane, wieder auf, kehrte zurück aus dem Jahr des Herrn 1882.

«Ist doch seltsam. An dem Tag, als ich von der *Titanic* fiel», sagte er, «und du mich aus dem Wasser zogst, damals habe ich es wiedergesehen, das Gesicht. Und ich hatte es seit Jahren nicht mehr gesehen.»

«War es ein Geist, Sholto?»

Lestrade lächelte. «Ich glaube nicht an solche Dinge», sagte er. «Als es hell war, stieg ich auf die Empore. Battle hatte recht gehabt. Es gab keine Tür in der Mauer. Keine Falltür. Keine Paneele zum Verschieben. Wer immer es war, es gab keine Möglichkeit für ihn, sich unsichtbar zu machen...»

«Trotzdem, Sholto» – Bandicoots Glaube an die Vernunft war

durch nichts zu erschüttern –, «es waren ja schließlich Music-Hall-Leute. Die kennen doch alle Tricks, eh?»
«Oh, gewiß, Harry, gewiß», sinnierte Lestrade. «Das muß es gewesen sein. Das sage ich mir auch dauernd. Das muß es gewesen sein: ein Taschenspielertrick.»
«Wer also hat King umgebracht?» fragte Bandicoot.
Lestrade zuckte die Achseln. «Das wissen die Götter.»
«Du hast niemanden gekriegt?»
«Nein. Jonas King war einer der meistgehaßten Männer, mit denen ich es je zu tun hatte. Es hätte jeder der Stars des *Mogul Theaters* sein können, jeder Besucher kam in Frage. Wie die Dinge lagen, übernahm Abberline den Fall, verhaftete etwa ein Dutzend Bühnenarbeiter und Komparsen. Natürlich mußte er sie alle wieder laufenlassen.»
«Was wurde aus Battle?»
«Er starb. Vor ein paar Jahren. Sie sagen, daß er zuweilen anfing zu spinnen. Sie mußten ihn in eine Zwangsjacke stecken.»
«Die hektische Lebensweise, schätze ich.»
Lestrade schüttelte sich kurz bei der Erinnerung an jene Nacht im Theater.
«Vermutlich», sagte er.
«Was hat das alles mit Tom Berkeley zu tun?» Bandicoot goß Lestrade Brandy ein.
«Ach ja» – Lestrade verscheuchte seine trübe Stimmung – «In der Woche nach Jonas Kings Tod bekam ich einen weiteren Brief. Es kann auch nach einem Monat gewesen sein – mein Erinnerungsvermögen ist nicht mehr das, was es war.»
«Die Zahlen?»
«Ins Schwarze getroffen, Harry. Um zwei Uhr morgens wirst du immer heller. Es stand drin: ‹Sieben für die Sieben Sterne am Himmel›. Mehr nicht.»
«Sieben Sterne? Die Plejaden!» brach es aus Bandicoot hervor.
«Was?»
«Die Sieben Sterne, Sholto. Die Griechen nannten sie die Sieben Schwestern, die Plejaden.»
«Welch wunderbare Sache, so eine humanistische Bildung», strahlte Lestrade.
«Hilft es dir weiter?»

«Ich weiß nicht, Harry. Jedoch, wenn ich zurückblicke... das *Mogul* war voll von Sternen – Leybourne, der Große Vance, Vesta Tilley, sogar Ben Battle, obwohl er damals erst am Anfang stand; und damals war der größte Stern von allen kein anderer als Jonas King.»
Bandicoot lehnte sich im Sessel zurück. Was hast du neulich abends gemeint, Sholto, als du sagtest, das System sei zerbrochen?»
«Es hieß in dem Brief ‹Drei, Drei die Rivalen›. Nach meiner Auffassung waren das Gordon Ushant, Edward Henry und Tom Berkeley – die sich alle um den Posten des Commissioner bewarben.»
«Und?»
«Und als Gordon Ushant starb, nahm ich an, das sei es gewesen, und Henry und Tom wären aus dem Schneider. Darum glaubte ich, er sei bei Stalker gut aufgehoben und sicher. Mein Gott, Harry» – plötzlich wurde es ihm klar – «Ich hätte den Mord verhindern können.»

Am nächsten Tag ließ sich Lestrade von Harry dazu überreden, mitzufahren und Weihnachten in Bandicoot Hall zu verbringen. Fanny saß lächelnd dabei. Sein von Hornby motorisierter Rollstuhl wurde hinten auf Harrys Automobil geschnallt, Lestrade nahm Mrs. M'Travers' Cornish Pasties mit gut gespielter Dankbarkeit entgegen und legte die Schutzbrille an. Er trotzte mannhaft dem Rütteln des *Silver Ghost*, wiegte Fanny in seinen Armen und verfluchte während jeder Meile der Fahrt die Messrs. Rolls und Royce, bis sie durch den Winternachmittag in das Dorf Huish Episcopi ratterten, wo an den warmen Kaminen von Letitia und Harry Bandicoot Frieden und Liebe wohnten.
«Papa!» Emma drückte den bebrillten Superintendent an sich und half Harry, Lestrade ins Haus zu schaffen. Letitia und Emma umarmten Fanny, und sie begann still zu weinen, bis schließlich allen drei Lestradeschen Frauen die Tränen über die Wangen liefen. Der Superintendent umarmte Letitia und Ivo, Harrys Frau und Sohn, und sie verfrachteten ihn in den Salon.
Hier brachte Emma ihrem Vater ihren jungen Mann.
«Papa, ich möchte dir gern Paul vorstellen. Sholto Lestrade. Dies ist Paul Dacres.»

Sie schüttelten sich die Hände. War das der Auserwählte, fragte sich Lestrade, der Richtige für Emma? Es würde sich zeigen.
«Wie spät ist es, Mr. Dacres?» fragte er.
«Zehn vor drei, Sir.» Dacres schaute aus dem Fenster. «Wenigstens nach der Kirchturmuhr.»
«Bitte alle kommen», verkündete Letitia. «Es gibt Honig zum Tee.»

Das Haus in Cleveland Street

«Da ist ein Gentleman, der Mr. Lestrade sprechen möchte», meldete Letitias Diener.

«Oh, wie unangenehm», murmelte Letitia. «Ich wünsche es Sholto so sehr, daß er mal zur Ruhe kommt. Nach all dem, was er durchgemacht hat, der Arme. Nun gut, Marjoribanks, führen Sie ihn herein.»

Der Butler verschwand, während Letitia letzte Hand an den Weihnachtsbaum legte.

«Sergeant Blevvins, Mum.» Marjoribanks erschien und entschwand wieder, nachdem er mit einigem Widerwillen Mantel und Hut des Ankömmlings entgegengenommen hatte.

«Sergeant.» Letitia setzte ein der Jahreszeit entsprechendes eisiges Lächeln auf und reichte Blevvins ihre Hand zum Kuß. Es war eine hoffnungslose Geste. Er bewunderte lediglich die Diamanten, die an ihren Fingern funkelten und bedauerte einmal mehr, daß er unehelich geboren war. Männer wie Blevvins wurden damit nie fertig.

«Beste Wünsche zum Fest, Mrs. Bandicoot», konnte er sich gerade noch abringen. «Ist der Chef da?»

«Woher wußten Sie, daß er hier ist?» antwortete Letitia mit einer Gegenfrage.

«Man sagte es mir in Mr. Berkeleys Haus. Ich hatte diese Irre an der Strippe. Diese Verrückte, die's mit den Fliegen hat.»

«Ist es so wichtig, was Sie herführt?» fragte sie.

Blevvins richtete sich auf, so daß er sie überragte. Kein übles Weibsbild, dachte er, wenn man nicht zu genau hinguckte.

«Ich habe einen ziemlich weiten Weg hinter mir, Missus», sagte er.

«Na, dann wollen wir hoffen, daß Sie eine gute Rückfahrt haben werden.» Lestrade surrte durch die zum Glück offenstehende Tür, umklammerte mit aller Kraft die Hebel des Rollstuhls und verfluchte Frank Hornby. Mit sich führte er eine Tischlampe, deren

Kabel sich in den Speichen verfangen hatte, sowie die Überreste von Letitias Gummibaum. Blevvins nahm an, es handele sich um eine Art Verkleidung und schüttelte dem Superintendent die Hand.
«Wie geht's dem Bein, Sir?»
«Schauderhaft, Sergeant. Danke für die Nachfrage. Also, was führt sie zur Weihnachtszeit so weit nach Westen?»
«Mr. Dew schickt mich, Sir. Neue Entwicklungen.» Blevvins machte mit dem Kopf eine Bewegung in Richtung Letitia.
«Ich bin sicher, daß Mrs. Bandicoot...»
«Schon gut, Sholto.» Sie ging zu ihm und gab ihm einen Kuß auf die Stirn, wobei sie zugleich die Gelegenheit ergriff, ihn zu entblättern. «Ich kenne die Spielregeln. Du vergißt, daß mein Mann auch mal bei der Polizei war. Außerdem ist es Zeit für Fannys Spaziergang.» Der Spaziergang war zu einer Routine geworden, um der Tochter des toten Chief Constable Abwechslung zu verschaffen. Langsam lösten Letitia und Emma sie aus ihrer Erstarrung, doch es war ein mühseliges Unterfangen. Lestrade fühlte sich überflüssig. Bevor er nicht Tom Berkeleys Mörder faßte, konnte er ihr nicht helfen. Gewann er keinen Zugang zu der Frau, die er liebte. Letitia fuhr fort: «Sergeant, Sie müssen müde sein. Und am Verhungern. Ich werde Ihnen etwas bringen lassen. Bleiben Sie über Nacht?»
«Nein», antwortete Lestrade an Blevvins' Stelle. Blevvins zuckte die Achseln und folgte der Aufforderung, Platz zu nehmen.
«Also, Sergeant, worin bestehen Chief Inspector Dews neue Entwicklungen?» Er war erleichtert, als er Blevvins sein Notizbuch zücken sah. Walter Dew hatte seit den Tagen in Millers's Court im Herbst des Terrors einen langen Weg zurückgelegt. Er wußte, daß man sich bei einem Mann wie Blevvins nicht allein auf dessen Gedächtnis verlassen konnte.
Der Sergeant räusperte sich. «Miss Lola Atkins... Oh, tut mir leid, Sir.» Er riß die Seite aus seinem Notizbuch und stopfte sie in die Tasche. «Das ist ein ganz anderer Fall. Äh... wir haben einen Augenzeugen im Fall von Dr. Edmund Lucas, Sir.»
«Einen Augenzeugen?» Lestrade schnellte mit seinem Rollstuhl herum und zerschmetterte eine Vase.
«Oh je», seufzte Letitia. «Das schönste Stück Meißen» – und sie verließ den Raum.

«Weiter», drängte Lestrade.
«Einen Fensterputzer. Einen gewissen Albert Joiner.»
«Er sah den Mord?»
«Nein, aber wahrscheinlich den Mörder. Er war auf dem gegenüberliegenden Gebäude, auf der Schattenseite von Harley Street.»
«Ich dachte immer, beide Seiten wären schattig. Was sah er?»
«Nun, ich glaube, er ist ein Spanner, Sir. Scheint eine Vorliebe dafür zu haben, zu bestimmten Stunden die Fenster von Schlafzimmern zu putzen. Sagt, daß er an Insom... Imson..., daß er nachts nicht schlafen kann. Also arbeitet er nachts.»
«Seine Gewohnheiten interessieren mich nicht, Blevvins. Was hat er in Harley Street gesehen?»
«Nun» – Blevvins wurde vertraulich – «Da war diese Frau mit den prallen...»
«Bleiben Sie beim Fall Lucas!» donnerte Lestrade.
«Oh, ja, Sir. Natürlich, Sir.» Blevvins nahm Haltung an. «Eine Frau, Sir. Mitte Dreißig. Groß, attraktiv. Dunkles Haar.»
Lestrade wartete. «Ist das alles?»
«Ja, Sir.» Blevvins sah aus wie ein Mann, der darauf wartet, daß der Commissioner ihm einen Orden verleiht.
«Sie haben die Sandwiches der Great Western Railway auf sich genommen, um mir das zu erzählen?»
«Es war am fraglichen Tag, Sir. Vermutlich zur Zeit des Mordes.» Er konnte sehen, daß sein Chef nicht beeindruckt war. «Es ist besser als nichts, nicht wahr, Sir?»
Lestrade seufzte lange und schwer. «Ja, Blevvins. Und nichts ist genau das, was wir bis jetzt haben. Noch etwas?»
«Das hier.» Es war Blevvins' Trumpf, und er hielt es in die Höhe: einen diamantenen Ohrring, in dem das Licht sich fing, als der Sergeant ihn drehte.
«Sehr hübsch», sagte Lestrade. «Paßt zu Ihren Augen. Künstlich, natürlich.»
«O ja, Sir, aber er wurde im Arbeitszimmer von Chief Constable Ushant gefunden.»
«Wirklich?» fragte Lestrade und betrachtete den Stein genauer. «Gehört nicht ihm, schätze ich?»
«Na ja», kicherte Blevvins, «Sie wissen ja, wie Chief Constables

sind...» Er verstummte, als er sah, daß Lestrades Miene drohend wurde.

«Letitia.» Der Superintendent winkte seiner Gastgeberin, die eingetreten war, um selbst Tee einzuschenken. «Welche Art von Person würde nach deiner Meinung das hier tragen?»

Sie nahm den Ohrring. «Eine Frau, Sholto», sagte sie.

Blevvins und Lestrade warfen einen Blick zum Himmel.

«Es ist natürlich ein künstlicher Diamant», sagte sie. «Muß einer jüngeren Person gehört haben. Vielleicht Anfang Dreißig.» Die Männer warteten.

«Also wirklich, Sholto, was erwartest du sonst noch? Daß ich dir sage, welchen Brustumfang sie hat?»

«Verzeihung, Letitia», lächelte er. «Es war eine vage Hoffnung.»

«Sicherlich. Milch, Sergeant?»

«Bloß ein Tröpfchen, Missus.»

«Von der offensichtlichen Tatsache abgesehen, daß die Dame Stammkundin bei Bodley's ist, kann ich dir nicht helfen.»

«Was?» riefen die beiden im Chor.

«Ich stelle hier die Fragen, Sergeant», mahnte Lestrade. «Was, Letitia?»

«Bodley's, die Juweliere. In Austria Street, Lambeth. Du weißt schon, in der Nähe der Irrenanstalt.»

«Die sollten Sie ja kennen, Blevvins», bemerkte Lestrade. «Aber wie kannst du so sicher sein, Letitia?»

«Männer!» erregte sie sich. «Sieh dir das an, Sholto.» Sie drehte den Ohrring um. «Es ist ein Fabergé-Entwurf. War in der letzten Saison in Paris der letzte Schrei. Aber eine Fälschung. Mr. Bodley hat da keine Skrupel. Siehst du diese Blätter auf der Rückseite? Was stellen sie dar?»

Lestrade bezwang sich, nicht zu sagen «Blätter», und als das Licht des Kerzenständers plötzlich darauf fiel, sagte er:

«Ein Gesicht. So wahr ich Chief Superintendent bin, es ist ein Gesicht.»

«Der Bodley-Kopf», erklärte Letitia. «Ich glaube, das war eine ziemlich witzige Idee. Meinst du nicht auch?»

«O ja.» Lestrade und Blevvins schmunzelten in der Dämmerung des Winternachmittags. «In Ordnung, Blevvins. Weitere Neuigkeiten?»

«Keine, Sir.»

«Gut. Fahren Sie nach London zurück. Knöpfen Sie sich diesen Bodley in Austria Street vor. Filzen Sie seine Bücher. Mit ein wenig Glück werden wir den Namen der Lady erfahren, die dieses Ding bei Chief Constable Ushant verlor.»

«Oh, laß den armen Mann erst Tee trinken.» Letitia beachtete die Regeln allgemeiner Menschlichkeit. Und das war niemandem mehr willkommen als Sergeant Blevvins.

«In Ordnung. Eine Tasse. Dann machen Sie sich auf den Weg.»

«Sholto», lächelte Letitia, «es ist fast dunkel. Ich glaube nicht, daß der Sergeant um diese Zeit noch einen Zug kriegen wird. Weihnachten steht vor der Tür, weißt du?»

«Meinetwegen», knurrte Lestrade. «Eine Nacht. Dann machen Sie sich auf die Socken.»

Der Nachmittag verrann, früh wurde es Abend. Lestrade saß in Harrys Arbeitszimmer und versuchte im Angesicht vieler Meter ungelesener Bücher mit dem Puzzle des Todes zurechtzukommen, das vor ihm lag. Es war ein ungleicher Kampf. Er hatte noch nicht einmal alle äußeren Teile beisammen, und die Größe des grünen Lederfleckens, der ihn aus der Lücke in der Mitte anstarrte, war peinlich. Nach dem Abendessen zog er sich früh zurück, größtenteils weil es ihm keinen Spaß machte, zuzusehen, wie Blevvins das Tischtuch in seinen Kragen stopfte und festzustellen suchte, wie viele Erbsen er auf seinem Messer balancieren konnte. Es half überhaupt nichts, daß Emma und ihr junger Dichter alles wahnsinnig komisch fanden und über den Nachtisch kicherten. Fanny schien heute heiterer, doch die Nacht mit ihren Schatten brachte die alten Schrecken, und zusammen mit Letitia zog sie sich früh zurück.

Auf Harrys Standuhr war es fast zehn, als Blevvins an Lestrades Tür klopfte.

«Ich habe mich gefragt, ob ich vielleicht helfen könnte, Sir», sagte Blevvins.

«Genau so viel wie ein kalter Umschlag, danke», sagte Lestrade, ohne von seinen Papieren aufzublicken. Doch dann – vielleicht weil er ein schlechtes Gewissen hatte – änderte er seine Meinung. «Wie alt sind Sie, Blevvins?»

«Vierunddreißig, Sir.»

«Wie lange sind Sie jetzt bei der Polizei?»

«Beim Yard, Sir, zwei Jahre. Bei der Metropolitan vierzehn Jahre, Sir, von Jugend an.»

«Sehr schön, im Augenblick ist es die Jugend, an der ich interessiert bin.»

Blevvins schloß die Tür so leise wie möglich und warf seinem Chef unter der Lampe einen Blick zu. Er hatte gehört, daß Leute im Alter wunderlich werden konnten. Trotzdem, das war eine ziemliche Überraschung. Vorsichtig bewegte er sich zum Sofa, darauf bedacht, die Möbel im Rücken zu haben.

«Was wissen Sie über Cleveland Street?» fragte ihn Lestrade, dem wohl bewußt war, daß er nicht die enzyklopädischen Dickens oder Jones vor sich hatte.

«Hm…» Blevvins zermarterte sich das Hirn. «Seitenstraße vom Fitzroy Square, nicht wahr? Tottenham Court Road.»

«Sehr gut, Sergeant», sagte Lestrade gutmütig. «Dann nehmen Sie mal Ihr Notizbuch zur Hand und bleiben Sie wach. Ich werde anschließend Fragen stellen. Ich werde Sie jetzt ein paar Jahre zurückversetzen – in das Jahr 1889, um genau zu sein.»

Chief Inspector Frank Abberlines Laune ließ es nicht geboten scheinen, ihn warten zu lassen. Sein verwirrtes Hirn plagte sich bereits mit den Nachwirkungen der Whitechapel-Morde ab, und er war überzeugt, daß Inspector Tobias Gregson von der neu formierten Special Irish Branch versuchte, den Lauf der Gerechtigkeit dadurch zu untergraben, daß er sich noch eleganter kleidete als Abberline. Eleganz der Kleidung, das war seine und die Domäne der alten Abteilung F, und er hatte nicht vor, zuzulassen, daß ein anderer sich hineindrängte. Als Inspector Lestrade an diesem Morgen, eine gute Stunde zu spät, eintraf, sah sich Abberline zum entschlossenem Handeln veranlaßt.

«Nun, Lestrade?»

«Nun, Chief Inspector?» Lestrade war nicht der Mann, der ein Blatt vor den Mund nahm.

«Wie lautet Ihr Bericht über Nummer neunzehn?»

«Das ist im wesentlichen Constable Hanks' Bericht, Sir.»

«Reden Sie nicht um die Sache herum, Lestrade. Was haben Sie?»

Eine bessere Laune als du heute morgen, dachte Lestrade.

«Im Lauf der vergangenen Woche, Sir, sind achtunddreißig Gentlemen beim Betreten des Gebäudes beobachtet worden. Nach Constable Hanks' Bericht sind neununddreißig herausgekommen.»
«Neununddreißig? Ich wußte nicht, daß Sodomie zu Nachwuchs führt. Ja, das hat man davon, wenn man einem Copper von der Post-Abteilung vertraut. Jemand bekannt? Hat jemand von diesen Schwuchteln einen Namen?»
«Zwölf von den neununddreißig sind Botenjungen, Sir, die meisten davon bei der Post angestellt. Von den anderen sind nur zwei mit Sicherheit identifiziert.»
«Ja? Ja?» Abberline griff nach seinen Leberpillen, ungeachtet der grausamen Erkenntnis, daß es um seine Leber wahrscheinlich schon zu schlecht stand, als daß noch irgendeine Pille geholfen hätte.
«Einer ist Lord Arthur Somerset, Oberstallmeister Seiner Hoheit, des Prinzen von Wales.»
«Podge», sagte Abberline.
«Constable Hanks hat mir versichert, daß ein Irrtum ausgeschlossen ist, Sir.»
«Nein, Lestrade.» Abberline war so sauer wie sein Magen. «‹Podge› ist Somersets Spitzname. Machen Sie Ihre Hausaufgaben. Wer ist der andere?»
«Captain Wesley Willoughby, Coldstream Guards. Laut Hanks ist er ein ständiger Besucher.»
«Coldstream Guards, eh?»
Lestrade nickte.
«Hat er einen Club?»
«Army und Navy.»
«Schnappen Sie ihn.»
«Sir?»
«Greifen Sie sich den Burschen, Lestrade. Festnehmen.»
«Aufgrund welcher Anklage, Sir?»
«Wegen des abscheulichen Verbrechens der Sodomie, Lestrade. Wir sind Männer von Welt. Muß ich noch mehr sagen?»
«Bei allem Respekt, Mr. Abberline, wenn ich mit einer so schweren Beschuldigung komme, muß ich den guten Captain sozusagen… auf frischer Tat ertappen.»
«Nun, das ist Ihr Problem, Lestrade. Guten Morgen.»
«Sir, ich glaube wirklich nicht…»

«Ich bin mir darüber im klaren, Lestrade. Aber so wie Sie habe auch ich einen Vorgesetzten. Dieser wiederum hat ebenfalls einen, und dieser ist kein geringerer als der Innenminister, und der will Resultate. Wir sind hier in London, Lestrade und nicht in den Seitenstraßen von Kairo. Es ist doch so weit gekommen, daß ein anständiger Mann nicht mehr über die Straße gehen kann. Es ist ein Sündenpfuhl, Lestrade, ein Sündenpfuhl, den Schwuchteln wie Willoughby schaffen. Und Leute wie Sie und ich haben die Aufgabe, ihn auszutrocknen.»

«Sie und ich, Sir?» Lestrade prüfte, ob er Abberline richtig verstanden hatte.

«Raus!» Abberline warf seine Gardenie nach dem Inspector. Unter den gegebenen Umständen eine angemessene Geste.

Police Constable Luke Hanks, Post-Abteilung, nahm Haltung an, als Lestrade am Fuß der Treppe ankam. Er war ein großer, kräftig gebauter Mann, eifrig, gehorsam und fleißig. Selbst 1889 gehörten Polizisten wie er bereits einer aussterbenden Rasse an.

«Es ist Dienstag, Hanks.» Lestrade hielt es für klug, Untergebene stets über den Wochentag zu informieren. Dadurch hatten sie dem durchschnittlichen Kriminellen etwas voraus.

«In der Tat, Sir.» Hanks hatte sich den Wind um die Nase wehen lassen – und, nach der Fasson seines Backenbarts zu urteilen, eine ziemlich lange Zeit.

«Wer wird um diese Zeit dort sein?» Der Inspector sah auf seine Taschenuhr. «Fast halb zwölf.»

Der peinlich genaue Hanks rechnete, während er für Lestrade, seit kurzem sein Chef, eine Droschke heranwinkte. «Thickbroom, Sir. Und wahrscheinlich Swinscow. Gehen Sie rein, Sir?»

Lestrade blieb an der Droschkentür stehen. «Mr. Abberline will es so, Constable. Wie könnten wir ihm widersprechen. Sind Sie bewaffnet?»

«Sir?»

«Über die Liebe, die ihren Namen nicht auszusprechen wagt, habe ich eines gelernt, Constable. Die Leute, die sie praktizieren, gehören, ihren weiblichen Spitznamen zum Trotz, zu den unangenehmsten Bastarden in unserem Gewerbe. Passen Sie auf sich auf.»

«Ich bin bei der Post, Sir», sagte Hanks erklärend.

«Ja, und ich bin bei der Heilsarmee.» Lestrade zog seinen Schlag-

ring heraus und ließ die Klinge vorschnellen, um zu prüfen, ob sie geölt war. «Kutscher, Cleveland Street, Nummer neunzehn, und ein bißchen Tempo.» Vor lauter Übereifer, Lestrades Wunsch zu erfüllen, griff der Kutscher so rasch zur Peitsche, daß Lestrade hundert Yards neben dem Gefährt herrennen mußte, bevor es ihm gelang, hineinzuspringen. Er ermahnte Hanks, kein Trinkgeld zu geben.
Cleveland Street, nahe Fitzroy Square und Tottenham Court Road, war eine elegante Durchgangsstraße. Nummer neunzehn hatte einen Regency-Säulenvorbau und eine blankpolierte Handglocke. Da Hanks in Uniform war, oblag es Lestrade, sich auf elegante Art und Weise Zutritt zu verschaffen.
«Ja?» Ein vielleicht siebzehnjähriger Bursche öffnete die Tür.
«Mr. Smith», sagte Lestrade, einen kleinen Schmollmund ziehend, was ihm ausreichend feminin zu sein schien.
«Wen wünschen Sie zu sehen?»
«Sally», sagte er in Erinnerung an die Details, die er von Hanks erfahren hatte.
«Ist nicht da», sagte der Bursche und schloß die Tür hinter ihnen. «Nancy ist frei.»
«Gut.»
Der Bursche hielt ihn fest. «Bloß eine Sekunde. Wer hat Sie empfohlen, Mr.... Smith?»
«Mr. Brown», antwortete Lestrade.
Der Bursche lächelte. «Dann ist alles in Ordnung. Man kann nicht vorsichtig genug sein.» Er gab dem Inspector einen Klaps auf die Wange. «Die Treppe rauf, Herzchen, Zimmer vier.»
Lestrade lächelte und stieg die Treppe hinauf. Die Wände waren mit Bildern junger Männer bedeckt, die Trikots und Ballettröckchen trugen. An der Tür mit der Aufschrift «Vier» klopfte er und wartete. Ein zweiter Bursche, etwa ein Jahr älter als der erste, stand in rosafarbener Hemdhose vor ihm. Seine Lippen waren knallrot und seine Wangen mit Rouge gefärbt.
«Hallo, ich bin Nancy», lispelte er.
«Das sehe ich», sagte Lestrade.
«Aber komm doch rein. Kaffee?»
«Gehört der dazu?» fragte Lestrade.
«Frechling», sagte Nancy und schlug mit einem Geschirrtuch nach ihm. «Wer hat dich geschickt?»

«Mr. Brown.» Lestrade hielt die Täuschung aufrecht.

«Oho, das ist aber einer, dieser Lord George, wirklich. Kann nicht genug kriegen.» Das Lächeln verschwand, als der Bursche aufs Geschäftliche kam. «Was soll's sein?»

Mit dieser Frage hatte sich Lestrade überhaupt nicht befaßt. «Dasselbe wie Lord George», sagte er.

Der Bursche lächelte. «Das macht ein Pfund», sagte er. «Für jetzt. Das Spätere kostet natürlich einen Fünfer.»

Bevor Lestrade sich rühren konnte, hatten sich Nancys flinke Kassiererfinger in seine Unterwäsche geschmuggelt. Bei dem, was er spürte, bekam er große Augen.

«Tut mir leid deswegen», sagte er und schob den Schlagring beiseite. «Nancy, Sie sind verhaftet.»

«Was?» keuchte der Bursche. «Wessen beschuldigen Sie mich?»

«Der Behinderung eines Polizisten bei der Ausübung seiner Pflicht. Dann haben wir noch Prostitution und Belästigung mit dem Ziel, eine unsittliche Handlung vorzunehmen – *wie* unsittlich, werden wir nie wissen, nicht wahr?»

«Du schwuler Bastard!» Nancy ging auf Lestrade los, nicht, wie Lestrade Hanks vorausgesagt hatte, mit Fingernägeln und Handtasche, sondern mit einer Messingstange des Bettgestells. Lestrade wich ihm aus und schleuderte ihn zu Boden.

«Aber, aber», sagte er. «Jetzt müssen wir noch einen Angriff auf einen Polizeibeamten hinzufügen, Swinscow.»

«Sie… Sie wissen, wer ich bin?»

«Jawohl.» Lestrade entwand die Messingstange den Händen des Burschen und warf ihn auf das Bett.

Durch den Lärm alarmiert, stürzte der erste Bursche ins Zimmer. Er begriff sofort, was los war. «Bist du in Ordnung, Charlie?»

«Ja, verdammte Scheiße!» fauchte Charlie, genannt Nancy. «Das hier ist ein Bulle!»

Lestrade fuhr herum, packte den Jungen beim Ohr und schleuderte in aufs Bett neben seinen Kumpan.

«Entzückend», sagte er. «Dummerchen. Bist du Newlove?»

«Nein», schmollte der erste Junge. «Ich bin schon seit Monaten hier.»

Lestrade beugte sich mit gebotener Vorsicht über die beiden. «Ich mache hier die Witze, Bürschchen», sagte er. «Also, wo ist Captain Willoughby?»

Schweigen.

«Lord George?»

«Ich weiß nicht, wovon du sprichst, Bulle», fauchte Nancy.

«Henry Newlove und Charles Swinscow, Sie sind beide verhaftet. Sie sind nicht verpflichtet, etwas zu sagen, doch alles, was Sie sagen, wird zu Protokoll genommen und gegebenenfalls als Beweismittel verwendet.»

Lestrade stieß das Fenster auf, um frische Luft hereinzulassen und um Constable Hanks mit den Handschellen zu rufen.

Am nächsten Tag wurde Constable Walter Dew sichtlich blaß, als er erfuhr, wer Lestrades Besucher waren.

«Sie folgen mir besser hier entlang», sagte er. «Inspector Lestrade, Gentlemen.» Dew öffnete die Tür der umgebauten Latrine, die seinem Chef als Büro diente. Er hoffte zuversichtlich, daß Norman Shaw mit dem Bau des neuen Gebäudes auf dem Embankment bald fertig war.

«Danke, Constable.» Lestrade schwang seine Füße vom Tisch. «Sie kümmern sich besser um Sir Dightons Pferd.»

«Wir sind zu Fuß da», sagte der bärtige Mann. «Sie kennen mich, Sir?»

«Wer kennt ihn nicht, den Helden der Meuterei?» Lestrade verbeugte sich. «Ich kann Ihnen bloß Tee anbieten, Gentlemen.»

«Danke, nein. Wenn Sie Dighton Probyn kennen, wird Ihnen auch sicher Sir Francis Knollys bekannt sein.»

«Nein», sagte Lestrade, reichte aber auch ihm die Hand.

Knollys ließ sich schwerfällig nieder. «Ich will sofort zur Sache kommen, Lestrade. Ich habe gehört, daß Sie mit einem Fall betraut sind, in dem ein gewisses Haus in Cleveland Street eine Rolle spielt.»

Lestrade sah seinen Besuchern scharf in die Augen – in die abgründigen, undurchdringlichen braunen Probyns und die fleckenlos grauen kalten von Knollys.

«Das ist richtig», sagte er.

«Machen Sie Schluß damit», sagte Knollys kategorisch.
«Wie meinen?» fragte Lestrade.
«Es ist vorbei, Lestrade. Erledigt. Ich habe mit dem Chief Inspector gesprochen. Der Commissioner hat volles Verständnis dafür.»
«Sir Francis, wofür die Herren Monro und Abberline auch immer Verständnis haben und wie viele Worte Sie auch mit Ihnen gewechselt haben mögen – eine Untersuchung ist im Gange. Nichts könnte sie jetzt noch stoppen.»
«Was sind Sie, Lestrade?» fragte Probyn. «Ein Moloch, dem Menschen geopfert werden?»
Lestrade starrte ihn an. «Ich bin ein Polizist, Sir, der seine Arbeit macht.»
Knollys blickte Probyn an und kramte in seiner Tasche. Er zog ein Scheckbuch heraus. «In Ordnung, Lestrade. Eintausend? Zwei?»
Der Inspector spürte, wie ihm die Zornesröte ins Gesicht stieg, doch er gab sich mit einem kurzen «Guten Morgen, Gentlemen. Sie haben gewiß noch anderes zu tun» zufrieden.
«Dann dreitausend», fuhr Knollys fort. «Die Mssrs. Coutts sind gut dafür.»
«Laß es sein, Francis», knurrte Probyn. «Das ist offenkundig nicht die Methode, die uns weiterbringt. Lestrade, bitte verzeihen Sie uns. Wir sind auf derselben Seite wie Sie, glauben Sie mir. Es geht hier...» Er begann den Raum zu durchmessen, doch sein Wendekreis war so klein, daß er es aufgab.
«Es geht hier um äußerst schwerwiegende Dinge.»
«Nicht möglich», sagte Lestrade.
«Eine gewisse Person ist darin verwickelt – nur am Rande, verstehen Sie –, eine Person, die, sollte ihre Verwicklung publik werden, die Höchsten im Land in Verlegenheit bringen könnte. Muß ich noch mehr sagen?»
«Ich glaube, das werden Sie müssen, Sir Dighton, um der Klarheit willen.»
Knollys kochte vor Wut. Lestrade sah den Dampf förmlich aus seinen Ohren zischen. «Ich will offen sein», sagte er durch die Zähne. «Lord Arthur Somerset ist die Person, die wir meinen. Er darf nicht angerührt werden.»
«Nach meinen Informationen ist er bereits mehrere Male angerührt worden. Es ist ein wenig spät, Gentlemen.»

«Verdammt noch mal, Lestrade», brüllte Knollys und sprang auf. «Sie mischen sich da ein, und das wird Ihnen leid tun. Es ist unsere Pflicht und die Ihre…»
«Pflicht, Sir Francis?» Auch Lestrade war aufgestanden. «Ich will Ihnen mal etwas über Pflicht erzählen, Sir. Nur ein paar hundert Yards von diesem Büro entfernt befindet sich eine Gruppe von Personen, welche die Gesetze dieses Landes macht. Einer davon ist Henry Labouchere. Mr. Labouchere hat kürzlich einen Parlamentsbeschluß über ein Ergänzungsgesetz zum Strafgesetz herbeigeführt, demzufolge jedermann, der Minderjährige zu homosexuellen Handlungen verleitet, mit mindestens zwei Jahren Strafarbeit und höchstens lebenslänglicher Haft bestraft wird. Es ist meine Pflicht, Sir, diesem Gesetz Geltung zu verschaffen, ob ich mit Mr. Labouchere übereinstimme oder nicht.»
Es trat ein Schweigen ein. Seit Tagen hatte Lestrade nicht so viele Worte am Stück von sich gegeben. Im Vorzimmer starb Walter Dew tausend Tode. Er sah seine ehrgeizigen Pläne wie Seifenblasen platzen. Knollys erkannte seine Chance. «Ob Sie mit Mr. Labouchere übereinstimmen oder nicht? Ist es denkbar, daß *Sie* ein Besucher des Hauses in Cleveland Street sind?»
«Ist es denkbar», konterte Lestrade, «daß es immer noch ein todeswürdiges Verbrechen ist, einen Amtsträger der Krone zu schlagen? Vielleicht ist es die Sache wert.»
«Wie können Sie es wagen!» schnarrte Knollys und griff nach seinem Hut.
«Gentlemen», mischte sich Probyn ein. «Bitte. Das führt doch zu nichts. Wir müssen diese Angelegenheit vernünftig diskutieren…»
«Das ist unerträglich!» schrie Knollys, der mit Probyns behutsamer Taktik nicht einverstanden war.
«Genauso unerträglich wie ein Amtsträger der Krone namens Knollys, der die privaten Affären des Thronerben vertuscht. Das kleine königliche Kavaliersdelikt mit der nimmersatten Mrs. Mordaunt.»
Knollys holte voller Wut aus, doch Lestrade blockte den Schlag mit dem Arm ab und traf den Privatsekretär so hart an der Nase, daß sie blutete.
«Meine Nase», brummelte Knollys.

«Dann wäre es das beste, sie nicht hineinzustecken», sagte Probyn barsch. «Tut uns leid, daß wir Ihre Zeit verschwendet haben, Lestrade» – und sie verschwanden durch die Tür.
«Dew!» brüllte Lestrade. «Schaffen Sir mir Hanks her. Auf der Stelle!»

Der Polizist von der Post-Abteilung überquerte in diesem Augenblick unten den Hof. Er war mit seinen eigenen Angelegenheiten beschäftigt, als Dew ihn am Arm packte und in das Kellergeschoß zerrte. Von dort waren es bloß drei Treppen bis in Lestrades Büro.
«Hanks», sagte Lestrade.
«Morgen, Sir.»
«Wen haben wir noch auf der Liste der Besucher von Cleveland Street, außer Willoughby und Lord Arthur Somerset?»
«Noch ein paar, Sir.»
«Jemand von Bedeutung dabei?»
«Sir?»
«Zum Beispiel ein großgewachsener Mann, Vollbart, angegraut, Glotzaugen, Homburg?»
«Der Generalpostmeister?» Hanks war verblüfft.
«Nein, verdammt, der Prince of Wales.»
«Prince of Wales?» Hanks zog ungläubig die Stirn kraus. «Nach dem, was ich von ihm gehört habe, ist Cleveland Street der letzte Ort, wo er sich aufhalten würde.»
«Ja, ich schätze, daß Sie recht haben.» Lestrade sackte wieder in seinen Sessel. «Zeigen Sie mir noch mal Ihre Notizen.»
Er fuhr nachlässig mit dem Finger über die Liste der Besucher von Nummer neunzehn, dann hielt er inne. «Wer ist das? Groß, Glotzaugen, militärischer Schnurrbart, langer Hals?»
Hanks zuckte die Achseln. «Konnte seine Identität nicht ermitteln, Sir. Die meisten Besucher von Nummer neunzehn bleiben anonym. Er gab als Namen Mr. Victor an.»
Lestrades Augen leuchteten auf. «Tut er das neuerdings? Dew, ist Abberline im Haus?»
«Ich glaube nicht, Sir.»
«Wieder so ein verdammter freier Tag», knurrte Lestrade.

«Hanks, Dew. Sie kommen mit. Wir haben ein paar Besuche in der besseren Gesellschaft zu machen. Ich baue darauf, daß Sie sich heute morgen die Schuhe geputzt haben.»

Drei Polizisten, wenngleich zwei davon in Zivil, vor dem Portal des Army und Navy Club in Pall Mall waren ein ungewöhnlicher Anblick. Ein uniformierter Lakai hatte sich auf die Suche nach Captain Willoughby gemacht, und die Polizisten wurden in ein rauchgeschwängertes Billardzimmer geführt. Eine Schar eleganter junger Männer von militärischem Habitus lungerte an den Wänden herum, miteinander wetteifernd, wer die teuerste Messeuniform und die längste Havanna habe.

«Captain Willoughby?» Lestrade schob sich ins Licht.

«Nicht jetzt, ist gerade eine schwierige Karambolage.»

«Ist das vielleicht Hindu, Sir?» Dew stand mit gezücktem Notizbuch bereit.

Willoughby sah vom Billardtisch auf. «Wer ist dieser Idiot?» fragte er Lestrade.

«Dieser Idiot ist Constable Dew von Scotland Yard. Ich bin Inspector Lestrade, und das ist Constable Hanks von der Post-Abteilung.»

Willoughby grinste. «Erzählen Sie mir bloß nicht, man hätte mich dabei erwischt, daß ich wieder die Post beschwindelt habe. Was ihr Burschen nicht zu begreifen scheint, sind die verdammten Lebenshaltungskosten heutzutage. Wo soll man die Zigarren und den Schampus hernehmen, die man braucht, wenn man 'ne Sache abkürzen will? Ich mache das, indem ich keine Briefmarken kaufe. Tut mir leid.» Und er konzentrierte sich auf seinen Stoß.

«Kann ich Sie unter vier Augen sprechen?» fragte Lestrade und reichte Hanks seinen Bowler.

«Oh, hören Sie – dein Stoß, Ardens-Grafton –, ich bin hier mit meinen Kameraden beisammen. Was immer Sie zu sagen haben, Mann, sagen Sie es. Ich bin drei zu eins hinten.»

«Cleveland Street», war Lestrades Visitenkarte.

Captain Willoughby stand auf, als habe ihn ein elektrischer Schlag getroffen. Er warf sein Queue hin und griff nach seinem scharlachroten Messejackett. «Einen Augenblick, Ardens-Grafton», sagte er, heftiger als gewöhnlich an seiner Zigarre kauend. «Bin gleich wieder da» – und er stakste in das Vorzimmer, nachdem er sich zuerst vergewissert hatte, daß es leer war. Lestrade sah, daß er einer Ordonnanz eine Münze in die Hand drückte und ihr einschärfte, man wolle ungestört bleiben.

«Nun?» Willoughby zupfte an seinem makellosen Jackett.

«Sie sind ein regelmäßiger Besucher des Hauses Cleveland Street, Nummer neunzehn?»

Willoughby versuchte es mit Unverfrorenheit. «Was, wenn ich's bin?»

«Was tun Sie dort?» fragte Lestrade.

«Was schon? Karten spielen, Mann. Bakkarat.»

«Und ich bin ein Chorknabe», sagte Lestrade. «Nummer neunzehn ist eine Absteige, Captain Willoughby, ein Männerpuff, betrieben von einem gewissen Charles Hammond, der sich bequemerweise augenblicklich im Ausland befindet.»

«Was?» Willoughby war hochgradig nervös. «Was immer sonst noch in diesem Haus vorgehen mag, geht mich nichts an», sagte er.

«Ich gehe da hin, um Bakkarat zu spielen.»

Lestrade zog einen Zettel aus der Tasche. «‹Captain Wesley Willoughby, Coldstream Guards, auch bekannt als Mr. Green. Dieser Gentleman war am letzten Mittwoch im Haus und wurde von mir, Charles Swinscow, auf folgende Weise unterhalten: Captain Willoughby zog mir mein Hemd aus und fing an...›»

Willoughby schnappte sich den Zettel und zerriß ihn.

«Welch ein Jammer.» Lestrade schüttelte den Kopf. «Die schöne Zeit, die Sie gebraucht haben, Walter, um die Abschrift zu machen.» Er blickte Willoughby kühl in die Augen. «Das Original befindet sich im Yard in meinem Safe. Und nebenan sitzen Charles Swinscow, Henry Newlove und andere in ihren Zellen...»

«Was habe ich mit Burschen vom Postamt zu tun?» Willoughby drückte seine Zigarre aus.

«Ich bin sicher, das Gericht möchte das gern wissen, Sir», sagte Lestrade.

«Das Gericht? Gott, Lestrade, das können Sie nicht machen. Der Skandal. Meine Familie. Das Regiment», stieß Willoughby entsetzt hervor.

Lestrade hob die Hand. «Dew, Hanks. Bitte, lassen Sie uns allein.»

Die Constables gingen hinaus.

«Ich bin hinter größeren Fischen her, Captain. Ich will Namen. Von Arthur Somerset weiß ich bereits. Wer sonst noch? Wer sonst noch besucht Cleveland Street?»

Willoughby warf sich in die Brust. «Sie fordern mich auf, meine Freunde zu verpfeifen, Lestrade, Kameraden. Für wen halten Sie mich?»

«Für einen Sodomiten, Captain Willoughby. Oder für einen Mann, dem zwei Jahre Strafarbeit drohen. Treffen Sie Ihre Wahl.»

Willoughby ging zum Fenster. Er spielte kurz mit dem Gedanken hinauszuspringen. Lestrade den Rücken zugewandt, sagte er: «Wenn ich Sie recht verstehe, wollen Sie dafür sorgen, daß mein Name aus der Sache rausbleibt, wenn ich Ihnen... Namen nenne?»

«Einen Namen», sagte Lestrade. «Den wirklichen Namen des Mannes, der sich Mr. Victor nennt.»

Willoughby drehte sich um. «Das ist Erpressung, Lestrade. Ein schmutziges Wort.»

Lestrade nickte. «Es ist eine schmutzige Welt, Captain Willoughby. Ich biete Ihnen an, Sie vierundzwanzig Stunden auf freiem Fuß zu lassen, das ist alles. Sie können das Land verlassen, auf die Grand Tour gehen, sich zur Ruhe setzen, wenn Sie wollen. Aber nach Ablauf dieser Frist werde ich Sie holen. Und ich kann mir lebhaft vorstellen, was gewisse Journalisten mit dem Namen Willoughby anstellen werden.»

Der Captain erschauerte und schloß die Augen. «Na gut», flüsterte er. «Mr. Victor ist der Duke of Clarence – der präsumptive Thronerbe.»

Lestrade seufzte, gleichermaßen erleichtert wie zufrieden. Endlich hatte er ihn. Keiner der Burschen vom Postamt würde Eddy mit hineinziehen, den alten Weichling, doch Willoughbys Aussage genügte vielleicht, sie weich zu machen. Besonders wenn Lestrade Lord Arthur erwischen konnte und Charles Hammond, die «Madame», deren Haus die Nummer neunzehn trug.

«Ich danke Ihnen, Captain», sagte er. «Denken Sie daran, vierundzwanzig Stunden. Ich finde schon selber hinaus.»

Inspector Lestrade hatte zu lange mit dem Verhör von Lord Arthur Somerset gewartet. «Podge» von den Blauen hatte ohne Zweifel auf dem Festland ein Bordell betrieben. «Lord Gomorrha», wie die Presse ihn taufte, war Lestrades langem Arm entwischt und spurlos verschwunden, zumindest so lange, bis Gras über die Sache gewachsen war. Und am folgenden Tag wurde Lestrade dann in eine Wohnung in Berkeley Square gerufen. Quer über einem Tisch, in makelloser Paradeuniform, neben sich seine zerfetzte Bärenfellmütze, lag Captain Wesley Willoughby von den Coldstream Guards, dessen Kopf nur noch ein blutiger Brei war. Lestrade nahm die neben seiner Hand liegende Tranter und roch an der Mündung. Die Kammer enthielt eine Kugel, und diejenige, die vor kurzem abgefeuert worden war, steckte irgendwo in der Wand über der Tür. Niemand hatte den Schuß gehört. Die Leiche des Captain war am Morgen von seinem Burschen entdeckt worden. Neben dem Leichnam fanden sich zwei Briefe, jeder von einer anderen Hand. Der Cleveland-Street-Skandal hatte sein letztes Opfer gefordert.

Sergeamt Blevvins beendete seine Notizen.
«*Zwei* Briefe, Sir?»
«Aha, Sie sind also mitgekommen, Blevvins», sagte Lestrade. «Gut gemacht. Der eine Brief, wie ich feststellte von Willoughby geschrieben, enthielt eine Erklärung. Der klassische Brief eines Selbstmörders, geschrieben von einem Mann, der seelisch aus dem Gleichgewicht ist, etc, etc. Im Grunde verriet er wenig. Geheimnisvolle Andeutungen über die Unmöglichkeit, weiterzuleben.»
«Hätte er denn nicht außer Landes gehen können?» fragte Blevvins.
«Er hatte keinen Grund, es nicht zu tun. Ich hatte ihm jede Freiheit gelassen.»
«Und er geht hin und erschießt sich. Trotzdem, ein verdammter Bastard. Sie haben der Welt einen Gefallen getan, Sir. Ich hätte die Pistole für ihn geladen.»
«Dessen bin ich sicher, Blevvins. Aber das ist nicht der springende Punkt. Es war nicht meine Drohung, die zu seinem Tod führte, nicht unmittelbar. Es war der zweite Brief.»
«Und was hatte es damit auf sich?»

«Ein Brief an Willoughby, datiert am Vortag, Poststempel Army und Navy. Darin wurde ihm, wenn auch nicht exakt mit diesen Worten, mitgeteilt, es sei alles verraten, der Name des Captain liege bereits auf dem Tisch des Leiters der Anklagebehörde, die Verhaftung stehe unmittelbar bevor.»
«Und war das der Fall?»
«Nein. Ich habe mich bei Abberline erkundigt. Ich habe nie einen Mann gesehen, der solche Angst hatte. Knollys und Probyn hatten ihn unter Druck gesetzt. Er führte die Ermittlungen nur zum Schein, um beim Yard nicht das Gesicht zu verlieren. Willoughbys Name taucht nirgendwo auf, außer in Hanks Notizbuch, und ich wäre überhaupt nicht überrascht gewesen, wenn sich herausgestellt hätte, daß es ziemlich bald danach auf geheimnisvolle Weise verschwunden sei.»
«Was war denn mit den Aussagen der Botenjungen» – Blevvins zog sein Notizbuch zu Rate – «Swinscow und Newlove?»
«Ach Gott.» Lestrade tippte an seine nicht vorhandene Nasenspitze. «Es war die alte Masche mit den getürkten Beweisen. *Ich* habe mir die Aussage ausgedacht und sie Walter Dew an jenem Morgen auf dem Weg zum Army und Navy Club diktiert. Ich war überrascht, daß Willoughby nicht auffiel, wie krakelig die Handschrift war – Dew war nie ein großer Schreiber, aber in einer Droschke war er ein ausgemachter Analphabet.»
«Wer also schrieb den Brief, der Willoughby in den Tod trieb?»
«Er war von einem gewissen Norbert Parker unterzeichnet, Kaplan bei den Coldstreams.»
«Haben Sie mit ihm gesprochen?»
«Er war verschwunden. War verduftet. Das Regiment hatte keine Erklärung dafür. Ich folgte seiner Spur bis zu einer privaten Adresse in Walworth Road, doch auch von dort war er verschwunden.»
«Der Fall des flegelhaften Kaplans.»
«Sehr witzig, Blevvins. Dann bekam ich den Brief.»
«Den Brief des Kaplans?»
«Vielleicht.»
«Was stand drin?»
«‹Sechs für die Sechs Stolzen Walkers.›»
«Ich verstehe bloß Bahnhof.»
«Falls Sie sich über die ‹Walkers› wundern – ich vermute jedenfalls,

daß die Coldstreamers damit gemeint sind, eines der ältesten – und stolzesten – Regimenter in der Britischen Armee.»
«Hat das alles etwas mit den jetzigen Morden zu tun, Sir? Dem an Mr. Berkeley, zum Beispiel?»
Lestrade nickte. «Ich bin davon überzeugt, Blevvins, aber im Augenblick will ich verdammt sein, wenn ich wüßte, wie.»

Das Heimliche Volk

An diesem Weihnachtsfest ließ der Schnee bis zum Vierundzwanzigsten auf sich warten, und dann kam er geräuschlos über die Devon Moors und Somerset und blockierte die Wege rings um Huish Episcopi. Die Bandicoots teilten vor einem flackernden Kaminfeuer ihre wohltätigen Gaben aus, und Emma und Letitia, strahlender denn je, beschenkten mit glühenden Wangen alle Kinder des Gutes. Selbst Fanny war heiterer, und bemutterte die Kinder auf ihre stille Art, war jedoch in Lestrades Gegenwart schweigsam. Er nahm das hin, weil er keine Wahl hatte. Eine halbe Fanny Berkeley war besser als überhaupt keine. Harry unterhielt sich bei Rum-Punsch mit Erntearbeitern und Knechten. Nachdem die Pächter gegangen waren und die Asche im Kamin erkaltete, kam das Gespräch auf Geister, wie es in solchen stillen, ausgesternten Nächten der Wintersonnenwende Brauch war. Mr. Dacres erzählte als erster, gab jedoch zu, daß er seine Geschichte bei M. R. James gelesen habe und ihm kein Lob gebühre.

«Sholto», sagte Letitia. «Jetzt bist du an der Reihe.»

Lestrade lachte schallend. «Ich habe kein Talent zum Geschichtenerzähler», sagte er unter Protestgeschrei der anderen. «In Ordnung, in Ordnung. Aber es ist keine wirkliche Geistergeschichte, und ich bin nicht sicher, ob sie für die Ohren der Damen geeignet ist.»

«Unsinn, Papa!» Emma schmiegte sich in Pauls Arme. «Wir haben bald 1913.»

«Was mich auf die Frage bringt», flötete Ivo, «wer sich an meinen Zigaretten vergriffen hat.»

Sie streckte ihm die Zunge heraus.

«Bitte, Mr. Lestrade», sagte Paul Dacres. «Ihre Geschichte.» Er lächelte, als sei er weit fort an einem anderen Ort, in einer anderen Zeit.

«Es ist eine wahre Geschichte, nicht wahr, Sholto?» fragte Fanny ruhig. Alle blickten sie an.

Harry füllte die Gläser, die im Kerzenschein funkelten.
«Wenn du damit meinst, daß sie wirklich passiert ist, Fanny, dann hast du recht, ja. Was freilich daran wahr ist, fürchte ich» – und er lächelte reuevoll –, «weiß ich nicht mehr. Emma und Ivo, ihr wart damals fünf. Ich war hundertunddrei...»

Der Vikar von Great Tew stand auf dem Bahnsteig des Bahnhofs von Banbury. Es war ein langer prachtvoller Sommer, damals im Jahr 1898; und obgleich die Zeitungen voll waren von den Kämpfen im Sudan und den Heldentaten der Sirdar, hatten örtliche Ereignisse alles andere aus dem Kopf des Vikars vertrieben.
«Inspector Lestrade? Ich bin der Reverend Dunstan.»
«Sir.» Lestrade tippte an seinen Strohhut und reichte ihm die Hand.
«Ich habe einen Einspänner draußen.»
«Für wen?» fragte Lestrade, argwöhnisch wie immer. «Ah, ich verstehe. Danke.»
Der Reverend Dunstan verstand es, mit Peitsche und Zügel umzugehen, und in der dumpfen Hitze zwischen den Feldern von Oxfordshire flogen die Meilen dahin. Lestrade entzündete seine Zigarre, stemmte seine Füße gegen seinen zerbeulten Koffer und wandte sich an seinen geistlichen Kutscher.
«Nun, Mr. Dunstan, was haben Sie für ein Problem?»
«Mein hiesiger Constable schlug mir vor, mit Scotland Yard Verbindung aufzunehmen.»
«Scheint ein guter Mann zu sein. Wird es weit bringen. Wie ist sein Name?»
«Anderton.»
Lestrade zuckte die Achseln. «Fahren Sie fort.»
«Der Name des Dahingeschiedenen ist – war – Charlie Reader. Er war Schäfer.»
«Wie alt war er?»
«Etwa sechzig, denke ich.»
«Ein Kirchenbesucher?»
«Ab und zu. Manchmal verzweifle ich an der Welt, Mr. Lestrade.
Meine Herde ist unberechenbar, fürchte ich. Es ist ein Zeichen der

Zeit. Ich schätze, schwarze Schafe sind etwas, was wir gemeinsam haben, Mr. Lestrade, Sie als Polizist, ich als Hirte.»
«Hatte Reader eine Arbeit?»
«Ja, er pflegte die Hecken und hob Gräber aus. Er machte auch die Gartenarbeit für mich und für meinen Amtskollegen in der Nachbargemeinde.»
«Was passierte mit ihm?»
«Er starb, Mr. Lestrade. Eines gewaltsamen Todes.»
«Wann war das?» Lestrade fächelte mit dem Strohhut seine erkaltete Zigarre wieder in Brand.
«Vorgestern, kurz vor Mittag. Sind Sie in Ordnung?»
«Ja, ja. Bloß mein Strohhut hat sich ein bißchen entzündet. Oh, und eine Haarsträhne, aber es ist... aua... ich hab's gelöscht. Bitte fahren Sie fort.»
«Miss Trenchard fand ihn. Ein schreckliches Erlebnis für sie und für die Kinder.»
«Miss Trenchards Kinder?» Lestrade hatte davon läuten hören, daß auf dem platten Land merkwürdige Dinge passierten.
«Ihre Schützlinge, Inspector. Miss Trenchard ist die Leiterin der Schule. Anglikanerin, versteht sich.»
«Natürlich.» Lestrade schleuderte seinen glimmenden Strohhut in einen am Weg liegenden Tümpel. «Was fand sie?»
Dunstans Gesicht verfinsterte sich. «Diesen Teil der Geschichte würde ich lieber ihr überlassen», sagte er.
«War sie mal bei der Polizei?» fragte Lestrade beeindruckt.
«Ich bitte Sie!»
«Schon gut.» Lestrade grinste und beschränkte sich fortan auf den Austausch von Höflichkeiten, bis sie auf den Kirchhof von Great Tew ratterten.
«Soll ich Sie begleiten, Inspector?»
«Nein, danke, Sir. Gibt es Licht in der Krypta?»
«Nein. Zu Ihrer Linken werden Sie neben dem Taufbecken Kerzen finden.»
«Danke.»
«Sie werden doch wohl im Pfarrhaus wohnen?»
«Nochmals Dank» – und der Reverend Dunstan führte sein Gespann weg, um das Pferd tränken zu lassen. Lestrade betrat die Kirche, deren Kühle nach der heißen Fahrt ein Segen war. Grasgeruch

kitzelte seine Nase, und die Fahrt im Einspänner hatte er mit derart heftigem Niesen begleitet, daß er ganz erschöpft war. Er entzündete eine Kerze und schob die Bolzen an der wuchtigen Eichentür zurück. Die unebenen Stufen führten in einer engen Spirale hinunter, noch immer so wie die Steinmetzen von Tew sie einst aus dem weichen Stein der Cotswolds gehauen hatten. Es war feuchtkalt hier unten, der Modergeruch des Todes lag in der Luft. Über ihm trugen kräftige normannische Bögen den Boden der Kirche. Spinnweben hingen grau und klebrig in der Stille. Ein plötzliches Hüpfen verriet Lestrade, daß es in St. Michael und Allen Engeln Ratten gab. Er hob die Kerze in Augenhöhe. Alte Särge zerbröselten auf steinernen Simsen. In der Dunkelheit lauerten fette Spinnen auf Schwärme von Sommerfliegen. Sie brummten um den griesgrämigen alten Kopf von Charlie Reader, der wie ein Ritter aus alten Zeiten auf einer Marmorplatte lag, die für einen würdigen Besitzer errichtet war. Auf der alten Messingplatte neben seinem verfilzten Haar las Lestrade die lateinische Inschrift – die einzige Redewendung, die er kannte – «Ora pro Nobis»: «Bete für Unsere Seele». Wo immer Charlie Readers Seele jetzt war, es war zu spät, für sie zu beten. Seine Augen waren geschlossen. Das, so stellte sich Lestrade vor, hatte der Reverend Dunstan für ihn getan. Sein Arbeitskittel war wie ein Leichentuch um ihn drapiert. Seine schweren Stiefel waren vom Schlamm der Cotswold Hills überzogen, und seine Ledergamaschen und Cordhosen waren zerschrammt, wo der Körper durch steiniges Gelände geschleppt worden war. Es war seine Kehle, die Lestrades Aufmerksamkeit erregte. Zwei große Löcher hatten sie durchbohrt, je eines auf jeder Seite des Halses. Zwischen ihnen, halb von dunklem geronnenen Blut verdeckt, aber dennoch deutlich erkennbar, war ein Kreuz tief ins Fleisch geschnitten, das Luftröhre und Knorpel zertrümmert hatte. Lestrade trat von der Leiche zurück, kniete neben ihr, umkreiste sie einmal und ließ Charlie Reader mit den Spinnen und Ratten allein. Falls sie ihn je belästigt hatten, würden sie es jetzt nicht mehr tun.

Lestrade richtete im Dorf zwei Hauptquartiere ein, eines für die Respektspersonen im Pfarrhaus; das andere für die Pächter im Gasthaus *Jungfernschoß*. Den geduldigen Constable Dew plazierte er in den Pub, da er ohnehin davon überzeugt war, daß die Lösung bei den besseren Herrschaften zu finden war. Außerdem konnte er es nicht ertragen, mitanhören zu müssen, wie man den Constable in unendlich lange Unterhaltungen verstrickte, ob nicht Walter Dews Familie ursprünglich aus «unserer Gegend» stamme, da doch Dew und Tew so ähnlich klängen. Zuerst kam Miss Trenchard, eine miefige Jungfer der alten Schule mit abgetakeltem Hütchen, die Haare zu einem stacheligen Knoten gebunden. Sie hatte mehr Falten als eine Dörrpflaume, verschlagene graue Augen und war mit ihrem Urteil über den Mann vom Yard nach dem ersten Blick fertig. Ihr gefiel sein gelbliches, narbiges Gesicht ebensowenig wie die Farbe seiner Krawatte und seines Oberhemds. Mit einem Wort, sie mochte ihn nicht und war der Ansicht, daß der beliebte Constable neben Lestrade, ausgestattet mit dickem Bart und dickem Bauch, leicht mit dem Fall hätte fertig werden können.

«Unsere Miss Trenchard ist so etwas wie eine Amateurdetektivin», informierte ihn Anderton.

«Etwas anderes konnte sie gar nicht sein», informierte ihn Lestrade. «Miss Trenchard, wie ich höre, haben Sie die Leiche gefunden?»

«Ja, das habe ich.» Ihre Stimme hätte auf vierzig Schritte ein Glas zerschmettern können.

«Würden Sie mir vielleicht Näheres dazu sagen? Constable Anderton wird Notizen machen.»

Sie lächelte den Constable an. «Wie geht es Mrs. Anderton, Constable?»

«Gut, danke, Mum, dank Ihres Kräutertees. Die Krätze ist fast verschwunden.»

Lestrade räusperte sich absichtsvoll, und Anderton nahm Haltung an und sein Notizbuch zur Hand.

«Die Leiche?» mahnte Lestrade die Schulleiterin.

«Der arme Mr. Reader lag auf dem Rücken. Seine Arme waren seitlich. Da war… eine Mistgabel hatte seine Kehle durchbohrt. Höchst ekelerregend. Die Kinder waren entsetzt.»

«Warum waren Sie und die Kinder um diese Zeit an diesem Ort, Miss Trenchard?»

«Es war der jährliche Schulausflug, Inspector. Miss Newington war bei mir. Gewöhnlich gehen wir nach Skegness, doch dort ist es mir, offen gestanden, zu erfrischend.»

«Gewiß. Es war also ein Picknick?»

«Ja. Wir hatten Kresse-Sandwiches. Der kleine Billy Buggins hatte Durchfall.»
«Also ein denkwürdiger Tag?»
«Ich hoffe, das soll keine Respektlosigkeit sein, junger Mann, oder?»
Es war lange her, seit man Lestrade einen jungen Mann genannt hatte. Es machte ihn richtig munter.
«Sie sind also eine Amateurdetektivin, Miss Trenchard?» Lestrade lehnte sich in den Sessel des Vikars zurück.
«Ich habe der hiesigen Polizei gelegentlich behilflich sein können.» Sie strahlte Anderton an, dann beugte sie sich vertraulich über Dunstans Tisch zu Lestrade. «Es ist eine Frage der Intelligenz, verstehen Sie. Daran fehlt es bei den Polizisten.»
«Gewiß», lächelte Lestrade, der es für das beste hielt, die alte Klatschbase gewähren zu lassen. «Haben Sie bezüglich dieses Falles irgendwelche Theorien, Madame?»
«Nun, ein Sexualmord war es nicht.» Lestrade und Anderton erblaßten. «Mr. Reader war vollständig bekleidet. Außerdem war er über sechzig. Das Blut wird dünner. Es fehlt an Saft.»
«Ich zweifle nicht an Ihren Worten, Madame.»
«Ich denke da eher an die Erbschaft.»
«Erbschaft?» Lestrade blickte Anderton an.
«Mr. Reader hatte ein wenig beiseite gelegt.»
«Er war ein wohlhabender Mann?»
«Oh, er war nicht das, was die Welt unter einem reichen Mann versteht, Inspector. Aber für einen Landarbeiter im Ruhestand, der gelegentlich Gartenarbeit verrichtete, protzte er mit einer ziemlich großen Anzahl von goldenen Sovereigns.»
«Wirklich?»
«Miss Palmer sah einmal, wie er sie in ihrem Garten zählte.»
«Miss Palmer?»
«Die Schwester des Vikars der Nachbargemeinde. Reader hat für beide Vikare Gelegenheitsarbeiten gemacht.»
«Und hat er ein Testament hinterlassen?»
«Macht das nicht jeder?» fragte Miss Trenchard.
«Nein», klärte Lestrade sie auf. Für die Amateurdetektivin war das offenbar eine Überraschung. «Hat Mr. Reader eine große Familie?»

«Er hat einen Sohn», mischte sich Anderton ein.
«Kehrt er im *Jungfernschoß* ein?»
«Nach dem, was ich gehört habe» – Miss Trenchard blühte sichtlich auf –, «kehrte er in viele Jungfernschöße ein.»
«Ich danke Ihnen, Miss Trenchard.» Lestrade blühte ebenfalls auf. «Sie sind eine große Hilfe gewesen.»
Sie stupste ihn mit ihrem Sonnenschirm. «Denken Sie an meine Worte. Der junge Thomas Reader ist Ihr Mann. Er war absolut widerlich, schon als Junge. Stellen Sie sich vor, eines Tages erwischte ich ihn, als er sich einen Mädchenkittel über den Kopf gezogen hatte.»
«Nein!» Lestrade war schockiert.
«Er paßte ihm überhaupt nicht. Aber damals waren die Readers eine arme Familie. Erst seit kurzem sind sie betucht» – und Constable Anderton brachte sie hinaus.
«Wer ist jetzt dran?» fragte Lestrade und nippte an Mrs. Dunstands selbstgemachter abscheulicher Limonade. Sie hatte wieder mal das Abstinenzlerblättchen der Gemeinde gelesen.
«Miss Newington, die Schülerin, die die anderen beaufsichtigt», gab Anderton zur Antwort.
Die fragliche Lady trat ein, eine zierliche schüchterne junge Dame von etwa siebzehn Jahren, die Lestrade nicht ins Gesicht sah. Im Grunde erzählte sie dieselbe Geschichte wie ihre verehrte Direktorin, doch sie hatte überhaupt keine Theorie.
«Sie wissen, was sie braucht?» knurrte Anderton, nachdem sie gegangen war.
«Eine Beförderung?» strahlte Lestrade ihn an.
Der Constable runzelte die Stirn. «Äh… ja, Sir, das wird's wohl sein.»
Die Tür flog auf. «Richard Ferrers», verkündete der Eingetretene. «Ich bin für diesen Bezirk verantwortlich.» Er war für die Hetzjagd gekleidet, trug Reithosen und fegte bei seinem Weg durch das Zimmer mit einer Reitgerte den Boden.
«Der hiesige Friedensrichter», flüsterte Anderton.
«Sind Sie Lestrade?»
«Bin ich.»
«Sie verschwenden Ihre Zeit. Keiner meiner Leute hat etwas mit dieser gräßlichen Sache zu tun.»

«Ihre Leute?» Lestrades Augen verengten sich. Der hitzige Friedensrichter ließ ihn kalt.
«Meine Pächter, Mann. Meine Dörfler. Treten Sie vor die Tür, gukken Sie nach links, rechts, nach vorn, nach hinten – alles Land, das Sie sehen, gehört mir.»
«Hat der Tote für Sie gearbeitet?»
«Arbeit? Dieser faule, alte Taugenichts?» Ferrers warf sich in einen Sessel. «Er wußte gar nicht, was das Wort bedeutet. Seine Arbeit bestand zum größten Teil darin, hinter Hecken zu liegen und Leuten nachzuspionieren.»
«Warum sollte er das tun?»
Ferrers schoß hoch. «Weil er ein schmutziger alter Perverser war, Inspector. Man will über Tote ja nichts Schlechtes sagen, aber wenn es je ein Mann verdient hat, zu sterben...»
«Dann war dieses Verbrechen also ein Racheakt, Mr. Ferrers?»
«Sir Richard», korrigierte ihn der Friedensrichter. «Ich weiß nicht, was für eine Art Verbrechen es war. Reader war ein Spanner, ein Geizhals und ein Wilddieb. Drei der schlimmsten Verbrechen, welche die Menschheit kennt.»
«Und Mord?»
«Wie bitte?»
«Ich dachte, Mord sei eines der schlimmsten Verbrechen, welche die Menschheit kennt.»
«Vielleicht dort, wo Sie herkommen, Lestrade, aber hier ist das eine rechtmäßige Tötung.»
«Ist das eine Frage des Gesetzes, Sir, oder der Ansicht?»
«Ich sage Ihnen was», rief Ferrers und drohte Lestrade mit der Reitpeitsche, «wer immer Reader getötet hat, er stammte nicht aus dieser Gegend. Wäre es indes wirklich ein Hiesiger, würde ich ihm eine Medaille verleihen» – und er empfahl sich.
«Tut mir leid, Sir», sagte Anderton. «Ich hätte Sie vor dem Friedensrichter warnen sollen. Hat mir einen aufs Dach gegeben, als er hörte, daß ich mit dem Vikar übereingekommen war, den Yard zu verständigen. Auch den Vikar hat er zusammengestaucht.»
«Den Vikar?» fragte Lestrade ungläubig.
«Nun ja, der Friedensrichter hat das Recht, die Pfründen zu besetzen, nicht wahr. Ist immer so gewesen. Er hat Mr. Duncan in der Tasche, wenn ich so sagen darf.»

«Wirklich?» spöttelte Lestrade. «Da machen Sie sich mal keine Sorgen, Constable. Ich denke, für Scotland Yard sind Sir Richards Taschen nicht groß genug.»

Es war später Nachmittag, als Lestrade den Weg nach Lower Ludgate einschlug, dem Feld, auf dem Readers Leiche von Miss Trenchards Kindern entdeckt worden war. Der Himmel war blau und wolkenlos, und kein Lüftchen rührte sich. Der Inspector schlenderte durch die niedrigen, zerbröckelnden Mauern, die vom spätgotischen Glanz einer cluniazensischen Priorei übriggeblieben waren. Scheunen und Bauernhäuser lagen verstreut, noch immer aus demselben zartgelben Granit erbaut. Die totale Stille war unheimlich. Er setzte sich auf einen Säulenstumpf, der einmal ein Mittelschiff gestützt hatte, und entzündete eine Zigarre. Zur Linken und zur Rechten erstreckten sich die goldenen kornschweren Felder von Sir Richard Ferrers. Was war es? Er hatte sich schon an vielen Tatorten aufgehalten. Warum jagte ihm dieser einen Schauer über den Rükken? War es die Stille? Das Schweigen? Seine Blicke flogen zu den Schatten unter den ausladenden Ästen der Ulmen, die unter dem Vorsprung des Hügels ein Dickicht bildeten. Bewegte sich dort etwas? Ein plötzlicher Seufzer im Wind? Vor einer Sekunde war der Wind noch nicht da gewesen. Er ging weiter und schüttelte das unangenehme Gefühl ab, das ihn gepackt hatte. Er spürte, daß sich Spione zwischen den Bäumen, Wächter zwischen den Getreidehalmen verbargen. Selbst der Kerbel kam ihm verdächtig vor und barg vielleicht ein schreckliches Geheimnis. Er sehnte sich danach, das Pflaster Londons wieder unter den Füßen zu haben.
«Sir!»
Er erstarrte, als plötzlich, wie eine geisterhafte Störung, eine menschliche Stimme die Stille zerriß. Dann entspannte er sich. Es war keine menschliche Stimme.
«Hier drüben, Dew.»
Der Constable, schweißüberströmt in seiner dicken Uniform, kletterte über die Fundamente eines Altaraufsatzes, in seinem Schlepptau einen Arbeiter mit flacher Kappe, losem Halstuch und aufgekrempelten Hemdsärmeln.
«Das ist Thomas Reader, der Sohn des Toten, Sir.»

«Das haben Sie hübsch abgepaßt, Walter», sagte Lestrade. «Mr. Reader, kennen Sie den genauen Ort, wo die… wo Ihr Vater gefunden wurde?»
«Tu ich.» Reader schien auf diese Tatsache stolz zu sein.
«Können Sie mir die Stelle zeigen?» fragte Lestrade bedächtig, da er annahm, er spräche mit dem Dorftrottel.
«Da.» Reader deutete auf einen Fetzen roten Tuches, das schlaff in einer Hecke hing. «Bill Anderton hat's da hingehängt.»
«Nicht gerade eine mustergültige Absperrung», murmelte Lestrade in Richtung Dew und trat an die flachgedrückte Stelle im Gras.
«Von dort wurde er hergeschleppt.» Er zeigte auf die Spur im Getreide.
«Vielleicht wars 'n Fuchs», sagte Reader. «Oder 'n Hund. Hund kanns immer sein. Könnense mir glauben, gibt jede Menge Hunde inne Gegend. Die, wo den *Jungfernschoß* hat, iss 'ne richtige Hundelady.»
«Ich habe schon von allen anderen eine Theorie über den Tod Ihres Vaters gehört, Mr. Reader. Haben Sie vielleicht auch eine?»
«Nee, danke», sagte der Landmann ein wenig angeekelt, «aber ich werd Ihnen sagen, was ich glaube.»
Lestrade blickte Dew an. «Das reicht schon», seufzte er.
«Hat seine Nase wo reingesteckt, wos nich passend war.»
«Haben Sie etwas Besonderes im Sinn?»
Reader zuckte die Achseln. «Wer weiß? Hat sich überall reingemischt, mein Alter. War 'n Spanner, sagen die Leute.»
«Was sagen *Sie*?» fragte Lestrade.
«Was soll ich schon sagen?» Reader zuckte abermals die Achseln. «Hörnse, Inspector oder wasse sonst sind. Ich kam mit meinem Alten nicht gut aus. Da könnse jeden fragen.»
«Habe ich. Kamen Sie so schlecht mit ihm aus, daß Sie ihn umbrachten?»
«Was?» Reader war empört. «Was sinn denn das für Vergleiche, die Sie da ziehen? Blut iss dicker als Wasser, wissense das?»
«Weiß ich. Ich habe eine Menge Blut von Ihrem Vater gesehen. Und, um Ihre Frage zu beantworten, was ich ziehe, sage ich Ihnen – ich versuche, ein Kaninchen aus einem Hut zu ziehen. In Ordnung, Dew. Sie haben die Aussagen protokolliert?»

«Dreiundzwanzig Stück, Sir.» Dew sah ein bißchen benommen aus.
«Sie haben doch wohl nicht mit jedem einen Pint trinken müssen, oder?»
«Sir.» Dew stand kerzengerade da, in seinem Stolz verletzt.
«Bloß ein Spaß, Constable. Denken Sie dran, für die Späße bin ich zuständig. Halten Sie sich zur Verfügung, Mr. Reader. Vielleicht will ich noch mal mit Ihnen reden.»
«Sie kommen nicht mit uns, Sir?» fragte Dew.
«Nein», antwortete Lestrade. «Ich habe eine Spur zu verfolgen.»
«Sie werden doch nur 'nen Fuchsbau finden», versicherte ihm Reader.
Nachdem die Köpfe Dews und Readers nur noch Flecken in den belaubten Schneisen waren, die das Dorf umschlossen, zog Lestrade seine Jacke aus, krempelte die Ärmel hoch und folgte der Spur durch das Getreide. Nach etwa hundert Yards fand er einen Knopf aus Knochen, der jenen glich, die er am blutigen Hemd des toten Mannes gesehen hatte. Er hatte mit seiner Vermutung richtiggelegen. Und falls dies auch eine Fuchsfährte war, konnte Lestrade sie zumindest nicht wittern. Statt dessen konnte er seine eigene Furcht riechen.
Kurz vor dem Kamm des Hügels versperrte ihm die Hecke den Weg. Jetzt hatte er die Wahl: an der Hecke entlang abwärts zu gehen, bis er die Ansammlung von Cotswold Cottages namens Little Tew erreichte oder durch ein ansehnliches Brombeerdickicht zu kriechen und auf der anderen Seite wieder aufzutauchen, wo Ferrers' Schafe das Gras abgeweidet hatten und er Schafpfade zu erkennen glaubte. Schließlich entschied er sich für die Brombeeren, doch die Schrammen, die er sich an den Unterarmen und im Gesicht zuzog, ließen ihn seinen Entschluß sogleich bereuen. Zumindest sah er sich in seiner Theorie bestätigt. Hier entlang war der tote Charles Reader geschleift worden; die abgerissenen Beeren und Zweige bewiesen es. Wer immer ihn geschleppt hatte, mußte ebenfalls Kratzer aufweisen, doch er sah keine Möglichkeit, wie er nach allem, was recht und billig war, das ganze Dorf dazu bringen konnte, sich auszuziehen.
Jenseits des Brombeerdickichts war es noch stiller, und der Blick über das Flickenwerk der Felder von Warwickshire in der Abend-

sonne war großartig. Lestrade hörte ein Rascheln in den Stechginsterbüschen zu seiner Rechten, suchte sich im kalkigen Untergrund einen Stein und schleuderte ihn in die Mitte des Dickichts. Er erwartete, ein Fasan werde auffliegen oder ein Schaf aus dem Unterholz brechen, aber nichts geschah. Das Rascheln hielt noch eine Weile an und hörte dann auf. Die Kimme des Hügels ragte abstoßend und kahl über ihm auf. Was verbarg sich da in den Büschen, das vor einem fliegenden Stein oder einem vorbeikommenden Mann keine Furcht hatte? Lestrade spürte ein Kribbeln im Nacken und fummelte in seiner Tasche nach seinem Schlagring.

«Eindrucksvoll, nicht wahr?» sagte eine Stimme.

Lestrade stieß einen Schrei aus, sprang zurück, verlor den Halt unter seinen Füßen, rollte abwärts und fand sich als ein erbärmliches Häufchen in den Brombeeren wieder.

«Ach, mein guter Mann. Haben Sie sich etwas getan? Ich scheine Sie erschreckt zu haben.»

Lestrade sah hoch und erblickte eine winzige Lady unbestimmbaren Alters, die eine Hand ausstreckte, um ihm aufzuhelfen. Sie trug Knickerbockers und einen kräftigen Wanderstock.

«Wie zum Teufel kommen Sie dazu, sich in den Büschen zu verstekken?» fauchte er, verärgert über seine verletzte Würde.

«Wie meinen Sie das?» Die kleine Lady sah ihn an. «Ich habe nicht dergleichen getan.»

«Ich habe Sie gehört», beharrte Lestrade. «Es überrascht mich, daß mein Stein Sie nicht getroffen hat.»

«Werter Herr» – die Lady stützte sich auf ihren Knotenstock – «Ich wiederhole, ich war nicht im Gebüsch. Sie haben auch keinen Stein nach mir geworfen. Ich bin gerade von Nether Worton herübergekommen. Das heißt, ich kam aus jener Richtung über den Hügel. Ich kam lediglich, um die Rollrights zu sehen. Es tut mir leid, Sie erschreckt zu haben. Guten Abend.»

Sie tippte an ihren Hut und begann in Richtung Sonnenuntergang zu marschieren.

«Madame», rief er ihr nach. «Bitte verzeihen Sie mir. Ich wollte nicht grob werden.» Sie verhielt ein wenig den Schritt, während er fortfuhr: «Die Rollrights? Ist das eine Familie aus der Gegend?»

Die kleine Lady blieb abrupt stehen. «Aber ihretwegen sind Sie doch wohl hier oben?» sagte sie erstaunt.

«Ich bin hier oben, Madame», machte Lestrade ihr klar, «weil ich eine Morduntersuchung durchzuführen habe.»
«Mord?» Die kleine Lady griff nach ihrem Hals.
«Leider ja.»
«Also sind Sie ein Polizist?»
«Inspector Lestrade, Scotland Yard.»
«Gütiger Himmel, wie aufregend. Sagen Sie mir, wurde die Leiche hier gefunden?»
«Nicht weit von hier», gab Lestrade zur Antwort. «Weiter unten am Hang.»
«Darf ich fragen, wer es ist?»
«Es steht in den Morgenzeitungen, Madame.»
«Pah!» Sie stampfte mit dem Fuß auf. «Ich lese niemals Zeitung. Gefasel, von mittelmäßigen Männern zusammengeschmiert, die zum Arbeiten zu faul sind. Sind Sie nicht auch der Meinung, Inspector?»
«Nun, ich…»
«Sie weichen *allen* meinen Fragen aus, stimmt's?»
Lestrade lächelte und warf seine Jacke über. Kluge Frauen gingen ihm auf die Nerven, besonders wenn sie ihm nur bis zur Brust reichten.
«Es ist ja bloß, daß ich glaube, Ihnen helfen zu können.»
Lestrade verdrehte die Augen. «Erzählen Sie mir nur nicht, daß Sie eine Amateurdetektivin sind.»
«Ich wüßte nicht, daß es noch andere gäbe», sagte sie. «Und Sie sind ein sehr ungehobelter Patron.»
«Es tut mir leid, Madame», sagte er, «aber ich bin nicht hergekommen, um Freunde zu besuchen. Ich bin gekommen, um einen Mörder zu schnappen.»
«Die ‹Freunde›, die ich besuchen wollte, stehen da drüben, Inspector.» Sie deutete auf einen Punkt in der dunstigen Entfernung. «Die Rollrights.»
Lestrade folgte ihrem Blick und erkannte einen Kreis kalter grauer Steine auf einem nackten Hang, der mit dem ihren auf gleicher Höhe lag. Etwas Uraltes, Urzeitliches ging von ihnen aus, als er sie erblickte, und er verspürte einen Druck auf dem Herzen.
«Die Rollright-Steine», murmelte die Lady. «Wie ich vorhin bereits sagte, eindrucksvoll, nicht wahr?»

«Was haben sie zu bedeuten?»

Die Lady ließ sich unvermittelt mit gekreuzten Beinen im Gras nieder und lud ihn mit einer Handbewegung ein, es ihr nachzumachen. Er tat es zögernd. «Wer weiß das schon? Was bedeutet Stonehenge? Der Kreis von Avebury? Es gibt so viele stehende Steine in diesem Land. Was immer sie sein mögen, etwas Natürliches sind sie nicht.»

«Also nicht von Gott dort hingestellt?»

«Das hängt davon ab, welchen Gott Sie meinen», sagte sie.

«Ich wußte nicht, daß man wählen kann.» Er zündete sich eine Zigarre an.

«Ach, welch ein behütetes Leben haben Sie geführt, Inspector.» Sie lächelte. «Sie sitzen mittendrin im Hexenland, Mr. Lestrade. Spüren Sie es denn nicht, direkt unter Ihnen?»

Lestrade, dem seine unteren Regionen plötzlich sehr verwundbar vorkamen, rutschte unbehaglich hin und her.

«Der Sage zufolge waren die Rollrights einst ein König und dessen Ritter, die von einer Hexe in Steine verwandelt wurden, um zu verhindern, daß er die Macht im Land an sich riß.»

«Mit Sagen fängt man keine Mörder», sagte Lestrade.

«Wirklich?» Sie zeigte nach Nordwesten. «Da drüben liegt die Hügelkette von Long Compton, wo es, wie es heißt, genügend Hexen gibt, um eine Wagenladung Heu Long Compton Hill hinaufzuziehen. Der gute alte St. Augustin soll dort gepredigt haben, an der Stelle, auf der jetzt die Kirche steht. Er ordnete an, keine exkommunizierte Person dürfe an der Messe teilnehmen, und ein toter Mann riß sich aus einem Sarg los und verließ den Ort.»

«Es ist schwer, einen Bösewicht unten zu halten», bemerkte Lestrade.

«Dort drüben» – sie streckte ihren Arm in die entgegengesetzte Richtung aus – «befinden sich die Ruinen von Lawford Hall, in denen der Geist eines einarmigen Mannes umgeht.»

Lestrade nickte, offensichtlich unbeeindruckt.

«Sie sind offensichtlich unbeeindruckt, Mr. Lestrade», sagte sie. «Also gut, hören wir mit dem Lokalkolorit auf. Ihre Leiche – männlich oder weiblich?»

Für den Augenblick war Lestrade bereit, auf ihr Spiel einzugehen. «Männlich», sagte er.

«Alter?»

«Etwa sechzig.»

«Aus dieser Gegend?»

«Nicht hier geboren und aufgewachsen, hat aber den größten Teil seines Erwachsenenlebens hier verbracht.»

«Arbeiter?»

Lestrade nickte.

«Todesursache?»

Lestrade beugte sich zu ihr. «Ich dachte, Sie würden es mir sagen.» Er lächelte spitzbübisch.

Sie blickte ihm direkt in die Augen. «Also gut. Er wurde mit einer Mistgabel an den Boden genagelt, und seine Kehle war durchgeschnitten.»

Lestrade stand mit einem Ruck auf.

«Aha.» Sie erhob sich ebenfalls. «Ein Volltreffer.»

«Also lesen Sie doch die Zeitung», sagte er, unfähig seine Augen von den länger werdenden Schatten der Rollrights loszureißen.

«Sie wären als Polizist keinen Schuß Pulver wert, wenn Sie diesen Aasgeiern von der Presse erlaubt hätten, diese Details zu veröffentlichen. Ich bin sicher, daß Sie das Kreuz mit keinem Wort erwähnt hätten.»

«Das Kreuz?» Er merkte, daß ihm die Spottlust verging.

«Dem Opfer war ein Kreuz in die Kehle geschnitten worden, oder?»

Lestrade nickte. Der Presse gegenüber hatte er weder das Kreuz noch die Mistgabel erwähnt.

«Sagen Sie mir», sagte die kleine Lady, «und denken Sie genau nach. Stand das Kreuz auf dem Kopf?»

«Auf dem Kopf?»

«Ja. Zeigte der längere Arm auf sein Kinn oder auf seine Brust?»

«Auf sein Kinn», sagte Lestrade.

«O je», sagte sie. «Ach, du liebe Zeit.»

«Madame, Sie haben eine unheimliche Begabung, dafür zu sorgen, daß mir die Haare zu Berge stehen. Darf ich Ihren Namen erfahren?»

«Oh, wie nachlässig von mir», kicherte sie. «Ich bin Margaret Murray, Professor für Archäologie an der Universität London.»

«Professor?» wiederholte Lestrade fassungslos.

«Ja. Oh, ich weiß, Professoren stellt man sich immer als tattrige alte Männer vor. Nun, leider müssen Sie sich mit einer tattrigen alten Frau abfinden.»

«Mrs. Murray…»

«Professor», mahnte sie ihn schüchtern. «Ich bitte um Verzeihung, Inspector, aber der Weg eines weiblichen Wesens bis zu diesen Lorbeeren ist zu beschwerlich um zuzulassen, daß man den Titel wegläßt, selbst wenn es ohne böse Absicht geschieht.»

«Natürlich», lächelte Lestrade. «Professor, bitte verzeihen Sie mir. Haben Sie denn eine Theorie über mein ‹Opfer›, wie Sie es nennen?»

«Ich dachte, Sie vertrauten Amateurdetektiven nicht», neckte sie ihn.

«Das stimmt, Professor. Aber Sie sind, wenn ich so sagen darf, kein Amateur.»

Sie stieß ihn mit ihrem Stock gegen die Brust und brach ihm fast das Brustbein. «Ich fürchte, daß es sich um eine Opferung handelt.»

«Eine Opferung?» Lestrade blickte sie zweifelnd an.

«Das alles ist älter als die geschriebene Geschichte, Mr. Lestrade. Ihre und meine Vorfahren waren furchtsame Geschöpfe, die vor ihren eigenen Schatten Angst hatten. Als sie aus dem Urschlamm auftauchten, glaubten sie, die einzige Möglichkeit, ihre ungezählten Götter zufriedenzustellen, die einzige Möglichkeit zu überleben, bestehe darin, diesen Göttern Geschenke, Opfer darzubringen. Das taten die Ägypter, die Griechen, die Römer. Und in den Kirchen auf dem Land in ganz England tun wir es noch immer. Wir nennen es Erntedankfest.»

«Genau», sagte Lestrade. «Ich dachte, die Kirche von England begnüge sich mit einem Laib Brot und ein paar Äpfeln. Ich kann mir nicht vorstellen, daß sie einen Mord befürwortet.»

«Die Kirche von England», spottete Professor Murray. «Diese Institution ist doch nur ein Nachzügler. Sehen Sie sich das an.» Sie streckte ihre rechte Hand aus.

«Das ist Ihre rechte Hand», sagte Lestrade. Dreiundzwanzig Jahre bei der Polizei hatten ihre Spuren hinterlassen.

«Und vor ein paar Jahren hat Sie die Hand einer einbalsamierten Mumie geschüttelt, die eines jungen Mannes, der über die ganze Welt herrschte, wie er glaubte, vor fünftausend Jahren. Er war Pharao von Ober- und Unterägypten, der große Tutenchamun. Und im Vergleich mit dem, wovon ich spreche, ist es so, als sei er gestern geboren. Es gibt ältere Kräfte, weit älter als die Kirche von England. Dunklere, wildere Kräfte. Und ich glaube, daß sie jetzt hier sind. Hier und jetzt, an diesem Sommerabend. Spüren Sie es? Hören Sie es? Es hat mit diesen Steinen zu tun.» Sie deutete hinüber, dann drehte sie sich um. «Ihre Leiche mag man ja weiter unten am Hang gefunden haben», sagte sie, «aber gestorben ist der Mann hier oben, im Angesicht der Steine.»

Ein Schauer verdunkelte das Land.

An diesem Abend ging es im *Jungfernschoß* weniger lebhaft zu als gewöhnlich. Immerhin war den ganzen Tag über ein Copper dagewesen, der ohne Rücksicht auf die Öffnungszeiten saudumme Fragen gestellt hatte. Wer immer eine Mistgabel durch Charlie Readers Kehle gebohrt hatte, es war keiner aus ihrer Mitte. Lestrade und Dew saßen in der einen Ecke des Schankraums, die wenigen Eingeborenen, die sich eingefunden hatten, hockten störrisch in der anderen. Der Herr Wirt servierte ihnen das warme, fade Bier, das Ansells so unübertrefflich braute, lustlos und ohne Lächeln. Es lag nur an seiner Gewinnspanne, daß er sie überhaupt bediente. Ein alter Mann saß jedoch nicht bei den anderen. Er saß auch nicht bei den Männern vom Yard. Statt dessen hockte er in der Nähe der Kellertür. Dort war offenbar sein angestammter Platz.

«Ich habe ihn bisher noch nicht gesehen, Sir.» Dew nickte in seine Richtung.

«Bestellen Sie ihm ein Bier, Walter. Bringen Sie ihn her.»

Dew blickte seinen Chef an. «Spesen, Sir?»

«Ach, wir bezahlen es aus der eigenen Tasche, Constable.»

Dew tat wie geheißen und zerrte den widerstrebenden alten Kauz an Lestrades Tisch. Beim Anblick schaumgekrönter Krüge wurde sein Schritt etwas schneller.

«Ich bin Inspector Lestrade», widerhallte es in seinem Hörrohr.

«Eh?»

«Lestrade. Inspector Lestrade, Scotland Yard», wiederholte er.

«Oh, ja. Lonnon», krächzte der alte Knabe, die Lippen an den Rand des Kruges gepreßt. «Hab wieder meine Zähne vergessen.»

«Macht nichts», sagte Lestrade. Das war das geringste seiner Probleme.

«Geht schon. Ich habse mit» – und er fischte zwei braune Prothesen aus der Tasche und rammte sie in seinen Mund. «So, was wollen Sie wissen?»

«Wer tötete Charles Reader?»

«Eh?» Das Hörrohr traf Lestrade heftig an der Schläfe.

«Charles Reader», wiederholte Lestrade.

«Oh ja, iss tot, wissen Sie.»

«Ja, das wußte ich.» Lestrade mußte an sich halten. «Ich versuche rauszufinden, wie er starb.»

Der alte Knabe dachte einen Augenblick nach und nuckelte an seinem Gebiß. «Nun, ich schätze, die Mistgabel hat nich geholfen.» Er nahm einen tiefen Zug und wischte mit seinem Ärmel die Lippen ab. «Die vom 'eimlichen Volk hams natürlich getan, wissen Sie.»

«Wer?» fragte der Inspector.

«Das Heimliche Volk», sagte eine Stimme hinter ihnen.

Die Männer vom Yard standen auf. «Professor Murray», sagte Lestrade. «Ich dachte, wir hätten uns verabschiedet.»

«Das ist richtig, aber mir ist was eingefallen.»

Die Eingeborenen hatten das Trinken vergessen. Der Herr Wirt ließ ein Glas fallen.

«Sie sind nicht daran gewöhnt, Damen ohne Begleitung in Wirtshäusern zu sehen», klärte Dew sie auf.

«Unsinn. Ich habe schon vor Jahren aufgehört, mich um gesellschaftliche Konventionen zu kümmern.»

«O, Professor Murray, darf ich bekannt machen: Constable Dew.»

«Entzückt.» Sie schüttelte ihm kräftig die Hand. «Guter Mann» – sie stieß den Alten, der ein Nickerchen zu machen schien, mit ihrem Stock vor die Brust – «Wo haben Sie das Heimliche Volk gesehen?»

«Ja nun...», sagte er.

«Dew.» Lestrade schnippte mit den Fingern, und der Constable schlich fort, um einen weiteren Pint zu holen.

«Bei den Steinen», sagte er, nachdem der Schaum abgeschlürft war.

«Bei den Rollrights?» fragte sie nach.

«Ja, Mam», rülpste der Bursche laut.

«Ich dachte es mir», sagte sie.

«Was kann das bedeuten?» fragte Lestrade.

«Daß er für heute abend genug hat», teilte Dew den anderen mit.

«Ich bin nicht so sicher, Constable.» Professor Murray dachte nach. «Sie da» – sie stieß ihn noch einmal an –, «hat das Heimliche Volk getanzt?»

«Jau.»

«Im Kreis?»

«Jau.»

«Wie herum?»

Der Alte war verdutzt. «Anders rum als die Uhr.»

«Widdershins», sagte Professor Murray.

«Gottbehüte», sagte Dew.

«Er möge uns alle behüten, bis das hier vorüber ist. Wann haben Sie diese Leute gesehen?»

«Neulich nachts.»

«In der Nacht, in der Reader starb?» fragte Lestrade.

«Eh?» Das Hörrohr trat wieder in Aktion. Woran lag es bloß, fragte sich Lestrade, daß der Mann seine Worte nicht verstand?

«War es die Nacht, in der der arme Mr. Reader starb?» drängte Professor Murray.

«Jau.»

«Der erste August», sagte sie.

«Ist das von Bedeutung?» fragte Lestrade.

Sie blickte ihn an. «Ja, Inspector. Am ersten August ist Lammas, das Fest des Großen Sabbat. Es ist die Nacht der Hexen.» Wieder senkte sich Schweigen über den kleinen Raum.

Lestrade flüsterte Mrs. Murray zu: «Wollen Sie mir erzählen, daß dieser alte Idiot Zeuge eines Hexensabbats war?»

«Er glaubt, sie wären Feen», flüsterte sie zurück. «Das Heimliche Volk. Nun, ich bin da ganz unvoreingenommen. Was mich betrifft, so gibt es keinen Zweifel, daß Sie in einen Hexensabbat hineingestolpert sind, Mr. Lestrade.»

Lestrade gab Dew ein Zeichen, ihren Rückzug zu decken, und führte Professor Murray zur Tür. «Gute Nacht, Gentlemen», sagte er zu den Gästen, «und vielen Dank für Ihre Hilfe.»

In der Stille der warmen Sommernacht fuhr Professor Murray fort:

«Deshalb bin ich zurückgekommen. Plötzlich mußte ich an das Datum denken.»

«Also hatte Tom Reader recht», murmelte Lestrade.

«In welcher Beziehung?» fragte sie.

«Er sagte, sein Vater habe eine lange Nase und stecke sie immerfort in anderer Leute Angelegenheiten. Er war ebenso Zeuge des Sabbats wie der alte Bursche da drin.»

«Ja, aber er muß dichter dran gewesen sein. Oder er hatte vielleicht ein Fernglas. Möglicherweise hat er jemanden erkannt.»

«Was bedeutet ‹Widdershins›?» fragte Lestrade.

«Im entgegengesetzten Uhrzeigersinn», erklärte ihm Professor Murray. «Es ist der traditionelle Rundtanz der Hexen. Sehen Sie, das steht in direktem Gegensatz zur natürlichen Bewegung, die den Kräften des Lichtes folgt. Bei den meisten Sabbats werden Sie zwölf Hexen und eine dreizehnte Person finden – den Gott. Vermutlich trägt er eine gehörnte Maske, um seine Stellung als Oberhaupt des Kults zu symbolisieren. Er kopuliert mit so vielen Frauen, wie er kann, und sie küssen sein Hinterteil als Akt unverhüllter Blasphemie.»

Walter Dew wandte sich ab. «Sie müssen meinem Constable verzeihen», grinste Lestrade. «Er ist ein verheirateter Mann.» Dew war dankbar, daß in der Dunkelheit niemand sehen konnte, wie er errötete.

«Ich glaube, ich weiß, wie Sie sie kriegen können», sagte Professor Murray.

«Ja?»

«Gehn Sie fort. Verlassen Sie das Dorf. Erklären Sie, Ihre Ermittlungen seien abgeschlossen.»

«Aber…»

«Dann kommen Sie mit zwei oder drei Männern in Zivil zurück. Ich werde ebenfalls kommen, wenn ich darf.»

«Wann?»

«Am Abend von Allerheiligen, Inspector. Der nächste große Sabbat. Dann tanzen die Hexen wieder. Ich möchte zu gern wissen, wer sich hinter der Ziegenmaske verbirgt.»

«Ich auch, Professor, ich auch.»

«War's das, Sholto?» fragte Harry.

«Viel mehr gibt's nicht», lächelte Lestrade.

«Oh, komm, Papa. An dieser Stelle kannst du nicht aufhören.» Emma rannte zu ihrem Vater und hämmerte mit ihren Fäusten gegen seine Brust.

«Gingen Sie denn Allerheiligen wieder hin, Sir?» fragte Paul Dacres.

Lestrade grinste. «Wir gingen tatsächlich hin. Es ist so ziemlich das einzige Mal gewesen, daß ich den Rat einer» – er nahm die feministischen Blicke von Emma und Letitia wahr – «Zivilperson annahm. Aber Professor Murray hatte recht.»

«Waren sie wirklich nackt?» kicherte Emma.

«Emma!» Harrys Prüderie machte sich bemerkbar.

«Von dem mit der Ziegenmaske abgesehen, ja», sagte Lestrade.

«Und hat er wirklich ...? fing Emma an.

«Worauf es ankommt, ist doch», mischte Harry sich ein, «ob du deinen Mörder gekriegt hast.»

«Nein, Harry. Ich kriegte ihn nicht.» Lestrade blickte in die erkaltende Asche im Kamin. «Ihr wärt verblüfft über das, was wir in jener Nacht zwischen den alten Steinen zu sehen bekamen – und dräng mich nicht, Emma», kam er ihrer Frage zuvor. «Es gibt ein paar Dinge, die man besser ruhen läßt. Miss Newington, Miss Trenchard, Tom Reader, den Wirt vom *Jungfernschoß*, um bloß ein paar zu nennen.»

«Wer war das Oberhaupt?» fragte Letitia. «Wer trug die Ziegenmaske?»

«Sir Richard Ferrers natürlich», antwortete Lestrade. «Kein Wunder, daß er so ausdrücklich darauf bestand, seine Leute hätten nichts damit zu tun.»

«Wer hat Charlie Reader denn nun getötet?» fragte Emma.

Lestrade zuckte die Achseln. «Nach allem, was ich weiß, taten Sie es alle. Ich glaube, Professor Murray hatte recht. Reader gehörte nicht zum Kreis. Aber er war ein Spanner. Er hatte etwas über ihr heimliches Treiben ausgeplaudert.» Mit Mißbehagen erinnerte er sich an das heimliche Treiben von Miss Trenchard. Es kribbelte unter seinem Gips. «Aber natürlich hatte ich keinen Beweis. Gewiß, Miss Newington schien ehrlich entsetzt, als sie über die Leiche stolperte ...»

«Aber das hieß nicht, daß sie ihre Hände nicht im Spiel gehabt hatte, sondern bloß, daß sie nicht wußte, wohin man den Toten geschafft hatte», sagte Emma.

Lestrade zwinkerte ihr zu. «Ganz meine Tochter», sagte er.

«Was geschah mit den Hexen?» fragte Letitia.

«Ich dachte, Zauberei sei immer noch ein todeswürdiges Verbrechen», warf Ivo ein.

«Theoretisch, ja», sagte Lestrade. «Aber dort oben, auf dem kahlen Hügel, wem konnten sie dort schaden? Wir konnten ihnen doch nur vorwerfen, sich lüstern und obszön aufgeführt zu haben, was womöglich als Landfriedensbruch gewertet werden könnte. Dann kam der Brief.»

«Brief?» wiederholte Harry. «Soll das heißen, daß es ein weiterer aus der Reihe war...?»

«Die mit Tom Berkeleys Tod endete?» Lestrade warf einen Blick auf Fanny. Ihre Augen weiteten sich einen Augenblick, dann glitt sie aus dem Zimmer. Letitia bedeutete den anderen, sich nicht zu rühren und folgte ihr. «Ja, Harry», fuhr Lestrade nach einer Pause fort, «ich glaube, er gehörte dazu. Es stand lediglich darin: ‹Fünf für die Zeichen an deiner Tür›.»

«Und du hast keine blasse Ahnung, wer ihn geschickt haben könnte?» wollte Emma wissen.

«Eine Zeitlang glaubte ich, es sei Professor Murray gewesen. Es gab Zeiten, da hätten wir sie beinahe festgenommen. Sie bestritt, den Brief geschickt zu haben – und Leute wie Margaret Murray sind nicht dafür bekannt, daß sie lügen –, aber sie erklärte mir seine Bedeutung. Der Hügel, auf dem wir uns begegneten, wo Charles Reader vermutlich starb, Long Compton Hill, und drei andere in der Gegend bilden einen fünfzackigen Stern. Die Hexen sagen Pentagramm – für sie ein magisches Symbol. Im Zentrum des Pentagramms stehen die Rollrights.»

«Aber wer außer Professor Murray sollte daran Interesse haben, dich darauf aufmerksam zu machen?» fragte Emma.

«Ja, wer wohl?» flüsterte Lestrade.

Eine Stille trat ein.

Die Uhr schlug zwölf. «Frohe Weihnacht für jedermann», rief Ivo.

«Ha, ha, ha», sagte Lestrade.

Wem die Stunde schlägt

Am ersten Tag des Jahres 1913 brachen die Krähen nach Westen auf. Lestrade sah zu, wie sie schreiend über den kahlen Ulmen kreisten und flatternd verschwanden. Er richtete den Blick wieder auf die Silhouette von Tom Berkeleys Haus, auf seine trostlosen Fenster, in denen hier und da ein Licht schimmerte. Mrs. M'Travers knickste, und Stalker half ihm aus dem Wagen und in die Halle.

«Frohes Neues Jahr», sagte er zu den beiden, obwohl es im Augenblick nichts gab, über das man sich hätte freuen können. Stalker machte es ihm im Arbeitszimmer bequem, brachte ihm die Papiere, um die er gebeten hatte, und die Karaffe. Lestrade war allein mit seinen Gedanken, den labyrinthischen Windungen in einer Geschichte, denen er nicht zu folgen vermochte. Er warf einen Blick auf den entmutigenden Papierberg des toten Chief Constable und auf sein eigenes Spiegelbild im lichterhellten geschliffenen Glas. Er knipste die Lampe an und machte sich zuerst über die Post her. Beileidsbriefe, an Fanny adressiert. Die legte er auf die Seite. Vielleicht war sie eines Tages in der Lage, sie zu lesen. Weihnachtskarten, grausamerweise an Tom Berkeley gerichtet, von Leuten, die von seinem Tod nichts erfahren hatten. Und da war ein Brief, an Lestrade adressiert. Darin stand nur: «Zwei, Zwei, die lilienweißen Jungen». Er lehnte sich zurück, kratzte an seinem Bein und nahm einen Schluck aus dem Glas, um den Schmerz zu betäuben. Wer waren die zwei? Und Jungen? Lilienweiß? Was für eine neue unsinnige Windung war das? Welch neuer unverständlicher Hohn?

«Frohes neues Jahr, Sholto», eine leise Stimme kam von der Tür. Als er sich umdrehte, erblickt er eine Silhouette.

«Fanny.» Er streckte die Hand nach ihr aus, wie damals am See, als Tom Berkeley gestorben war. Sie kam zu ihm, zunächst mit zögerndem Schritt, dann warf sie sich in seinen Schoß und weinte und weinte. Er strich mit den Fingern über ihr Haar und ihren zitternden Körper.

«Ich dachte, du wärst noch bei Harry und Letitia», sagte er.
Sie richtete sich auf und wischte die Tränen ab. «Nachdem du fort warst, konnte ich es nicht mehr ertragen. Ich habe einen Menschen verloren, den ich mehr liebte als alles andere, und als du fortgingst, war mir, als hätte ich den anderen auch verloren. Ich bin grausam gewesen, Sholto. Stumm und grausam.»
«Nein.» Er strich ihr Haar. «Ich habe es verstanden. Wir alle.»
«Die letzten Wochen ...»
«Ich weiß, ich weiß.»
Sie zog ein Taschentuch und schneuzte sich, bis die Fenster klapperten. Sie blickte den rotäugigen Polizisten an, der vor ihr saß. «So, Superintendent Lestrade, wer hat meinen Vater getötet?»
«Frohes neues Jahr», sagte er. «Willkommen daheim, Fanny» – und er küßte sie.

An diesem Sonnabend war Lestrade zu besichtigen. In der Kirche sollte das Paar aufgeboten werden. Der Superintendent war der Star des Dorfes. Die Leute hatten von seltsamen Ereignissen im Haus des Chief Constable gehört, doch jetzt war ein neues Jahr. Ein neuer Anfang. Fanny Berkeley war heimgekehrt, strahlend wie eh und je, und das Leben konnte weitergehen. Die Kirche von St. Anselm war im Begriff, ihr fünfhundertjähriges Jubiläum zu feiern, ein Rekord, der ohne Zweifel den Neid des M. C. C. erwecken würde. Norman Penhaligon hatte sich die Haare schneiden und die Kragen stärken lassen. Die Kirche war ein einziges Blumenbeet, und Fanny hatte versprochen, im Chor mitzusingen, der zur Feier dieses Tages bei einem festlichen Akt auftreten sollte. Horatius Rivers, der bekannte Dirigent, war vom Vikar überredet worden, die Leitung zu übernehmen, und dem Organisten hatte man gesagt, er habe sich damit abzufinden oder er werde auf dem Platz des Bälgetreters enden.
Es war ein prachtvoller Morgen, als Fanny den Inspector über den Kiesweg zur Kirche schob. Am überdachten Friedhofstor hielt Jane Penhaligon sie auf.
«Fanny. Ich hörte, daß Sie zurück sind. Es tut gut, Sie zu sehen.»
Fanny lächelte. «Danke. Werden Sie heute morgen singen?»
«Ich möchte es um nichts auf der Welt verpassen», sagte sie.

«Wie geht es Ihnen, Sholto?»

«Gut, Jane, danke. Fanny würdest du schon vorgehen, Liebste? Ich hätte gern ein Wort mit Jane gesprochen.»

«Natürlich», lächelte sie. Falls sie über diesen Wunsch überhaupt verstimmt war, so zeigte sie es nicht. «Ich werde drin sein. Stalker ist da, um dir bei den Stufen zu helfen, Sholto.» Sie sahen ihr nach, als sie davonging; Lestrade hatte kaum gehofft, sie jemals wieder so beschwingt gehen zu sehen.

«Jane», sagte Lestrade.

Sie verschloß ihm mit dem Finger die Lippen. «Nicht», sagte sie. «Es spielt keine Rolle mehr.»

«Doch», sagte er und drehte den Bowler in seinem Schoß. «Was zwischen uns passiert ist...»

Sie beugte sich über ihn, und die Federn ihres Hutes kitzelten seine Nase. «... war das Natürlichste von der Welt», sagte sie. «Jetzt hast du deine Familie, und ich... ich habe Norman.»

«Aber das ist nicht genug für dich, stimmt's?»

Sie blickte ihn an, eine Düsterkeit in den Zügen, die er noch nie an ihr wahrgenommen hatte. «Nach dem heutigen Tag, Sholto, wird das keine Rolle mehr spielen.»

Er machte eine Handbewegung, um sie zu fragen, was sie meine, doch sie war gegangen und schritt mit wiegenden Hüften in die Vorhalle. Der kummergewohnte Stalker kam heraus und schob Lestrade in die Kirche.

«Ich werde Ihren Zukünftigen hier plazieren», sagte Jane Penhaligon zu Fanny. «Ein wenig abseits.» Sie faßte an den Donegal. «Es ist der wärmste Platz in der Kirche. Der Taufstein liegt wunderschön im Sonnenlicht, nicht wahr, Sholto?»

Das traf zu, wie er zugeben mußte. Im Kirchenschiff vor ihm wogte es, als es sich mit den in Karmesinrot und Weiß gekleideten Chorsängern füllte. «Zwei, Zwei, die Lilienweißen Jungen», schoß es ihm geisterhaft durch den Kopf.

«Wir sollten unsere Plätze einnehmen», sagte Jane zu Fanny. «Mr. Rivers mag es nicht, wenn man ihn warten läßt. Genießen Sie die Musik, Sholto. Sie brauchen sich bloß vorzustellen» – sie blickte zur hölzernen Decke hinauf –, «daß die Glocken dort oben geläutet wurden, als Henry V. König war, in jenem Jahr, als der Dauphin ihm die Tennisbälle sandte.»

Fanny küßte ihn auf die Wange und ging mit Jane zu den Chorstühlen. Er sah, wie sie auf halbem Weg stehenblieben und das Sonnenlicht auf sie fiel, auf goldenes und schwarzes Haar. Fanny drehte sich um und lächelte. «Sehen Sie doch, Jane», sagte sie. «Man würde nicht glauben, daß dieser Mann ein Bollwerk gegen das Verbrechen ist, nicht wahr?»

Jane sah bekümmert aus. «Es gibt soviel Verbrechen», sagte sie, «soviel Böses. Ich frage mich, ob Sholto etwas ausrichten kann.»

Die mächtige Orgel von St. Anselm's setzte so machtvoll ein, daß das Gebäude in seinen Grundfesten erschüttert wurde. Mr. Rivers, im eleganten Gehrock, wie ihn die Liebhaber der Oper bevorzugen, nahm seinen Platz auf dem Podium unter dem Altar ein. Er klopfte mit seinem Taktstock auf das Chorpult, und der Chor stimmte seinen Choral an. Lestrade saß da; er fühlte sich behaglich, zum erstenmal nach langer Zeit glücklich, und er ließ sich von den Harmonien überschwemmen – «Alle Menschen, die auf Erden leben.»

«Ich habe etwas Neues eingefügt», hörte er Mr. Rivers zum Chor sagen, als die Orgel verstummte. «Man nennt es den Dilly Song. Ich denke, der eine oder andere von Ihnen wird ihn kennen. Die anderen finden ihn auf Seite drei ihrer Noten. Und... eins, zwei, drei, vier...»

Die Orgel setzte wieder ein. Dieses Mal knirschte es wirklich im Gebälk über Lestrades Kopf, und ein kleines Gipsblättchen landete auf seiner Schulter. Er wischte es fort und klopfte mit seinem gesunden Fuß den Takt zu der beschwingten Melodie. Seit Jahren hatte die Kirche von St. Anselm's eine so ausgelassene Musik nicht gehört. Die älteren unter den Chormitgliedern hoben leicht die Augenbrauen.

«Halt!» Das war die Stimme von Jane Penhaligon. Die Musik verstummte. «Mr. Rivers», hörte Lestrade Jane sagen, «das gehört nicht zum ursprünglichen Programm. Ich bin nicht sicher, ob der Vikar es gutheißen würde.»

Mr. Rivers ignorierte die zustimmenden Zurufe aus dem Chor und brachte die Sänger mit einem Schlag seines Taktstockes zum Schweigen.

«Ihr Gatte hat mir freie Hand gelassen, Mrs. Penhaligon», sagte er barsch. «Darf ich Sie daran erinnern, daß *ich* hier der musikalische Leiter bin? Und, eins, zwei, drei, vier...»

Jane Penhaligon nahm ihren Platz im Chor wieder ein. Was Lestrade verborgen blieb, sah Fanny: die blitzenden Augen in Janes düsterem Gesicht, plötzlich stechend und wild. Sie machten ihr angst.

«Ich singe euch von Einem», stimmte die linke Hälfte des Chors an.

«Grün sprießen die Binsen», antwortete die andere.

Abermals fiel Gips auf Lestrades Schulter. Ein, zwei, dann mehrere Stückchen. Er spähte nach oben. Die Bohlen erschienen ihm nicht allzu vertrauenswürdig. Er rutschte in seinem Rollstuhl hin und her. Es war vielleicht klüger, ein wenig beiseite zu rücken. Er wurde sonst so staubig wie die Särge in der Krypta.

«Wer ist euer Einer?» fragte die linke Hälfte des Chors.

«Der eine ist der Eine und ohnegleichen und wird es immer sein.»

Lestrade stellte fest, daß er sich nicht von der Stelle rühren konnte. Die mittelalterlichen Dielen unter seinen Füßen waren uneben, und die Räder des Rollstuhles hatten sich darin verklemmt. Der Gips fiel nun mit hörbarem Krachen herab. Einige Mitglieder des Chors bemerkten es und wurden abgelenkt.

«Ich singe euch von Zweien», ertönte es.

«Wer sind die Zwei?» kam die Frage.

Lestrade war zu sehr mit seinen Hebeln beschäftigt, um die Antwort zu hören.

«Zwei, Zwei, die Lilienweißen Jungen, gekleidet ganz in Grün, so fein. Der Eine ist der Eine und ohnegleichen und wird es immer sein.»

Fanny hatte Lestrades mißliche Lage nicht bemerkt. Sie stand zu nahe an der Orgel, um das Ächzen des Gebälks zu hören. Auch die nächsten Verse hatte sie noch nicht überflogen. Bloß Janes glühende Augen und ihr schwerer Atem fesselten sie. Es war doch gewiß nicht Mr. Rivers' Änderung des Programms, die sie so in Rage brachte?»

«Ich singe euch von Dreien», fuhr der Chor unbarmherzig fort.

«Grün sprießen die Binsen.»

«Wer sind die Drei?» Lestrade spürte, wie das Gefühl der Panik in ihm wuchs. Die Glocken über dem zerbrechlichen Gebälk ächzten und schepperten wie unter den Hieben eines verrückten Schmieds.

«Drei, drei, die Rivalen», hörte Lestrade die schrillen Stimmen, und der Schock ließ ihn erstarren.
«Zwei, Zwei, die Lilienweißen Jungen, gekleidet ganz in Grün, so fein. Der Eine ist der Eine und ohnegleichen und wird es immer sein.»
Lestrade starrte wie gebannt nach vorn auf den Chor, sein Mund stand offen, während rings um ihn Gips, Latten und Gebälk krachten.
«Ich singe euch von vieren», fuhr der Chor fort, dessen Konzentration nachließ. Jetzt hatte Fanny die Worte gehört, zum erstenmal. Natürlich, das waren dieselben Worte, von denen Sholto gesprochen hatte. Die Worte in den sinnlosen Briefen, die er seit Jahren erhielt. Sie schaute zu Jane Penhaligon hinüber. Ihr Gesicht war eine Maske des Bösen, verzerrt, strahlend, und sie starrte durch das Schiff zu Sholto hin. Sholto! Als Fanny ihn erblickte, verschwand er unter Mauerwerk. Der Chorgesang endete in einer Reihe schriller Halb- und Mißtöne. Fanny sprang aus ihrem Chorstuhl und rannte, Lestrades Namen rufend, ungestüm durch das Kirchenschiff. Lestrades Hände schnellten vor, um die Bremsen zu lösen. Mr. Rivers, als einziger an seinem Platz, dem Spektakel noch immer den Rücken zugewandt, sang jetzt ein Solo und vermochte sich den plötzlichen Aufbruch nicht zu erklären.
«Vier für die Evangelisten», intonierte er und verfehlte den höchsten Ton, als er die Lage erkannte.
Mit einem Quietschen schoß Lestrades Rollstuhl vorwärts, und er sauste durch das Kirchenschiff, Fanny und einige Sänger aus dem Weg räumend, als seien sie Kegel. Er selbst beschrieb vor Mr. Rivers einen Purzelbaum und landete schließlich am Boden, den Taktstock des Dirigenten in das linke Nasenloch gebohrt. Die Wucht des Aufpralls und der Schock waren so groß, daß er nicht hörte, wie die Große Glocke von St. Anselm's aus dem Jahr 1413 mit einem letzten Ächzen auf das Taufbecken stürzte. Das Becken und der Boden darunter gingen in Trümmer. Ohne die Barmherzigkeit und Erfindungsgabe von Frank Hornby hätte das Gewirr aus Seilen und zersplittertem Holz Sholto Lestrade unter sich begraben.
Rivers deutete schwach auf den Trümmerhaufen im aufsteigenden Staub und flüsterte ihm ins Ohr: «Frag nicht, wem die Stunde schlägt. Vielleicht bist Du gemeint.»

Sekunden später war Fanny bei ihm und half ihm hoch. Auch Stalker war zur Stelle, erweckte Gefallene wieder zum Leben und kletterte über den Schutt.

«Fanny, bist du in Ordnung?» fragte Lestrade.

«Ja, Sholto. Das Lied. Hast du das Lied gehört?»

«Ich hab's gehört, Fanny. Ich hab's gehört. Stalker. Bringen Sie mich zur Glocke.»

«Sei vorsichtig, Sholto.» Fanny ergriff seinen Arm.

«Zurücktreten, alle», knurrte er den zitternden Chor an.

«Stalker, das Seil.»

Der Constable lehnte den Superintendent an eine Säule und ergriff das abgenutzte Ende.

«Angeschnitten», sagte Lestrade gleichmütig. «Stalker, helfen Sie mir die Stufen hinauf. Setzen Sie mich in meinen Stuhl. Dann tun Sie hier, was Sie können. Kümmern Sie sich um Miss Berkeley.»

«In Ordnung, Sir.»

«Sholto» – Fanny stützte ihn –, «wohin gehst du?»

«Wo ich schon vor langer Zeit hätte hingehen sollen, Fanny», sagte er und wischte die Tränen von ihren Wangen. «Ich werde nicht lange fort sein.»

«Wo immer es ist, ich werde mit dir gehen. Du schaffst es nicht allein.»

«Nein», sagte er schroff. Dann sanfter: «Das ist mein Spiel, Fanny. Ich weiß, wie man es spielt. Man spielt es immer allein.» Sie hielt seine Hand, bis Stalker Lestrade in seinen Rollstuhl hievte. Wie ein fahrender Ritter, den Donegal zerfetzt, mit Mörtel bedeckt, fuhr Sir Sholto Lestrade aus der Kirche, um mit Drachen zu kämpfen.

«Mr. Rivers», rief er dem Dirigenten zu, der benommen ins Sonnenlicht stolperte. «Sagen Sie mir, was wird in Ihrem Dilly Song über die Nummer Elf gesagt?»

«Elf?» Rivers war verwirrt. «Äh... Warten Sie... Elf für die Elf, die gen Himmel fuhren», sagte er.

Lestrade lächelte grimmig. «Natürlich», sagte er und verschwand.

Der Reverend Panhaligon inspizierte, wie es Vikare zu tun pflegen, seine Rosenbeete, als der Superintendent erschien.

«Du liebe Güte, Sholto. Sie sind ein wenig... ein wenig aus der Fasson», sagte er.

«Ist Ihre Gattin zu Hause, Norman?» fragte Lestrade.

Penhaligon erkannte, daß dies kein Höflichkeitsbesuch war.
«Nein, Sholto. Jane ist in der Kirche.»
«Sie war es», sagte Lestrade. «Sie haben den Lärm fallender Glokken nicht gehört?»
«Fallende Glocken? Ein Unfall! Mein Gott.» Er wurde plötzlich blaß. «Ist sie in Ordnung?»
«Ich weiß es nicht», erwiderte Lestrade. «Als ich die Kirche verließ, war sie nirgends zu finden.»
«Sholto ...» Penhaligon wußte nicht, was er sagen sollte.
«Suchen Sie mich?» Der Vikar drehte sich beim Klang der Stimme um. Jane Penhaligon stand reglos auf den Stufen neben dem Steingarten.
«Ich habe Ihnen ein paar Fragen zu stellen, Jane.»
«Jane?» Penhaligon blickte sie ängstlich an.
«Sie kommen besser ins Haus», sagte sie.
Den Fahrweg überwand Lestrade auf bewunderungswürdige Weise, doch an der Treppe war er mit seinem Latein am Ende. «Ich habe hier einen Stock, Sholto», sagte Penhaligon. «Nehmen Sie ihn als Krücke und stützen Sie sich auf mich» – und er half ihm in den Salon. Sie nahmen Platz.
«Wie lange kannten Sie Gordon Ushant?» fragte Lestrade sie.
«Wen?» Jane blieb kühl und undurchdringlich.
«Ich hatte mir nicht klargemacht, daß Sie gewöhnlich Schwarz tragen, Mrs. Penhaligon. Gordon Ushant war bis vor kurzem der Chief Constable von Rutland. Er wurde getötet – um genau zu sein, ihm wurde die Kehle durchgeschnitten – von einer attraktiven Frau, die Schwarz trug.»
«Sholto!» Außer sich vor Zorn sprang Penhaligon auf.
«Tut mir leid, Norman», sagte Lestrade. «So sehr ich es auch wünschte, es gibt keine andere Methode als diese. Sagen Sie, Mrs. Penhaligon, waren Sie wirklich eine Patientin von Dr. Edmund Lucas, oder war er nur eine Ihrer Eroberungen?»
«Eroberungen?» Penhaligon war völlig verwirrt. «Jane, wovon spricht er?»
Sie stand auf und ging zum Fenster. «Das fragst du besser den Superintendent», erwiderte sie, ausdruckslos über die frostigen, von der Morgensonne verklärten Felder starrend. «Er scheint alle Antworten zu kennen.»

«Sagen Sie», fuhr Lestrade fort, «wann bemerkten Sie, daß Sie den Ohrring verloren hatten? Und wann dämmerte es Ihnen, daß es in Ushants Arbeitszimmer geschehen war? Und welche Verkleidung benutzten Sie, als Sie Tom Berkeley auf die Spielzeugausstellung folgten? Schlau von Ihnen, die Sache mit der Mekkano-Armbrust, doch jemand mußte sie abfeuern, im richtigen Augenblick den Hebel lösen.»
Sie wandte sich um und maß ihn mit einem kalten Lächeln. «Wie sind Sie darauf gekommen, daß ich es sei, Sholto?»
«Etwas hat von Anfang an nicht gestimmt. Sie waren nicht das, was Sie zu sein vorgaben, Jane. Die Frau eines Vikars, die nicht der Mittelpunkt einer Tee-Party ist, die den meisten Leuten in der Gemeinde ihres Mannes unbekannt ist; die freigiebige Art, mit der Sie Ihre» – er hielt zögernd inne – «Gunst verschenkten.»
Norman Penhaligon ließ den Kopf in seine Hände sinken.
«Zuerst konnte ich nicht begreifen, warum Sie so außer sich gerieten, als Mr. Rivers mit dem Dilly Song anfing. Als ich die Worte hörte, wurde es mir klar. Es war purer Zufall, daß der Mann mir des Rätsels Lösung verriet – alle die Briefe, die Sie mir über die Jahre schickten. Es war Ihre Idee, meinen Rollstuhl unter dem Glockenturm zu plazieren. Haben Sie die Dielenbretter selber hochgestemmt? Für den Augenblick waren sie ein sehr wirksames Hindernis. Es war auch einfallsreich, den Glockenstrang so weit einzuschneiden, daß er nach kurzer Zeit aufgrund der Erschütterung durch Orgel und Gesang reißen und die Glocke herunterstürzen mußte. Aber Sie sind ja schließlich eine clevere Frau, nicht wahr? Ein glänzender Einfall, in Dr. Lucas' Zimmer einen brennenden Zigarrenstummel zurückzulassen. Das hat mich eine Weile konfus gemacht.»
Sie ging auf ihn zu. «Ja, Sholto», gurrte sie, «ich bin clever. Wie alt bin ich, würden Sie sagen?»
Er warf einen Blick auf die wohlgeformte Gestalt, auf das lange, duftende, dunkle Haar.
«Ein- oder zweiunddreißig», sagte er.
«Schmeichler!» trillerte sie. «Tatsächlich bin ich sechsunddreißig. Wie gut sind Sie im Kopfrechnen?»
Lestrade verstand gar nichts mehr.
«Wann wurde ich geboren?» Sie beugte sich über ihn.

Er runzelte die Stirn. Die Zeit auf Mr. Poulsons Anstalt lag lange zurück. Seine Augen weiteten sich.
«Ich werde Ihnen auf die Sprünge helfen», sagte sie. «1877. Ich wurde in jenem Jahr geboren, als die Detektive vor Gericht standen. In dem Jahr, als Sie den Brief bekamen, in dem es hieß: ‹Acht für die Acht Kühnen Rangers.› Ich war ein wenig frühreif, meinen Sie nicht auch? Und was die Briefe angeht, in denen von zwölf, zehn und neun die Rede war, nun ja... sie waren nichts weniger als wunderbar...»
«Man brauchte dazu bloß einen Mann Gottes.» Penhaligon sprach zum erstenmal.
Jane trat stumm zur Seite, und Lestrade sah Norman dasitzen und mit einer Webley, Modell 4, spielen.
Lestrade schluckte. «Wie ich es mir dachte», bluffte er.
Penhaligon lachte. «Sie wollen einen Verdacht gehabt haben? Lestrade, Sie würden sämtliche Knastbrüder von Wormwood Scrubs nicht verdächtigen. Hören Sie, Sie sollten das Geschäft nun endlich den Amateuren überlassen. Pater Brown würde Sie in die Tasche stecken.»
«Es sieht so aus, als wenn ich sie beide jetzt festnehmen müßte», sagte Lestrade.
Dieses Mal lachten beide Penhaligons. «Dazu wird es nun wirklich nicht kommen, Sholto!» sagte Norman und hob die Pistole. Lestrade hob seine Hand.
«Darf ich wenigstens erfahren, warum?» sagte er. «Der Dilly Song? Welchen Zweck hatte das alles?»
Norman warf Jane einen Blick zu. «Erzähl weiter», sagte sie. «Es ist schließlich der letzte Wunsch eines Mannes, der sterben wird.»
«Asche zu Asche», lächelte Norman pathetisch. «Also gut, Lestrade. Um Ihren Grips, so winzig er auch sein mag, zu beruhigen. Ich kann Sie doch nicht unvorbereitet vor Ihren Schöpfer treten lassen.»
Lestrade rekapitulierte rasch seine Lage. Er hatte einen Stock und ein Springmesser. Und er hatte ein gebrochenes Bein. Ihm standen zwei kräftige, voll bewegliche Leute gegenüber. Beide waren ungemein mordlustig. Wahrscheinlich verrückt. Und einer der beiden hatte eine Pistole. Wie es aussah, würde es einen Mord im Pfarrhaus geben.

«Jane hat also mit Ihnen geschlafen?» Penhaligon nahm die Pistole in die andere Hand und schenkte Brandy ein, einen für Jane und einen für sich selbst.
«Nun, ich … äh …»
«Ach kommen Sie, Lestrade», höhnte Penhaligon. «Kein Grund, zimperlich zu sein. Schon gar nicht jetzt.»
«Sie ist trotzdem Ihre Frau», sagte Lestrade.
«Das ist nicht ganz richtig», grinste Norman. Jane nahm den Brandy, setzte sich auf die Armlehne des Sofas und legte den Arm um ihn. «Jane ist meine kleine Schwester. Ich hatte Spaß an der Masche, mit der sie Sie in jener Nacht bei Tom Berkeley reinlegte. Wie war das noch, Jane?»
In ihrer unwiderstehlichen Art beugte sie sich vor. «Er rührt mich nie an, Sholto.»
«Genau so», lächelte Penhaligon. «Nun, es wäre nicht korrekt, oder? Noch etwas anderes ist Ihnen entgangen, Lestrade», strahlte er. «Wir sind uns schon einmal begegnet, wissen Sie das?»
«Tatsächlich?»
«Es war an einem heißen Tag im Sommer 1875 auf der Victoria Station, wenn mich meine Erinnerung nicht trügt. Natürlich trug ich einen falschen Bart, und Sie waren in Eile. Ich geriet mit einem Schaffner aneinander, dem Sie folgten, und nannte mich Hugh N. Crigh. Da Sie sich in der mittelalterlichen Kriminologie nicht auskannten, verstanden Sie das nicht.»
Lestrade zwinkerte. «Hue and Cry», sagte er.
«Du kommst ein bißchen spät drauf, Sholto», sagte Jane.
«Ich verstehe immer noch nicht Ihr Motiv. Wozu die Briefe?»
Penhaligon stand auf. «Am Anfang stand das Wort Palmer.» Er wandte sich dem Detektiv zu. «Verstehen Sie, worauf ich hinauswill?»
Lestrade verließ der Mut. «Inspector Palmer?» fragte er.
Penhaligon nickte. «Es fing alles wirklich als ein Spaß an. William war ein guter Polizist, ein besserer, als Sie es je werden sein können. Er erzählte uns von einem Grünschnabel, der als Constable zu seinem Trupp gekommen war, damals im Jahr 1873, ein Mann meines Alters, ein wenig älter, namens Lestrade.»
«Sie waren der jüngere Bruder, der zur Universität gegangen war, um Geistlicher zu werden?»

«Stimmt. William erzählte mir von diesem alten Schwachkopf Claverhouse. In jenen Tagen war ich ein Idealist, Lestrade. Ich fand es schockierend, daß Sie sich hatten bestechen lassen, um die Sache zu vertuschen. Die Tatsache zu verschweigen, daß man ihn tot in einem Bordell gefunden hatte.»

«Das hat William Ihnen erzählt?»

Penhaligon nickte. «Also rief ich mir den Apostel-Club ins Gedächtnis und die letzte Zeile aus dem Dilly Song, den wir als Kinder gelernt hatten: ‹Zwölf für die zwölf Apostel.› Sie paßte haargenau. Ich schickte sie Ihnen, um Ihnen Gewissensbisse zu bereiten. Ich wollte sehen, ob Sie ihre Doppelmoral erkannten, Ihre Seele retteten... Sie taten es nicht.»

«Weiter.» Lestrade glitt unmerklich nach unten. Seine einzige Chance war, an Penhaligons Pistole heranzukommen.

«Dann kam Hesketh.» Penhaligon goß sich einen zweiten Brandy ein, während Jane in einem Sessel saß. Der Superintendent konnte nicht sehen, was sie machte, und das beunruhigte ihn.

«Er war eine Tragödie, dieser Mann. Ein einfältiger Tropf. Er liebte seine Frau, und sie spielte ihm einen grausamen Streich. Ein Streich, der tödliche Folgen hatte, wie es nun mal so ist. Ein weiteres Mal haben Sie, trotz meines Briefes – ‹Zehn für die Zehn Gebote› – nichts unternommen.»

«Es gab nichts mehr zu tun», sagte Lestrade. «Selbst Hesketh begriff das.»

«Sie passen nicht auf, Lestrade.» Penhaligon schlug ihm plötzlich brutal ins Gesicht. «Damals taten Sie's nicht und heute ebensowenig. Oh, ihr Kleingläubigen! Also» – der gehässige Vikar richtete sich auf – «beschloß ich, dafür zu sorgen, daß Sie aufmerksam wurden. Sie waren die schlimmste Art von Abschaum, Lestrade. Ein unehrlicher Copper ohne die geringste Spur von Reue. Sie hatten keine Ahnung von der Bedeutung des Wortes *Gerechtigkeit*.»

«Sie haben also den Sturz von Valentine Baker eingefädelt?» fragte Lestrade. «Nennen Sie das Gerechtigkeit?»

«Vielleicht, vielleicht auch nicht. Ich habe Sie auf die Probe gestellt, Mann. Wollte sehen, wie weit Sie gehen würden.»

«Ich ging fast selber dabei drauf», fauchte Lestrade.

Penhaligon lehnte sich mit dem Rücken gegen das Fenster. «Ja, das ist richtig. Da hätte ich fast nachgegeben. Natürlich war ich der Geistliche, in dessen Abteil Miss Dickinson vor dem räuberischen Unmenschen Schutz suchte. Armer Baker! Er hatte nicht mehr verbrochen, als den Hut vor ihr zu ziehen. Als der Zug Victoria erreichte, rannte ich los, um einen Polizisten zu holen. Wir wußten bereits, daß Sie dort auf Streife waren und am schnellsten zur Stelle sein würden, wenn der Zug einlief. Mir blieb gerade noch Zeit, meinen falschen Bart anzulegen, und ich konnte nicht widerstehen, mich Ihnen vorzustellen – nennen wir es einen Anflug von Eitelkeit. Schlau von Ihnen, darauf zu kommen, daß Miss Dickinson noch einem anderen Gewerbe nachging. «Sein Gesicht wurde düster. «Sie war immer ein ungeratenes Mädchen…»

«Und so wurde Baker zur Strecke gebracht?»

«Ja. Und dann» – Penhaligon kam zu ihm und drückte die kalte Mündung der Webley neben Lestrades Ohr –, «dann stellten Sie William an den Pranger, Lestrade.»

«Falls Sie von der Verhandlung gegen die Detektive reden – er hat sich selber auf die Anklagebank gebracht. Alle, wie sie da waren, er und Meiklejohn und Druscovich. Begreifen Sie denn nicht, Penhaligon, Palmer oder wie immer Sie heißen, daß all das auf einer Lüge beruhte?»

«Halten Sie den Mund, Lestrade!» zischte Jane hinter ihm, und er erhielt von hinten einen Schlag gegen den Kopf.

«Sie», brüllte Penhaligon. «Sie hätten vor Gericht gehört, nicht William. Wissen Sie, was das für ihn bedeutete, Lestrade? Er war ein guter Polizist, Lestrade, ein großartiger Polizist. Sie haben ihm das Genick gebrochen. Wissen Sie, was mit ihm passierte, Lestrade? Mit William?»

Angesichts eines Fingers, der mit dem Abzug spielte, wagte es Lestrade nicht, die Achseln zu zucken.

«Er starb vor drei Monaten.» Tränen rannen über Penhaligons Gesicht. «An einer Mauer gekettet, im Bethlehem Hospital.»

«Die Irrenanstalt, Lambeth», echote Lestrade. «Der Poststempel auf den Briefen. Sie haben sie von dort abgeschickt?»

«Ich tat es», sagte Jane. «Der arme William war mein Halbbruder. Ich war das Kind aus der zweiten Ehe meines Vaters. Aber ich teilte Normans Entschluß.»

«Sie meinen seine fixe Idee, nicht wahr?» fragte Lestrade.
Jane hielt Penhaligons zitternden Arm. «Es wurde so schlimm, daß Norman es nicht ertragen konnte, ihn zu besuchen. Also ging ich hin. Was diese Besuche mich kosteten, kann ich nicht beschreiben.» Sie schauderte.
«Und bei einem dieser Besuche nutzten Sie die Gelegenheit, um bei dem Juwelier Bodley in Austria Street Ohrringe zu kaufen», bluffte Lestrade, wenngleich Bodleys Bücher nichts ergeben hatten.
Sie blickte ihn an. «Ein Jammer, daß Sie von Ihren Informationen keinen besseren Gebrauch zu machen wußten.»
«Von da an, Lestrade», sagte Penhaligon, «hatten Sie und Ihr entsetzlicher Mangel an Talent Schonzeit. Es ärgerte mich, daß ich nicht immer zur Stelle sein konnte, um Sie anzuspornen und zu belästigen. Darum kamen die Briefe – und die Fälle – so unregelmäßig. In meiner Laufbahn verbrachte ich viele Jahre in Übersee.»
«Indischer Ozean?» fragte Lestrade.
«Ja», lächelte Penhaligon. «Der gute alte Arnold. Hielt sich für einen Kriminalisten. Jane hat Ihren Tom Berkeley nicht umgebracht. Ich war's. Ich baute den Mekkano-Apparat. Mir war klar, daß er auf einer Spielzeug-Ausstellung nicht auffallen würde. Arnold war nur eine Handbreit von mir entfernt, als ich die Sperre löste. Natürlich bekam er nichts mit.»
«Das kommt dabei heraus, wenn man zu viel Conan Doyle liest», bemerkte Lestrade, dem das Scherzen noch nicht vergangen war.
«Jonas King war der nächste. Ich machte mein Spielchen mit dem Lied, ‹Die Sieben Sterne am Himmel›, erinnern Sie sich? Die Music Hall war voll von Stars. Ich war es, der die Wohltätigkeitsveranstaltungen organisierte, an denen Ben Battle teilnahm.»
«Sie waren einer der Pfaffen?»
«Aha», lächelte Penhaligon. «Das Kauderwelsch der arbeitenden Klasse.»
«Battle würde ich nicht dazurechnen», sagte Lestrade.
«Ich hätte Battle wählen können oder Vance oder Leybourne, jeden von ihnen. King war ein Bastard. Von allen hatte er es am meisten verdient, zu verschwinden.»
«Waren Sie der Geist auf der Empore?» fragte Lestrade.
Penhaligon blickte Jane an. «Ich weiß nicht, wovon Sie sprechen.»

«Macht nichts», sagte Lestrade. «Wir wollen mal sehen, ob ich das übrige ergänzen kann. Sie waren der Reverend Norbert Parker, Absender des bösartigen Briefs, der dazu bestimmt war, Wesley Willoughby in den Tod zu treiben?»

«Richtig. Wenn Sie die Seiten von *Crockford*'s durchblättern, Lestrade, werden Sie feststellen, daß ich in vielen Verkleidungen erscheine.»

«Und Sie beschäftigten Charlie Reader als Gärtner?»

«In der Nachbargemeinde von Long Compton, ja. Ich wußte von Ferrers' bemitleidenswerter kleiner Farce bei den Rollrights. Sie war unanständig und unmoralisch. Ich wollte, daß damit Schluß war.»

«Sie hätten die Polizei einschalten können», schlug Lestrade vor.

«Das tat ich. Ich erwähnte Ihren Namen dem alten Dunstan gegenüber. Ich wußte, daß er Sie rufen würde. Aber Sie haben sie gnädig davonkommen lassen, Lestrade.»

«Es war angemessen, wenn man bedenkt, daß Sie es waren, der Charlie Reader umbrachte.»

«Nein, Lestrade.» Er grinste Jane an. «Das war ich nicht.»

Lestrade lief ein Schauer über den Rücken. Zwar war es Penhaligon, der die Waffe in der Hand hielt, doch der weibliche Teil der Palmer-Sippe an seinem Schulterblatt war entschieden gefährlicher als der männliche.

«Und natürlich», fuhr Lestrade fort, «ließen Sie Ihre kleine Schwester auf Edmund Lucas und Gordon Ushant los, die beide für weibliche Reize empfänglich waren. Sagen Sie, Jane» – er drehte sich halb zu ihr um –, «haben Sie mit Normans Pistole geübt? Und wie fühlt man sich, wenn man einem Mann die Kehle durchschneidet?»

Jane erbebte. «Sie bekamen, was sie verdienten», sagte sie.

«Tom Berkeley hatte es nicht verdient, zu sterben», sagte Lestrade.

«Mein Bruder ebensowenig, nicht auf diese Art», zischte Penhaligon und rammte die Mündung zum zweitenmal gegen Lestrades Schläfe. «Wimmernd wie ein geprügelter Hund, schwor ich Rache», fauchte er. «Vergeltung wollte ich üben an Sholto Lestrade. Oh, ich habe eine Weile gebraucht.

Aber es war der Mühe wert. Wissen Sie, Lestrade, beinahe hab ich's

genossen. Zwölf für die Zwölf Apostel, die Jünger Unseres Herrn. Elf, Lestrade, der Brief, den ich nicht schicken konnte – bis jetzt –, für die Elf, die gen Himmel fuhren. Zählen Sie sie, wenn Sie wollen. Zehn für die Zehn Gebote, die Sie mit so wenig Skrupeln gebrochen haben, das Vertrauen mißbrauchend, das die Gesellschaft in Sie setzte. Neun für die Neun Engel, die mystische Zahl großer Macht. Diese Zahl steht für Reisen, Lestrade. Wußten Sie das? Eine tödliche Reise für Valentine Baker, eh? Acht, Lestrade», intonierte er, als halte er eine Grabrede. «Acht ist die Zahl der Gerechtigkeit, von der Sie so wenig verstehen. Acht ist auch das Symbol der Ewigkeit, in die Sie eingehen. Sieben – ha, die mächtigste aller Zahlen.» Er durchmaß den Raum in einem Kreis, der immer kleiner wurde, und seine Stimme gewann an Intensität. Lestrade spürte, wie Jane hinter ihm zitterte. «Die Planeten – die Sonne und der Mond.»
Mein Gott, dachte Lestrade. Also hatte Bandicoot doch recht gehabt. Es befriedigte ihn, das bestätigt zu finden, bevor er starb.
«Sechs» – der Pistolenlauf wirbelte um Lestrades Kopf –, «die Tage, die Unser Herr brauchte, die Erde zu erschaffen. Fünf – die fünf Sinne, die Sie unzweifelhaft nicht beisammen haben. Eine gefährliche Zahl, Lestrade. Sie schwankt zwischen Vergangenheit und Zukunft, Zukunft und Vergangenheit. Vier: Vier für die Evangelisten. Matthäus, Markus, Lukas und Johannes, gesegnet das Bett, auf dem sie ruhn. Und sollt ich sterben mitten im Schlaf, befehle ich dem Herrn meine Seele.»
Der Abzug klickte.
«Drei?» krächzte Lestrade, verzweifelt bemüht, noch ein paar Sekunden zu gewinnen.
«Drei für die Dreieinigkeit, Odem des Universums. Vater, Sohn und Heiliger Geist, Unendlichkeit. Zwei, Zwei, die lilienweißen Jungen» – er brach in hysterischen Gesang aus –, «gekleidet ganz in Grün, ha, ha. Das Buch der Bücher, Lestrade, die Testamente, das Alte und das Neue, in die Sie zweifellos nie einen Blick geworfen haben.»
Die Pistole war jetzt in Augenhöhe Lestrades. Er hörte keinen Laut, bis auf das Rasen seines Blutes.
«Eins?» rief er.
«Der Eine ist der Eine», sagte Penhaligon plötzlich ruhig, «und ohnegleichen und wird es immer sein. Der Eine ist die Gottheit, Lestrade, die Wurzel aller Dinge. Auch die Ihre, die Sie jetzt gänzlich

allein sind. Blasphemisch, nicht wahr? Aber Ihr ganzes Leben ist schließlich nichts anderes gewesen als eine lange Blasphemie.»

Seine Faust umschloß die Webley ohne Zittern. «Gott befohlen», sagte er und drückte ab.

Instinktiv riß Lestrade den Arm hoch und schlug die Pistole zur Seite, so daß der Schuß weit daneben ging. Lestrade warf sich nach vorn und ließ die Klinge seines Apachendolches durch den Donegal nach oben schnellen. Er spürte, wie der Stahl Tuch und Fleisch durchstieß und gegen Knochen prallte, als Penhaligon unter Lestrades Gewicht zu Boden stürzte. Er warf sich zurück, um nach der mörderischen Schwester Ausschau zu halten, doch Jane Penhaligon sackte hinter ihm an der Wand zusammen, aus Nase und Mund sickerte Blut.

Lestrade ließ sich auf den Boden sinken und kroch zu ihr hinüber. «Jane, ich hole einen Arzt», keuchte er nach Atem ringend. Sie schüttelte den Kopf und spie Blut aus ihren zerfetzten Lungen.

«Sholto, Norman... Norman hat dir nicht alles gesagt», ächzte sie.

Er stützte ihren Kopf. «Das spielt keine Rolle, Jane. Versuche, nicht zu sprechen.»

«Sholto...» Sie lächelte. «Es ist komisch, aber irgendwie bin ich froh.» Ihre Augen weiteten sich. «Ich habe niemanden umgebracht», sagte sie. «Niemanden.»

Sie sackte nach vorn gegen seine Brust. Also doch Mord im Pfarrhaus, dachte Lestrade.

In dieser Nacht saß Lestrade allein am niedergebrannten Feuer. Es wirbelte in seinem Kopf. Erschöpft, ausgelaugt, todmüde, ohne schlafen zu können, hatte er nichts gegessen. Auch Fanny war von den Ereignissen des Tages und seiner Erzählung wie betäubt und lag stumm in der Dunkelheit ihres Zimmers. Wenigstens war es jetzt vorbei, redete sie sich ein. Sollte es nach dieser ganzen tragischen Affäre noch Lebensfreude geben, war sie nur mit dem Mann möglich, der unten saß. Lestrade zündete sich eine Zigarre an und blätterte geistesabwesend – um sich zu beruhigen – in Tom Berkeleys Papieren. Deren Durchsicht hatte er seit Tagen aufgeschoben. Sein Blick fiel auf ein Schriftstück in Toms Handschrift, dem ein offizielles maschinegeschriebenes Dokument beigeheftet war. Eigentümlicherweise war der Brief nicht beendet. Und sein Inhalt fesselte ihn so sehr, daß er weder das Klicken der Tür noch das leise Rascheln eines Rockes in seinem Rücken hörte.

«Mein Gott», murmelte er, als ihm blitzartig klar wurde, was Toms Brief bedeutete.

Da ertönte von der vor ihm liegenden Tür ein Aufschrei. Als er aufblickte, sah er Fanny dort stehen, die voller Entsetzen auf etwas in seinem Rücken starrte. Instinktiv warf er sich zur Seite und nahm gerade noch wahr, wie das Blatt einer Axt an seinem Gesicht vorbeizischte und sich in die Tischplatte bohrte. Mühsam richtete er sich hinter dem Tisch auf und hämmerte seinen Arm mit aller Kraft auf die Armbrust, die Frank Hornby in achtdreiviertel Minuten angefertigt hatte. Der tödliche Bolzen zischte durch das dunkle Zimmer und landete mit einem dumpfen Geräusch im massigen Leib von Mrs. M'Travers. Die Axt entfiel ihrer Hand, und sie verdrehte die Augen, als sie zu Boden sank.

Fanny rannte zu Lestrade, preßte ihn an sich und weinte hemmungslos.

«Sholto, Sholto. Was ist passiert? Ich hatte keine Ahnung, daß Mrs. M'Travers gefährlich war.»

Er führte sie aus dem Zimmer und rief nach Stalker, der pflichtbewußt im Laufschritt und mit wehendem Nachthemd erschien.

«Vielleicht hat sie mich für eine Fliege gehalten», sagte Lestrade. «Stalker. Da drin.» Er deutete auf das Arbeitszimmer und nahm neben Fanny im Salon Platz. «Es steht alles hier drin», sagte er, «in den Papieren deines Vaters. Und ich habe sie nicht durchgesehen. Was bin ich doch für ein Idiot! Vielleicht hatte Panhaligon recht, als er von meinem entsetzlichen Mangel an Talent sprach.»

«Was soll das heißen, Sholto?» Sie unterdrückte ihre Tränen. «Ich verstehe nicht.»

«Tom wollte Mrs. M'Travers in eine Heilanstalt einweisen lassen. Dazu mußte er mehr Einzelheiten über sie wissen. Da sie ihm entweder nichts erzählen wollte oder konnte, ging er nach Somerset House. Das hier fand er an seinem Todestag heraus. Deshalb wollte er nach London, um mit mir zu sprechen. Sieh!» Er hielt das Papier in das Licht.

«Ihr Mädchenname war Palmer», sagte Fanny verwundert.

Lestrade nickte. «Das hat Norman gemeint, als er sagte: ‹Den Dilly Song lernten wir als Kinder.› Aber die Kinder waren nicht Jane und er, denn er war in den Zwanzigern, als sie geboren wurde. Er sprach von Mrs. M'Travers, seiner anderen Schwester.»

«Mein Gott!»

«Und das hat Jane gemeint, als sie sagte, Norman habe mir nicht alles erzählt. Sie sagte, sie habe niemanden umgebracht. Und das glaube ich ihr. Oh, sie hat Gordon Ushant nach allen Regeln der Kunst den Kopf verdreht, aber ich glaube, in der fraglichen Nacht war es Mrs. M'Travers, die unter dem schwarzen Schleier steckte. Um diesem Mann die Kehle durchzuschneiden, ist eine kräftige Frau nötig. Ich zweifle, ob Jane es gekonnt hätte.»

«Und sie erschoß Dr. Lucas?»

«Vermutlich. Wir werden es nie erfahren, fürchte ich. Komm mit.» Fanny half Lestrade zurück ins Arbeitszimmer. «Stalker, machen Sie mal ein bißchen mehr Licht.» Lestrade begann das Gesicht der toten Frau mit einem Taschentuch abzutupfen.

«Mein Gott», sagte er.

«Was ist, Sholto?» fragte Fanny.

«Vor dir siehst du Miss Hannah Dickinson», sagte er.

Fanny war verblüfft. «Das Mädchen aus dem Zug, das mit Valentine Baker zusammen war?»

Lestrade nickte. «Im Lauf der Jahre ist sie nicht gerade hübscher geworden. Ich wäre nie drauf gekommen. Wie lange war das Ehepaar M'Travers bei euch?»

«Etwa ein Jahr», entgegnete sie. «Glaubst du, daß M'Travers es wußte?»

«Daß sie eine Palmer und total verrückt war? Ich bezweifle es. Ich glaube nicht, daß die Sache mit dem Gewehr Absicht war. Mrs. M'Travers hatte es auf Tom abgesehen. Armer Tom. Er konnte ja nicht wissen, daß er bloß eine Schachfigur in der Partie war, die sie mit mir spielten.»

Sie half ihm hoch, drückte ihn an sich und vergrub ihr Gesicht an seiner Brust. «Ist das Spiel jetzt vorbei, Sholto? Endgültig?»

Er tätschelte ihren Kopf. «Ja», flüsterte er. «Ja.» Und er drehte sich zu Stalker um. «Sie heißen nicht zufällig Palmer, oder?» fragte er.

An einem Frühlingsmorgen des Jahres 1913 sprang Superintendent Sholto Lestrade, zusammen mit dem Rest der Menschheit, aus dem Clapham-Omnibus und eilte die Stufen zu New Scotland Yard hinauf.

Sergeant «Buildings» Peabody nahm Haltung an, als er vorbeiflitzte.

«Wie schön, Sie sind wieder zurück, Chef», grüßte er.

«Ich sehe auch lieber Ihren Rücken, Peabody», gab Lestrade zurück.

«Ich frage mich gerade, Sir», hieß Sergeant Blevvins ihn willkommen, «wann wir uns endlich mal wieder an eine richtige Vernehmung machen dürfen.»

Lestrade blieb stehen und fischte einen ledernen Totschläger aus Blevvins' Tasche. «Ich fürchte, das wird noch eine Weile dauern», sagte er und warf das Instrument in den Papierkorb. Als er sein Vorzimmer betrat, nahmen Dickens und Jones Haltung an. Chief Inspector Dew nahm die Beine vom Tisch, und ein junger Constable brachte ihnen Becher mit dampfendem Tee.

«Danke, Constable Dew», sagte Lestrade. «Beinahe so gut wie Ihr alter Herr.»

«Danke dir, Sohn.» Walter zwinkerte dem Jungen zu.

«Was den Fall Lucas betrifft ...», stoppte Lestrade den enteilenden Constable. Beide Dews erstarrten. Lestrade fummelte in seiner Innentasche herum. «Nehmen Sie eine Zigarre», sagte er.

«Verzeihung, Superintendent.» Jones steckte seinen enzyklopädischen Kopf durch die Tür. «Sir Edward Henry möchte mit Ihnen sprechen.»

Lestrade stand auf. «Sein Wunsch ist mir Befehl, Sergeant» – und er verbeugte sich vor Chief Inspector Dew, ehe er zur Treppe eilte.

«Wieder mal zu spät, Frank?» frozzelte er den schnaufenden Chef der Abteilung für Schwerverbrechen an, der ebenfalls gerade die Treppe hinaufstieg, wenn auch mühsam.

«Ihr verheirateten Typen», knurrte Froest. «Ihr seid alle gleich.»

Lestrade klopfte an die Milchglasscheibe, die in schrägen Buchstaben die Aufschrift trug: «Büro des Assistant Commissioner».

«Herein», rief Sir Edward Henry.

Der Superintendent trat ein. Einen Augenblick stand er wie angewurzelt da.

«Ich glaube, Sie kennen diese junge Dame, meine neue Privatsekretärin.»

«Hallo, Papa.» Emma kam herbeigehüpft und küßte ihn auf die Wange. «Ich werde...»

Er hob die Hand «... der Polizei bei ihren Ermittlungen helfen.» Beide lachten.

«Also, Lestrade», sagte Edward Henry, dem soviel Sinn für Humor innewohnte wie einem alten Sofa, «da Sie ja nun Zeit genug gehabt haben, wieder auf die Beine zu kommen, wie wär's, wenn Sie mal ein bißchen arbeiten würden?»

Anmerkungen

Seite 9

«sagte Stead zu ihm, und der Journalist verschwand unter Deck» – Er wird auch nicht wieder auftauchen: William Thomas Stead versinkt – mit dem Schiff – am 15. April 1912 in den Wellen des Nordatlantik.

Stead (1849–1912) war einer der einflußreichsten Journalisten seiner Zeit. Er führte die Illustration als Ergänzung zum geschriebenen Wort in den Zeitungsjournalismus ein, und er kultivierte das Interview als journalistische Form. Zum Zeitpunkt der Handlung lag die machtvollste Periode im Leben Steads bereits einige Jahre zurück – am erfolgreichsten war er in den achtziger und neunziger Jahren als Herausgeber der *Pall Mall Gazette* und mit seiner monatlichen *Review of Reviews*.

«An seinem Buch über Crippen weiterzuarbeiten» – Dew arbeitet sehr langsam, sein Buch *I caught Crippen* wird erst 1935 erscheinen.

Mehr über Dr. Crippen im vierten Lestrade-Roman *Lestrade und die Reize der Mata Hari* (rororo-thriller Nr. 2983).

Das letzte Photo der *Titanic*, vor der Südküste Irlands am 11. April 1912 aufgenommen.

Seite 10

«es war nämlich ein Schaltjahr» – Und da dürfen – so geht die Überlieferung – auch Damen einen Heiratsantrag machen.

«nie weiter als bis zum Lizard nach Westen vorgedrungen» – Im Jahr 1893 war Lestrade bei den Ermittlungen zu einem Mord nach Mawnan gereist, einer kleinen Siedlung auf der Halbinsel Lizard im Westen Cornwalls. Details darüber im zweiten Lestrade-Roman *Lestrade und der Tasmanische Wolf* (rororo-thriller Nr. 2965).

Seite 13

«Wir reden von Sir Edward Henry» – Seit 1903 leitete Edward Henry (1859–1931) das C.I.D. (Criminal Investigation Department).
Henry hatte 1901 ein teilweise auch heute noch gültiges System entwickelt, das die fünf wesentlichen Merkmale von Fingerabdrücken charakterisiert. Nach diesen Kriterien baute er dann die Abteilung für Daktyloskopie bei Scotland Yard auf.

Seite 16

«Er gab dem Kometen die Schuld, der vor zwei Jahren den Himmel erleuchtet hatte» – M'Travers denkt an den Halleyschen Kometen, der seit 466 vor Christus beobachtet wird und alle 76 Jahre die Umlaufbahn der Erde passiert, zuletzt in den Jahren 1910 und 1986.

«Mrs. M'Travers machte die unüberlegte Expedition verantwortlich, die dieser tapfere Captain Scott leitete» – Zu diesem Zeitpunkt wurde Scott noch vermißt, erst am 12. November 1912 fand ein Suchtrupp das Zelt mit den erfrorenen Körpern von Robert Falcon Scott (1868–1912) und seinen Gefährten. 11 Meilen vor dem nächsten Depot waren die Mitglieder der Britischen Antarktis-Expedition erfroren, auf dem Rückweg vom Südpol. Das Rennen um den Pol hatte der Norweger Roald Amundsen mit seinem Team gewonnen, die etwa einen Monat vor den Briten den Südpol erreicht hatten.

Seite 18

«die Rituale des Rippers in Whitechapel, der verweste Leichnam in Shanklin Chine» – Mehr über die Ripper-Morde in *Lestrade und Jack the Ripper* (erscheint 1993).
Der Leichnam in Shanklin Chine steht am Beginn von Lestrades Ermittlungen im *Struwwelpeter*-Fall; die Details finden sich in *Lestrade und die Struwwelpeter-Morde* (rororo-thriller Nr. 2952).

Seite 29

«Sie meinen Bonnie Dundee?» – John Graham of Claverhouse, I. Viscount of Dundee (1649 ?–1689) führte 1686/89 die Schottische Revolte gegen die Protestanten und für den katholischen König Jakob II.

Die Britische Antarktis Expedition am Südpol,
18. Januar 1912, vor dem Rückweg.

Seite 31

«einen Geruch wie ein Themseprahm ausströmte» – Ursprünglich fuhren Prahme auf der Elbe. Die kastenförmigen, offenen Kähne mit flachem Boden dienten zur Beförderung von Kohle, Öl, Asche und Baggergut und wurden auch als schwimmende Arbeitsplattformen eingesetzt.
Der Geruch dürfte ein interessantes Gemisch aus Brackwasser, Modder und Müll gewesen sein.

Seite 37

«Mr. Disraeli» – Benjamin Disraeli (1804–1881), Earl of Beaconsfield (seit 1876), war einer der bedeutendsten britischen Politiker des 19. Jahrhunderts. Er entstammte einer reichen Familie und wurde 1817 anglikanisch getauft. Durch seine politischen Romane wie *Continari Fleming* (1832) erschrieb er sich eine gewisse Bekanntheit, mit deren Hilfe er 1837 für die Konservativen ins Parlament einzog. Nach kurzer Zeit wurde er Führer der Tories. Als Schatzkanzler und zweimaliger Premier führte er das allgemeine und gleiche Männerstimmrecht ein, vertrat eine fortschrittliche Sozialpolitik und stärkte die imperialistischen Bestrebungen des Königreiches, etwa durch den Erwerb Zyperns.

Benjamin Disraeli, ein nahezu vorurteilloses Portrait, mit dessen Abdruck die Zeitschrift *Vanity Fair* populär wurde.

Seite 39

«Oi vay» – Jiddischer Stoßseufzer im Sinne eines ‹O Gott›.

Seite 44

«seit der Zeit des Ripper-Falles» – Seit 1888, also seit 24 Jahren.

«MD» – lat. Medicinae Doctor, vergleichbar unserem Dr. med.

«Arthur of Connaught» – Arthur William Patrick Albert, Duke of Connaught (1850–1942), war der dritte Sohn von Queen Victoria und Prinzgemahl Albert; er galt als Lieblingssohn seiner Mutter.

«ein hübsches kleines Appartement in Harley Street» – Ein Arzt, der hier seine Praxis unterhielt, hatte es geschafft: Harley Street, zwischen Oxford Street und Regents Park, galt und gilt auch heute noch als *die* Adresse für Ärzte.

Seite 46

«im Klavichord» – Dew verwechselt das Tasteninstrument mit clavicle (lat. Schlüsselbein).

Seite 53

«die Herren von der Prudential» – Damals wie heute eine große Versicherungsgesellschaft.

Seite 54

«haben Sie nicht diesen Fall bearbeitet» – Das tat Lestrade in *Lestrade und die Reize der Mata Hari*. Dort findet sich auch mehr über Dr. Watsons Leben und Sterben.

«Sie haben gewiß von Fortinbras, Fortinbras & Minney gehört» – Haben wir nicht, denn eine Kanzlei dieses Namens ist reine Imagination.

Seite 56

«Little vs. Hampton» – Diese obszöne Wortspielerei bezieht sich auf einen kleinen Penis.

Seite 59

«im *Lancet* lesen» – *Lancet* war das führende britische Medizinjournal. 1823 gegründet, spielte es eine große Rolle bei Reformen in der Medizin und der Krankenpflege.

Seite 61

«ein starkes Verlangen nach einer Chelsea-Semmel» – Nach gebackenem Teig mit Rosinen.

Seite 62

«eine Schöpfung von Mr. Chesterton» – Gilbert Keith Chesterton (1874–1936) entwickelte die Figur des Father Brown, nachdem er dem katholischen Priester John O'Connor begegnet war. Die erste Erzählung *The Blue Cross* erschien 1909, danach folgten weitere Geschichten um Father Brown, die, in Büchern gesammelt, den Helden ebenso wie seinen Schöpfer ungemein populär machten.

Die definitive deutsche Ausgabe aller Geschichten um *Father Brown* erscheint, übersetzt und herausgegeben von Hanswilhelm Haefs, im Haffmans Verlag Zürich.

Seite 63

«Hereward the Wake» – Ein angelsächsischer Rebell, der 1070 eine Art Guerillakrieg gegen Wilhelm den Eroberer und die Besatzer führte und später zum Helden zahlreicher normannischer und englischer Legenden wurde. Zu viktorianischen Zeiten wurde *Hereward the Wake* auch Romanheld (z.B. 1866 bei Charles Kingsley).

Die Vermutung von Sergeant Dickens ist nicht korrekt, heute wird Hereward mit der Gegend von Huntingdonshire und Northamptonshire in Verbindung gebracht.

Seite 64

«warf das Buch von Conan Doyle in den Papierkorb» – Der Dahingeschiedene bewies keinen guten Geschmack, weil er sich aus der reichhaltigen Produktion von Sir Arthur Conan Doyle (1859–1930) wohl einen Band mit Geschichten um die angeblichen Abenteuer von Sherlock Holmes und John Watson ausgesucht hatte. Seit 1887 war Lestrades Name in diesen Berichten erschienen. Im allgemeinen schönte Conan Doyle die Leistungen der Herren Holmes & Watson, während Lestrade vor der Öffentlichkeit als tumber Tor dastand – eine Rolle, die mit den wahren Abenteuern Sholto Lestrades wenig zu tun hat.

Seite 68

«Der Bericht des Coroners» – (von lat. corona, Krone), ein ursprünglich den König vertretender Beamter, der bei Todesfällen mit nicht eindeutig geklärter Ursache ermittelte.

Seite 70

«als schriebe er an Madge von der *Truth*» – Madge, Kurzform von Margarete. Mrs. Margarete Humphrey war eine Autorität der Etikette und der Schicklichkeit, die in der Frauenzeitschrift *Truth* auf Fragen von Leserinnen antwortete.

Seite 74

«Der spätere Große Alte Mann» – William Gladstone (1809–1898) war später der Große Alte Mann der Liberalen. Gladstone und Disraeli waren die Pole, die die britische Politik in der zweiten Hälfte des 19. Jahrhunderts prägten; Gladstone mehrfach als Premier.

Seite 75

«mit ihrem Rekabitenbanner» – Rekabiten, eine zumeist aus Frauen bestehende Gruppe von Methodisten, die im 19. Jahrhundert gegen den Alkohol kämpften.

Seite 76

«Sie wären bei der Metropolitan Police» – Die Metropolitan Police war eine Einrichtung der Regierung, die City Force dagegen die ältere Polizeitruppe der City of London. Gladstone dachte, er habe in Lestrade einen Regierungsangestellten vor sich. Auch heute noch können Polizisten der City Force und der Metropolitan an kleinen Äußerlichkeiten unterschieden werden.

Seite 77

«Was machen deine Plattfüße» – Berechtigte Frage an einen Streifenpolizisten, der den größten Teil seiner Dienstzeit patrouillierte: die Beamten bekamen alle vier Jahre eine neue Uniform und alle zwei Jahre ein Paar neue Schuhe.
Zugleich waren die Plattfüße in jenen Jahren ein Synonym für Polizisten, besonders die Satirezeitschrift *Punch* machte sich über die breitfüßigen Beamten lustig.

William E. Gladstone, nach dem Leben gezeichnet.

Seite 83

«an einen Fenier geschrieben haben soll» – Die ‹Fenier› waren ein 1858 gegründeter Geheimbund, der die britische Herrschaft in Irland brechen wollte.

Seite 89

«die Wildnis von Seven Dials» – Ein Platz in London, von dem aus man sieben Kirchtürme mit sieben Uhren sehen und sieben Glocken hören konnte.

Seite 90

«Hugh N. Crigh» – Korrekt ausgesprochen klingt es wie ‹Hue and Cry›, und das bedeutet wörtlich ‹verfolgen und schreien›, im Sinne von ‹Haltet den Dieb›.
In der Statue of Winchester von 1285 war das System von ‹hue and cry› noch einmal bestätigt worden. Es verpflichtete jeden Mann zwischen 15 und 60 Jah-

ren, den «Frieden zu bewahren». Wenn man einen Verbrecher beobachtete, so hatte man ihn zu verfolgen und andere Menschen durch Geschrei aufmerksam zu machen. Der Verfolgte konnte sich in eine Kirche als letzte Zufluchtsstätte retten; bei Festnahme sollte der Verdächtige einem Richter vorgeführt werden. Lestrade ist so engagiert in seiner Verbrecherjagd, daß ihm die Anspielung des Mannes nicht auffällt.

Seite 101
«der Geist von David Garrick» – David Garrick (1717–1779) hat nach einer bewegten Jugendzeit als Jurastudent und Weinhändler seinen Weg zum Theater gefunden und wurde einer der größten Shakespeare-Schauspieler seiner Zeit. Als Dramatiker, Regisseur und Theaterdirektor reformierte er die Schauspielkunst. Im *Drury Lane Theater* stand Garrick zum erstenmal auf der Bühne.

Seite 104
«in den Spalten von *Mogg's* auftauchte» – Ein Vorläufer unserer Gelben Seiten: in *Mogg's* waren die meisten Londoner Kutscher verzeichnet. Die in *Mogg's* registrierten Droschken erkannte man an einer Plakette mit Nummer.

Seite 105
«*Hart's Army List*» – Eine jährlich veröffentlichte Liste aller Offiziere in Armee und Marine, nach Regimentern geordnet.

Seite 106
«der Wüstling in *Maria Marten*» – Ungemein populäres Musical jener Zeit. 1827 hatte ihr Liebhaber Maria Marten umgebracht und unter den Dielenbrettern der Wohnung versteckt. Die Entdeckung des Mordes machte Maria Marten und ihre Heimatstadt Bury St. Edmunds in Suffolk auf der Insel bekannt, das erste Musical mit diesem Sujet wurde 1828 in Weymouth aufgeführt.

Seite 110
«Diese Frau tötete, um zu beweisen, daß sie gut genug sei» – Mehr über diese Frau und ihre Taten im ersten Lestrade-Roman *Lestrade und die Struwwelpeter-Morde*.

Seite 111
«Und Sie sind ein Peeler» – So wurden die Polizisten der Metropolitan Police of London genannt, nach dem Innenminister Robert Peel (1788–1850), der 1829 die Truppe gegründet hatte.

Seite 112
«Verschimmeltes Brot! Ich frage sie, wozu soll das gut sein?» – Der schottische Arzt Alexander Flemming (1881–1955) wird sich die Frage einige Jahre später beantworten, nämlich 1928 bei der Entdeckung des Penicillin.

Seite 115
«Sassenach» – Schottisches Schimpfwort für Engländer und alles Englische.

Seite 119

«Er heißt nicht nur Kurr, er ist auch eins» – Wortspiel mit engl. cur, Schwein.

Seite 125

«Howard Vincent» – Howard Vincent war der erste Leiter des Criminal Investigation Department. Nach einem Korruptionsskandal 1877 wurde ein Jahr später das Detective Department unter Vincents Leitung reformiert: die Detectives trugen seitdem Zivilkleidung, und ihr Leiter hatte direkten Zugang zum Innenminister.

Seite 126

«Palmer heißt nicht nur Palmer, er ist auch einer» – Wortspiel mit engl. palm, innere Handfläche, das meint einen, der die Hand aufhält.

Seite 129

«die Wirkung des Laudanums» – Aus dem Persischen stammende Bezeichnung für Beruhigungsmittel.

Seite 130

«mit Bob Fitzsimmons über fünfzehn Runden zu gehen» – Das hieße antreten gegen den Weltmeister in drei Gewichtsklassen inclusive Schwergewicht. Ruby Robert Fitzsimmons (1863–1917) stand mehr als 24 Jahre im Ring.

The Mogul Saloon, Drury Lane, im Jahre 1853.

George Leybourne in seiner Paraderolle als *Champagne Charlie*, so wie er sich gerne selbst sah.

Seite 132
«ungefähr ein Fuß lang» – 1 ft. = 30,48 cm.

Seite 142
«Mekkano Company» – Eine auch heute noch bestehende Firma, deren Spezialität mechanisches Blechspielzeug war.

Seite 148
«Dr. John Watson, praktischer Arzt» – Dies muß die erste Begegnung zwischen Lestrade und Watson sein, kurze Zeit später wird Lestrade auch Sherlock Holmes zum erstenmal erleben.

Für Fachleute ergibt das Datierungsprobleme. Bislang galt als sicher, daß Lestrade und Holmes einander seit 1881 kennen. Lestrade ist zu dieser Zeit bereits Inspector (so geschildert von Conan Doyle in *A Study in Scarlet* 1887). Das Geschehen in diesem Kapitel spielt aber im Jahre 1882.
Aufschluß bietet möglicherweise ein Manuskript von M. J. Trow über das Leben von Sholto Lestrade, das der Autor 1992 abschließen möchte.

Seite 149

«Sind Sie je von einer Jezail verletzt worden» – Watson hatte am 27.7.1880 die Schlacht von Maiwand miterlebt. Dabei wurde ihm von einer Kugel aus einem afghanischen Vorderlader ein Schulterknochen zerschmettert und die Schlüsselbein-Arterie versehrt. In Watsons Erinnerungen heißt es: «Ohne die Treue und den Mut meines Burschen, Murray, wäre ich in die Hände der mörderischen Ghazis gefallen; er warf mich auf ein Packpferd und brachte mich heil zu den britischen Stellungen.»

Seite 150

«Zwölf Zoll» – 1 Zoll (engl. inch) = 2,54 cm.

«Sie meinen das Spiel» – Watson denkt an ‹twelve-men's morris›, ein Brettspiel für zwei Personen mit zwölf Steinen.

«Vielleicht bin ich ja Spring-Heeled Jack» – Bis heute weiß niemand, wer Spring-Heeled Jack war. Um 1850 fiel ein Unbekannter Frauen in Parks und Heidelandschaften rings um London an. Es schien ihm mehr um den Schrecken zu gehen,

Ein höflicher Mann,
The Great Vance.

Vesta Tilly, um 1880.

denn er tat seinen Opfern keine körperliche Gewalt an. Genauso schnell, wie er auftauchte, verschwand Spring-Heeled Jack auch wieder. Eine der Theorien erklärte das Phänomen mit Sprungfedern, die Jack unter seinen Schuhen gehabt habe und mit deren Hilfe er auch Hindernisse wie Mauern mühelos hätte überwinden könne.

Seite 151

«George Leybourne» – Zuerst trat Leybourne (1842–1884) unter dem Namen Joe Saunders auf, Erfolg aber hatte er als George Leybourne mit komischen Liedern. Sein größter Erfolg war *Champagne Charlie*. Einer der Impressarios jener Zeit, William Holland, stellte Leybourne eine Kutsche mit vier Schimmeln zur Verfügung, so daß Leybourne in mehreren Music Halls am Abend auftreten konnte.

Seite 152

«ich bin der Hervorragendste unter den *Lions comiques*» – Unübersetzbarer Werbeslogan von Leybournes Manager.

Seite 153

«Alfred Peck Stevens» – The Great vance (1838–1889) war ein Jahr vor Leybourne auf den Bühnen der Londoner Music Halls erschienen, nachdem er durch die Provinz getourt war. Zwischen beiden entwickelte sich rasch eine freundschaftliche Rivalität: auf Leybournes Erfolg als *Champagne Charlie* antwortete Stevens mit *Cliquot*, Leybourne erwiderte mit *Cool Burgundy Ben*, und so sangen sich die beiden durch die Weinkarte.

Seite 157

«Ich bin Vesta Tilley» – Tilly Ball (1864–1952) war *das* «Londoner Idol» um die Jahrhundertwende. Ihre Personifizierung von Gesellschaftslöwen, Soldaten und Seeleuten machte Music-Hall-Geschichte. In jenen Jahren war ihre Paraderolle *Burlington Bertie*.

Seite 161

«er iss das Gespenst von Cock Lane» – 1762, so schreibt James Boswell (1740–1795) in *Life of Samuel Johnson, LL., D.* (1791), «wurde die Geschichte mit dem Geist in der Cock Lane... allgemein für wahr gehalten.» Samuel Johnson (1709–1784) soll den Schwindel entlarvt haben, und zwar mit einem Bericht im *Gentleman's Magazine* von 1762, schreibt Boswell. Allerdings berichtet Johnson lediglich über das Ausbleiben einer Geistererscheinung, von der Aufklärung über ein Verbrechen erwartet worden war.

Seite 167

«im Herbst des Terrors» – Lestrade denkt an die Ripper-Morde im Spätsommer und Herbst 1888.

Seite 176

«daß Norman Shaw mit dem Bau des neuen Gebäudes auf dem Embankment bald fertig war» – 1890 zogen die Beamten in den Neubau am Themseufer.

Seite 176

«Wenn Sie Dighton Probyn kennen, wird Ihnen auch Sir Francis Knollys bekannt sein» – Knollys (1837–1924) war seit 1870 der Privatsekretär des Prince of Wales und für seinen Briefstil berühmt. Seit dem 16. Jahrhundert hatte immer ein Mitglied seiner Familie in Diensten des Thronfolgers gestanden. Der Name Probyns ist Lestrade bekannt, weil dieser während des Großen Aufstandes der Sepoy 1857 ein Kavallerieregiment indischer Soldaten anführt – die späteren 11. Bengale Lancers – und damit zum Kriegshelden wird. Für den Prince of Wales verwaltet Probyn das Haushaltsgeld für die täglichen Ausgaben.

Seite 178

«Einer davon ist Henry Labouchere» – Henry Du Pré Labouchere (1831–1912), Labby genannt, war Diplomat, Politiker und Publizist. Seit 1880 (und bis 1906) saß er für die Radikalen im Unterhaus, nachdem er in den sechziger Jahren die Liberalen vertreten hatte. Zu seinen Zeitungsgründungen gehört die *Truth* (siehe Anmerkung zu Seite 70).

Diese Stufen eilt Sholto Lestrade an einem Frühlingsmorgen im Jahre 1913 empor.

Seite 178

«Das kleine königliche Kavaliersdelikt mit der nimmersatten Mrs. Mordaunt» – Der Thronerbe war Albert Edward Prince of Wales (1841–1910), der erst im Alter von 60 Jahren als Edward VII. den Thron bestieg. Die Wartezeit vertrieb er sich – sehr zum Mißfallen seiner Mutter Queen Victoria – mit zahlreichen Vergnügungen. Am meisten schätzte er die Damen, und das sonder Zahl.

Der Fall Mordaunt hatte 1870 die Gemüter erregt. Sir Charles Mordaunt reichte die Scheidung von seiner Frau Harriet ein. Als Beleg für deren Untreue wurden unter anderem zwölf Briefe des Thronfolgers im Gerichtssaal vorgelesen, und der Prince of Wales mußte als Zeuge aussagen. Mrs. Mordaunt hatte ihre Seitensprünge mit dem Thronfolger und mit anderen Männern gestanden. Zur Zeit der Verhandlung war sie in einer Klinik. Später wurde sie für wahnsinnig erklärt.
Als Folge des Gerichtsverfahrens, so schrieb ein Privatsekretär des Thronfolgers, war der Himmel über London schwarz von der Asche vertraulicher Briefe.

Seite 182

«Mr. Viktor ist der Duke of Clarence» – Albert Viktor Duke of Clarence (1864–1892) war der älteste Sohn des Prince of Wales und damit möglicher Thronfolger. Durch die Folgen einer Syphilis-Infektion geistig umnachtet, starb er im Irrenhaus.
Sein Name wurde im Prozeß gegen den Besitzer und die Kunden jenes Männerbordells in 19 Cleveland Street nie genannt.
Lestrade wird am 15. September 1891 die persönliche Bekanntschaft des Duke of Clarence machen und dabei seine Nasenspitze verlieren – geschildert in *Lestrade und die Struwwelpeter-Morde*.

Seite 186

«seine Geschichte bei M. R. James gelesen» – Ursprünglich Student der Theologie und des Mittelalters, machte James (1862–1936) sich einen Namen als Autor von Geistergeschichten, die zumeist in Magazinen publiziert wurden.

Seite 187

«Für wen?» – Wortspiel mit engl. trap, Einspänner, Gig, aber auch Falle.

Seite 209

«den Neid des M. C. C. erwecken» – Der Middlesex County Cricket Club war einer der berühmtesten seiner Art auf der Insel.

Seite 217

«sämtliche Knastbrüder von Wormwood Scrubs» – Eines der beiden großen und berüchtigten Londoner Gefängnisse.

Seite 222

«die Seiten von *Crockford's* durchblättern» – In diesem exklusiven Privat-Club verspielten britische Aristokraten Vermögen.

Peelers

Verbrechen & andere Kleinigkeiten
oder
Wie Scotland Yard entstand

Eine Skizze von Thomas Schreiber

London war jahrhundertelang eine *der* Hauptstädte der Erde, und auch immer eine Metropole des Verbrechens. Aus den dunklen Zeiten des Mittelalters berichten Anekdoten und Geschichten; zuverlässige Informationen existieren erst seit dem Beginn der Neuzeit.

London, die Hauptstadt eines mächtigen Reiches, zog zwielichtige Gestalten, Heimatlose und entlassene Soldaten an. 1517 wird die Zahl der Bettler auf 1000 geschätzt, 1594 gehen etwa 12000 Menschen dieser Profession nach. Die Bettler waren wie eine Armee organisiert, mit eigener Sprache, mit Spezialisten für bestimmte Aufgaben wie Pferdestehlen und Einbrechen, und mit einem Vertriebssystem für die gestohlenen Güter. Auch für den Nachwuchs wurde gesorgt: In einer Schenke in der Nähe von Billingsgate gab es eine Schule für jugendliche Taschendiebe. Als Abschlußprüfung mußte ein Zögling eine mit Silbermünzen gefüllte Börse, an der lauter Glöckchen befestigt waren, geräuschlos aus einer Tasche ziehen – erst nach bestandener Prüfung durften die Nachwuchskräfte auf die Straße.

Die Ordnungsmacht war so korrupt wie die Gesellschaft, der sie dienen sollte. Von 1712 bis zu seinem Tode durch den Strang im Jahre 1725 war Jonathan Wild oberster Polizeibeamter – der heimliche Herrscher über die Hauptstadt. Der «Thieftaker-General of Great Britain and Ireland» beherrschte die Londoner Unterwelt. Er verfügte über Einbrecher, Taschendiebe, Prostituierte, Straßenräuber und Bettler, die alle für ihn arbeiteten. Allein die

Liste seiner Einbrecher umfaßte 7000 Namen. In seinen Warenhäusern wurden gestohlene Juwelen umgearbeitet, bevor sie nach Holland verschifft wurden. Jonathan Wild muß ein mutiger Mann gewesen sein – als er starb, zählte man 17 Pistolen- und Schwertnarben an seinem Körper, und ein Teil seiner Schädeldecke war aus Silber.

Das größte Geschäft des 19. Jahrhunderts scheint die Prostitution gewesen zu sein. Die Not vieler alleinerziehender Frauen, eine Million potentieller Kunden und gut organisierte Zuhälter- und Mädchenhändlerbanden ließen die Zahl der Bordelle rasch wachsen.

Die medizinische Zeitschrift *The Lancet* schätzte, daß in den fünfziger Jahren 6000 Bordelle existierten, und daß in London 80000 Prostituierte lebten. Kinderprostitution war allgemein verbreitet, weil eine Defloration als Heilmittel für Geschlechtskrankheiten galt.

*

Scotland Yard als feststehender Begriff taucht zum erstenmal nach 1663 auf. In diesem Jahr hatte das Common Council von Westminster durch Gesetz die Aufgaben der Constables erweitert: seitdem sollten sie die Lichter entzünden, den wachsenden Verkehr regulieren, und öffentliche Verkehrsmittel überwachen. Jeder Mann konnte für ein Jahr zum nicht bezahlten Dienst als Constable verpflichtet werden, und das Büro ihrer Organisation lag in Scotland Yard. Der Begriff geriet nach der Jahrhundertwende in Vergessenheit.

1729 wurde Colonel de Veil, ein ehemaliger Offizier, Friedensrichter in Westminster. Zehn Jahre später zog er mit seiner Familie in ein Haus in No. 4 Bow Street und richtete ein Büro ein. Damit begann ein neues Kapitel der Polizeigeschichte.

De Veil führte kein neues Polizeisystem ein, aber er reformierte die Arbeitsweise seiner Leute. Als Friedensrichter urteilte er nach stichhaltigen Indizien und durch Zeugen belegte Aussagen, er organisierte die Zusammenarbeit von Constables aus verschiedenen Bezirken, gab seinen Leuten eine zivile Art von Uniform, die sie erkennbar machte, und schaffte das Räuberzivil ab; und er sorgte für regelmä-

ßige Fußpatrouillen. Deshalb wurden die Constables im Volksmund «Bow Street Runners» genannt.
Auch Männer wie Henry Fielding, der Autor von *Tom Jones*, und sein Halbbruder John Fielding reformierten die Polizei in Bow Street. Doch das Königreich war im Umbruch, aus einem Agrarland mit Flotte wurde die erste imperialistische Industrienation, aus Landarbeitern wurden Arbeiter. In den Städten wuchs die Zahl der arbeitslosen Alkoholiker, immer wieder kam es in den Metropolen zu Unruhen (beispielsweise wegen der Erhöhung der Getreidesteuer) und zu politischen Verschwörungen. Eine Handvoll Männer der «Cato Street Conspiration» wollte beispielsweise das Kabinett ermorden. Die «Bow Street Runners» konnten dagegen allerdings wenig ausrichten.

No. 4, Whitehall Place; aus einer Immobilienanzeige.

In einer Immobilienanzeige aus dem Jahre 1829 wurde ein aus Ziegelsteinen errichtetes Haus angeboten: Für eine Jahresmiete von 560 Pfund 6 Shilling vermietete die Krone ein zweigeschossiges Haus mit Keller, steinernen Treppen, Büroräumen und zwei Eingängen. Das Haus lag in einem Hof und war durch einen Durchgang mit Whitehall verbunden. Die Adresse: No. 4, Whitehall Place. Hintereingang, durch den die Büros zu erreichen waren, führte zu einem Platz namens Great Scotland Yard. Am 29. September 1829 verließ der erste Beamte das «Metropolitan Police Office» für seinen Patrouillengang.

Das Gesetz über die Metropolitan Police war das Werk von Robert Peel. Als Innenminister versuchte er 1822 zum erstenmal eine Polizeireform durchzusetzen. Erfolgreich war er während seiner zwei-

Metropolitan Police Force

Crown
Home Secretary
Commissioner
Deputy Commissioner
Assistant Commissioner
Deputy Assistant Commissioner
Commander
Deputy Commander
(Detective) Chief Superintendent
(Detective) Superintendent
(Detective) Chief Inspector
(Detective) Inspector
(Detective) Sergeant
(Detective) Constable

ten Amtszeit ab 1828. Die neuen Polizeibeamten erhielten ihre Spitznamen nach den Namen des Ministers: sie wurden ‹Peelers› genannt oder – nach seinem Vornamen Robert – ‹Bobbies›.
Auch äußerlich fielen die neuen Beamten im Straßenbild auf. Sie trugen blaue Uniformen mit Zylinder, und sie waren nicht bewaffnet. Die wesentliche Neuerung aber bestand in der Organisation: zwei Commissioner führten 3000 Männer, die in 17 Bezirken stationiert waren – durchnumeriert nach den Buchstaben des Alphabets. Peel achtete streng auf Disziplin. In einer Anweisung hieß es: «Jeder Polizeioffizier muß daran denken, daß keine Qualifikation für diese Arbeit so unentbehrlich ist wie die perfekte Beherrschung des Gemüts.»
Die Bezahlung entsprach nicht den Anforderungen: Ein Constable erhielt 3 Shilling pro Tag. Nach heutigen Maßstäben lag der Lohn knapp über dem Lebensminimum, und innerhalb von vier Jahren hatten sich mehr als 2500 der Polizisten einen neuen Job gesucht.
Nach zwei sensationsheischenden Morden wurde 1842 das erste Detective Department gegründet – mit zwei Inspectors und sechs Sergeants. 1868, als es bereits 8000 Polizisten gab, arbeiteten lediglich 15 Mann im Detective Department. Der neue Commissioner Edmund Henderson erweiterte die Abteilung: neue Beamte wurden eingestellt, Detectives durften Zivilkleidung tragen, und Henderson führte ein Verzeichnis der Gewohnheitsstraftäter ein. Daraus entstand das Criminal records Office, in dem alle Verbrechen und ihre Umstände verzeichnet sind.
Nach einem Streik für bessere Bezahlung und einer Bestechungsaffäre wurde 1878 eine neue Abteilung gegründet: aus dem Detective Department entstand das Criminal Investigation Department.

*

Der neue Commissioner heißt Howard Vincent, der Mann, der Lestrade zum Yard holt. In diesen Jahren, als Sholto Lestrade eine behutsame Karriere macht, wächst das C. I. D. stetig an. Die Arbeitsbedingungen sind schwer vorstellbar. Ein Reporter der *Times* beschreibt die Zentrale von Scotland Yard so: «In den Treppenhäusern türmen sich unzählige Bücher… Stapel von Kleidung, Sättel,

Decken und alle möglichen anderen Dinge häufen sich in allen möglichen Ecken in einem Zustand, der außerhalb von Scotland Yard als hoffnungsloses Durcheinander bezeichnet würde.»
1890 zieht die Metropolitan Police in den Neubau am Embankment. Über die folgenden Jahre hat Sir Arthur Conan Doyle zahlreiche Vorurteile und üble Nachreden verbreitet – die Abenteuer von Sherlock Holmes und Dr. Watson haben wenig mit der Wirklichkeit gemein.
Zumindest nicht mit der Wirklichkeit eines Polizistenlebens – historisch fundiert und in unvergleichlicher Weise berichtet M. J. Trow über die Jahre Sholto Lestrades bei Scotland Yard.

5
4
3
Liverpool
Bangor
Crewe
53
0 5 10 15 20 25 30 35 40 45
MILES.
N
WALES
SHROPSHIRE
HEREFORDSHIRE
52
RIVER SEVERN
Bristol
ATLANTIC
Bandicoot Hall
Huish
Episcopi
EXMOOR
SOMERSET
51
OCEAN
DEVONSHIRE
Exeter
LANDS
END
CORNWALL
DART-
MOOR
Plymouth
St. Ives
Falmouth
MOUNTS
BAY
BAY
50
5
4
3

York
Leeds
YORKSHIRE
Humber
GERMAN
OCEAN
The Wash
Nottingham
Derby
Burton Coggles
Norwich
BROADS
Leicester
NORFOLK
EAST ANGLIA
Birmingham
CAMBRIDGE-SHIRE
NORTHAMPTON
SUFFOLK
Cambridge
BEDFORD-SHIRE
Banbury
BUCKINGHAMSHIRE
Harwich
HERTFORDSHIRE
OXFORDSHIRE
Oxford
ESSEX
BERKSHIRE
MIDDLESEX
Eton
Windsor
London
THAMES RIVER
Virginia Water
Chertsey
Canterbury
Aldershot
SURREY
KENT
Dover
Tunbridge Wells
HAMPSHIRE
Winchester
THE WEALD
SUSSEX
Southampton
SOUTH DOWNS
Lewes
Brighton
NEW FOREST
SOLENT
Portsmouth
Southsea
ISLE OF WIGHT
FRANCE
ENGLAND
HANNEL
Dieppe
JULIAN WOLFF 1940
53
52
51
50
0
1

Thomas Schreiber, 1959 geboren, Journalist beim Norddeutschen Rundfunk in Hamburg; Kurt-Magnus-Preis 1992. Mitherausgeber der Bände *Über Arno Schmidt I* 1984, *Über Arno Schmidt II* 1987.

Hans J. Schütz, 1936 geboren, Übersetzer und Autor in Bremen, veröffentlichte zuletzt *Verbotene Bücher. Eine kleine Geschichte der Zensur* 1989, und *Juden in der deutschen Literatur* 1992; er übersetzte zuletzt David Thompson *Laurence Sterne. Eine Biographie* 1991.

Redaktion und Herausgeber danken den Bibliotheken des NDR und des British Council, beide Hamburg, für ihre stets freundliche und hilfsbereite Unterstützung.

Bildnachweis

Der Vorsatz ist mit dem Muster *Weidenzweig* (1887) von William Morris bedruckt.

Die Vignette mit dem Portrait Inspector Sholto Lestrades zeichnete M. J. Trow.

Seite 229, Popperfoto, London.

Seite 231, Daily Mirror, 21. Mai 1913.

Seite 232, Zeichnung von Pellegrini, *Vanity Fair*, 30. Januar 1869.

Seite 235, Zeichnung von Pellegrini, *Vanity Fair*, 6. Februar 1869.

Seite 237, Raymond Mander und Joe Mitchenson *British Music Hall*, London: Century Books 1965.

Seite 238, Umschlag des Notenheftes von *Champagne Charlie*, um 1870.

Seite 239, Umschlagabbildung eine Notenheftes, vor 1870.

Seite 240, unbekannter Photograph, um 1880.

Seite 242, Greater London Photograph Library.

Seite 244, Douglas G. Browne *The Rise of Scotland Yard*, London: Harrap 1956.

Seite 247, Jonathan Goodmann & Bill Waddell
The Black Museum. Scotland Yard's Chamber of Crime, London: Harrap 1987.

Seite 251, Metropolitan Police Historical Museum, London.